KB236713

헬 블레이드

Hell Blade

5

오행진결

정희재 퓨전 판타지 소설
BBULMEDIA FANTASY STORY

헬 블레이드

뿔미디어

Hell Blade

Contents

Chapter1

사라진 베스렐

아스린은 바로 움직이지 않았다.

그냥 숲의 한길에 가만히 서서는 두 눈을 감았다.

이건 어떤 기분이라고 해야 맞는 표현인 것일까?

묘한 기분? 발가벗겨진 기분? 그것도 아니면 찌릿찌릿한 기분이라 해야 할까?

정말 특이한 능력이었다.

마법의 힘이 아닌 정신의 눈 같은 것으로 자신을 훔쳐보다니, 자신의 안을 그런 식으로 낱낱이 탐색하다니…….

아스린은 조금은 흥분된 얼굴로 방금 전 자신을 훔쳐본 녀석에 대해 생각해 보았다.

"방금 전의 그것은 위자드 아이 마법과 비슷했지만 그보다는 훨씬 더 대단한 것이었어. 마법이 아닌 다른 능력……! 이거 내 가슴이 다 두근거리는데.”

베스렐이 사용한 기감.

그것은 마나의 힘이 아닌 정신의 힘을 사용하는 것이다.

당연히 그것은 아스린의 호기심을 불러일으킬 만한 능력이라 할 수 있었다.

“어떻게 할까?”

잠시 고민의 표정을 짓는 아스린.

무슨 고민인 것일까? 도대체 드래곤인 그녀가 하는 고민이란 어떠한 것일까?

“놈이 있는 곳의 위치를 파악하긴 했는데…… 이대로 그냥 텔레포트 마법을 사용해서 가 버리면 왠지 위험할 것 같단 말이야.”

아스린은 2,300여 년이라는, 인간으로서는 상상할 수도 없을 만치 긴 세월을 살아온 레드 드래곤이다.

위험한 냄새가 났다.

아스린은 본능적으로 이대로 가면 안 되겠구나 하는 생각이 들었다. 상대는 일반의 인간 마법사나 기사하고는 질적으로 다른 녀석이었다. 자신이 멀리서 들은, 베스렐이란 인간의 소문이 절반 정도만 사실이라고 해도 그건 대단한 능력이라 할 수 있는 것이었다.

인간들 중의 강자라 할 수 있는 7써클의 대마도사, 그리고 오러 블레이드를 사용할 수 있는 소드 마스터.

그들은 강하다. 하지만 아스린 자신을 긴장시킬 정도의 녀석들은 절대로 아니다. 그러나 방금 자신을 이상한 방법으로 훔쳐본 녀석은 왠지 위험한 냄새와 함께 약간의 긴장을 불러일으키고 있었다. 물론 아스린 자신이 인간 따위에게 진다는 생각은 조금도 없었지만.

"으음……."

생각은 잠시 동안 이어졌고 곧 그녀의 입에선 뭔가를 결심한 듯한 음성이 흘러나왔다.

"그래, 그렇게 하자."

아스린은 감은 두 눈을 떴다.

"위험한 느낌이 드니까, 몸에 8써클의 방어 마법인 배리어를 두르고 가자. 6써클이나 7써클의 방어 마법은 왠지 불안해서 안 되겠어."

드래곤이란 생명체는 중간계의 절대자로서 그 능력이 어디까지인지 알 수 없을 정도로 대단하다.

그리고 그러한 능력은 수천 년을 살아가면서 더욱 막강해지게 되어 있었다. 마법이란 힘에 다양한 경험이 축적되어 그 능력이 배가되는 것이다. 진정한 강자는 무력도 무력이지만 경험이 매우 중요한 법인데 아스린은 그 모든 걸 다 갖추고 있다고 말할 수 있었다.

"배리어!"

후우우우웅.

투명한 막이 하나 생겨났다.

아스린은 몸에 8써클의 방어 마법인 배리어를 두르더니 곧 공간이동 마법을 펼쳐 환한 빛 속으로 사라졌다.

"텔레포트!"

화아아아아악.

오그란 산의 정상.

생사를 결하는 싸움에 있어서 흥분은 독이 된다.

마음을 다독여야 했다.

"휴우우우……."

베스렐은 깊은 호흡을 통해 흥분된 가슴을 빠르게 가라앉히고는 100여 미르 앞에 있는 허공을 쳐다보았다.

지이이잉.

아무것도 없는 빈 공간이 잘게 흔들리더니 곧 누군가가 나타났다. 붉은 머리에 십 대 후반으로 보이는 여인.

정말 사람 같지 않은 외모다.

얼굴에 있는 눈, 코, 입이 완벽한 비율로 그려져 있었고 몸의 체형 또한 8등신으로 얼굴처럼 완벽했다.

"……."

베스렐은 아무 말 없이 완벽한 미모를 지닌 상대를 무심한 눈길로 바라보았다.

휘이이이잉.

12월의 찬바람이 그가 입고 있는 외투를 뚫고 들어가 피부를 괴롭혔다. 하지만 베스렐은 오래전에 수화불침지경(水火不侵之境)에 다다른지라 겨울의 칼날 같은 바람이 봄날의 미풍처럼 느껴질 따름이었다.

"으음……."

속으로 고개를 갸웃거리는 베스렐.

이상한 느낌이 들었다.

'뭐지? 왜 강한 적개심이 들지 않는 거지?'

눈으로 보는 것이 아닌, 기감을 통해 바라본 상대는 분명 드래곤이다. 그것도 레드 드래곤.

한데 이상하게도 강한 적개심이 들지 않았다.

방금 전까지 마음속에 타오르던 뜨거운 불길이 더욱 크게 일지 않고 작게 타오르고 있었다. 물론 마음을 가라앉혀야 한다는 생각에 일부러 흥분된 마음을 호흡을 통해 가라앉히기는 했지만 그래도 이상한 생각이 들었다.

적개심을 일으켜야 하는데…… 싸우겠다는 투쟁심을 키워야 하는데…….

'혹시 저 도마뱀 새끼가 눈이 뒤집힐 정도로 예뻐서 그런 것일까? 인간 세상에서 좀처럼 보기 힘든 미모잖아. 그렇다면 내가 인간의 여자로 변신을 한, 저 드래곤 자식의 미모에 빠져 투쟁심을 잃어버린 것일까?'

아니다. 그건 말도 안 되는 것이다.

베스렐 그는 고루불사마공이 11성의 경지에 이른 강자다.

보통 그 정도의 경지에 이르기 위해서는 험난한 정신수련을 쌓아야 한다. 그 정도의 정신수련을 쌓은 존재가 한낱 여자의 미모에 혹해서 정신을 놓아 버릴 수는 없는 일이었다.

베스렐은 생각했다.

마법사는 차가운 얼음과 같은 이성을 지닌 존재.

차분히 생각을 이어 나가다 보니 곧 하나의 결론을 얻을 수 있었다.

"그래, 그랬군. 그런 거야."

베스렐은 이제야 알겠다는 듯이 고개를 끄덕였다.

"나의 적, 내가 언젠가는 반드시 죽이겠다고 생각했던 그 적은 고룡인 카스트리온이었어. 그리고 그 자식은 내가 몽타주를 그려서 저택 곳곳의 벽면에 압정으로 꽂아서 붙여 놓았지. 몽타주…… 결국 이미지야, 이미지. 내가 머릿속에 이미지로 간직하고 있던 존재는 완벽한 도마뱀 형상의 드래곤이었어. 그래서 그런 거야. 저놈이 인간의 형상을 하고 있어서 그랬던 거야."

적개심이 생각보다 적게 드는 이유?

투쟁심이 강하게 일지 않는 이유?

이제 보니 그것은 상대가 본체로 있는 게 아니라 인간으로 변신해 있어서 그런 것이었다.

머릿속에 있던, 생각하고 있던 드래곤의 이미지와 달라서

적개심이 크게 일지 않은 것이었다.

그렇다면 답은 나온 것이다.

놈을 본체로 돌아가게 하면 적개심이든 투쟁심이든 강하게 일어날 터였다.

베스렐은 100여 미르 앞에 서 있는 아스린에게 전음이 아닌, 메시지 마법을 사용해 뜻을 보내기로 했다. 좀 더 쉽고 빠른 것은 전음이지만 작년에 무공과 마법을 조화시켜 사용하기로 마음먹었기에 메시지 마법을 사용했다.

"*인간의 거죽을 뒤집어쓰고 있는 너! 좋게 말할 때 본체로 돌아가라. 지금 당장 죽고 싶지 않으면.*"

한줄기의 뜻이 아스린의 머릿속으로 들어갔다. 그녀는 베스렐이 전한 뜻을 분석하고는 실소를 터트렸다.

"호호호……."

'지금 당장 죽고 싶지 않으면' 이란 이 짧은 문장이 드래곤인 자신을 웃게 만들었다. 분명 자신의 정체를 알고 있을 터인데도 저런 식으로 협박의 말을 하다니…….

아스린은 상대에게 메시지 마법을 펼쳐 답장을 보내기로 했다. 물론 그것은 상대의 요구를 들어주는 것이 아니라 자신이 궁금해 하는 것에 관한 질문이었다.

"*베스렐……! 혹시 당신의 이름은 베스렐 갈루안스가 아닌가요?*"

말을 높이는 아스린.

사실 지금과 같은 질문은 할 필요가 없는 것이었다.

1시간 전 파이란 시에서 만났던 레오나.

그 아이에게서 들었던 베스렐이란 인물의 모습과 100여 미르 앞의 바위 위에 서 있는 갈색 머리의 사내는 완벽히 일치하고 있었으니 말이다.

"죽고 싶냐?"

베스렐은 상대가 하는 질문을 무시했다.

자신이 베스렐이든 아니든 그건 지금 중요한 게 아니었다.

자신의 앞에 때려죽여도 모자랄 드래곤이 있다는 그 사실이 중요한 것이었다.

하지만 아스린의 생각은 달랐다.

아스린은 상대에 대해 알고 싶은 게 너무 많았다. 특히나 올 초에 있었던 사건은 드래곤인 그에게 강한 호기심을 불러일으키는 일이었다.

바로 또다시 질문에 들어가 보았다.

"호호, 맞나 보군요. 대답을 듣지 못했지만 분명 당신은 베스렐 갈루안스예요. 그럼 혹시 올봄에 라론 제국에 있는 요마 산맥에 들르지 않았나요?"

'으응?'

베스렐은 아스린의 그 같은 물음에 속으로 고개를 갸웃거렸다.

'뭐지? 내가 올봄에 그곳에 있었던 사실을 저 자식이 어떻

게 알고 있는 거지?'

머릿속에 보관되어 있는 흘러간 과거의 기억.

베스렐은 빠른 속도로 과거를 돌이켜 생각해 보았다. 상대가 자신이 요마산맥에 있었던 것을 어떻게 알게 되었는지를 분석해 보았다.

'그건가?'

머릿속에 떠오르는 생각이 하나 있었다.

'으음, 내게 있어 요마산맥에서의 가장 큰 사건이라면 줄루족을 만난 것하고 포이즌 프라워 퀸을 죽인 일이지. 여기서 저 녀석이 관심 가질 만한 일은 포이즌 플라워 퀸이야. 그건 카스트리온 그 개자식이 만든 마물이니까.'

베스렐은 녀석이 한 지금의 질문에 대답해 주기로 했다.

바로 메시지를 보냈다.

"그래. 올봄에 그곳에 있었다."

아스린은 상대가 순순히 인정하는 대답을 해 주자 바로 또다시 물었다.

"그렇다면 당신이 포이즌 플라워 퀸을 죽인 그 사람인 모양이군요? 맞나요?"

"그래, 내가 그랬어. 내가 죽였다. 카스트리온 그 개자식이 만든 마물을 내가 깔끔히 지옥으로 보내 버렸지."

"호호호, 그랬군요. 당신이었어요."

장미처럼 도발적인 아름다움을 간직한 얼굴.

그 얼굴에 강한 미소가 어렸다.

아스린은 자신이 찾고자 한 상대가 눈앞에 있는 베스렐 갈루안스임을 알게 되자 더할 수 없이 기뻤다.

포이즌 플라워 퀸.

그 마물이 어떻게 죽었던가.

생명의 기운뿐만 아니고 죽음의 기운까지도 함께 빨려 죽었다. 그러한 힘은 마왕이 가지고 있는 죽음의 권능과 비슷한 능력이었다.

'마왕의 권능이라……'

아스린은 욕심이 났다.

베스렐이란 인간을 자신의 거처로 데리고 가서 각종 마법 실험을 해 보고 싶다는 생각이 강하게 들었다.

'좋아. 산 채로 잡아서 끌고 가자. 저 인간 녀석이 가지고 있는 힘을 나의 것으로 만드는 거야. 정신을 제압한 뒤에 저 녀석의 기억을 읽어야지.'

아스린의 두 눈에서 강렬한 빛이 흘러나왔다.

간만에 마법에 대한 열정이 샘솟듯 흘러나오는 듯한 기분이었다. 2,300여 년이라는 긴 세월을 살아오며 이제는 더 이상 마법에 대한 어떤 열망도 느끼지 못하게 되었는데, 정말 잘된 일이다.

그때 베스렐이 또 한 번 아스린에게 메시지 마법으로 뜻을 보냈다.

"이제 질문은 더 이상 받지 않겠다! 그러니 어서 본체로 돌아가라!"

아스린은 웃었다.

"호호호, 그렇게 하기는 싫은데요? 나는 지금처럼 인간의 모습을 하고 있는 게 좋아요. 지금은 인간으로서 유희를 하고 있으니 말이에요."

"정말 죽고 싶냐? 네가 본체가 아닌 인간의 모습으로 나를 상대할 수 있을 거라 생각해?"

"호호, 그거야 당연하죠."

"……."

아무 말도 못하는 베스렐.

그는 어이가 없었다.

저러한 자신감은 어디서 나오는 것일까?

자신에 대해 얼마나 안다고 저러한 시건방진 모습을 보이는 것일까? 혹시 드래곤이라서 그런 것일까?

중간계의 절대자란 자부심이 상황 판단을 흐리게 만드는 것일까?

아무래도 그런 것 같았다.

제대로 된 적수가 없는 상태에서 오랜 세월을 살아오면 누구나 저렇게 건방진 모습을 보일 것이다.

하지만 그것도 오늘까지만이다.

녀석의 건방진 자부심은 오늘로서 깨끗이 종지부를 찍게

될 것이고 이 세상에 드래곤을 죽일 수 있는, 인간으로서 절대자의 힘을 가진 자가 탄생했음을 온 세상에 알릴 것이다.

"건방진 도마뱀 새끼, 좋다. 네가 그리 건방을 떨겠다면 나도 장난처럼 대해 주지."

우우우우우웅.

고루불사마공이 그의 전신 경맥을 세차게 휘돌았다.

베스렐은 단전에 머물러 있는 진기를 오른쪽 발바닥에 있는 용천혈로 보내 즉시 진마각의 절기를 펼쳤다.

쿠웅!

오른발이 살짝 들렸다가 바닥으로 내려쳐지니 지축을 흔드는 폭음성이 터져 나왔고 그 뒤로 오그란 산의 정상에는 작은 지진이 일어났다.

쩌저저저저저저적—

대지는 섬뜩하게 갈라져 나갔다.

"호오?"

작게 감탄성을 흘리는 아스린.

그녀의 두 눈에 호기심의 빛이 일렁였다. 그 대지의 갈라짐은 아스린이 서 있는 곳의 주변 50미르를 뭉개 놓고 있었다.

"플라이!"

아스린은 급히 마법을 펼쳐 허공 위로 살짝 떠올랐다. 그러곤 위에서 밑을 내려다보았다.

쿠쿠쿠쿵. 후드득, 후드득.

둥근 원을 그리며 가라앉는 대지.

만일 아스린 자신이 평범한 인간이었다면 그 자리에서 대지와 함께 죽음을 맞이했을 것이다.

"정말 대단한 능력이네? 마법이 아닌, 다른 힘으로 저렇게 지진을 일으킬 수 있다니 말이야."

정말 욕심나는 상대다.

자신이 알지 못하는 능력을 지니고 있는 상대이지 않은가. 아스린은 그의 능력이 어디에서부터 기인하는지 더욱더 알고 싶어졌고 또한 그 힘을 연구해 자신의 힘으로 만들고 싶다는 욕망이 더욱 커짐을 느낄 수 있었다.

한편 아스린의 그러한 생각과는 다르게 베스렐은 뭔가 마음에 들지 않는 것이라도 있는지 미간에 자리한 불꽃 모양의 주름이 살짝 일그러져 있었다.

진마각의 절기로 내려앉은 대지.

그곳을 바라보니 퍼뜩 드는 생각이 있었다.

"젠장……! 그러고 보니 여기서는 저놈과 제대로 싸울 수가 없잖아?"

마음에 들지 않는 것 하나. 그것은 바로 장소였다.

드래곤과 싸움을 하기에 이곳은 적당치가 않았다.

이곳 오그란 산과 얼마 떨어지지 않은 곳에는 갈루안스 성이 있지 않은가? 잘못하면 그곳에 큰 재앙이 내릴 수도 있었다.

“할 수 없군. 슈크란 산을 넘어 드래곤 산맥으로 가야겠어. 그곳이라면 마음껏 싸울 수 있지. 그곳에서 여자처럼 구는 저 드래곤 새끼를 죽여 버리는 거야.”

두—둥실.

베스렐은 유령비의 신법을 펼쳐 하늘로 날아올랐다. 그러곤 곧바로 아스린에게 메시지를 보냈다.

“나를 따라와라, 도마뱀! 네놈을 멋진 장소에서 아주 처참하게 죽여 주마.”

슈아아아아아앙.

말이 끝나기가 무섭게 베스렐은 유령비의 섬전결을 펼쳐 서북 방형으로 날아갔고 아스린은 고개를 갸웃거리더니 잠시 후, 텔레포트 마법을 펼쳐 그를 따라갔다.

*　　*　　*

오그란 산 정상의 한쪽 귀퉁이에서 환한 빛이 일었다. 그리고 곧 그 빛 속에서 누군가가 모습을 드러냈다.

부스럭.

풀밭을 스치는 소리가 들린다.

금발 머리에 무척이나 아름다운 미모를 지닌 그녀는 리렌시아였다.

“어디에 계시지?”

그녀는 텔레포트 마법으로 오그란 산의 정상에 나타나자마자 다급한 표정으로 누군가를 찾았다.

"브론나드 집사님이 분명 주인님은 여기에 계실 거라고 하셨는데……."

파이란 시에서 만났던 레드 드래곤.

리렌시아는 그 드래곤과 헤어지자마자 곧바로 마법통신구로 주인님에게 신호를 보냈다. 주인님에게 드래곤이 갈루안스에 나타났다는 사실을 알려야 했던 것이다.

하지만 어찌 된 일인지 주인님은 마법통신구에 보내지는 신호를 받지 않으셨다. 아무래도 그 마법통신구를 품에 지니지 않고 저택에 놔두고는 밖으로 나가신 모양이었다.

할 수 없었다.

리렌시아는 레오나와 함께 다시 저택으로 돌아갔다.

그러곤 저택에 있는 집사에게 영주님이 오그란 산으로 수련을 떠났다는 말을 듣고는 급히 다시 이곳으로 공간이동 마법을 펼쳐 오게 된 것이었다.

"으응, 저건?"

그때 리렌시아의 두 눈에 무언가가 포착되었다.

직경 50미르 정도 되는 공간이 무너져 내린 그곳.

빠르게 걸음을 옮겨 그곳으로 가 보았다.

이리저리 살펴보니 무너져 내린 그곳은 아무래도 진마각의 절기에 그리 된 것 같았다.

"아스린이란 이름의 레드 드래곤…… 그가 벌써 이곳에 왔다 간 것일까?"

주인님은 오그란 산에서는 절대 진마각의 절기를 수련하지 않는다. 지진을 일으키는 무공은 재앙을 초래할 수 있는 일인지라 드래곤 산맥처럼 사람이 살지 않는 곳에서나 수련을 하셨던 것이다.

"싸움의 흔적이 없어. 이 진마각의 절기 말고는 다른 특별한 것은 보이지 않아. 그렇다면…… 다른 곳으로 이동을 하신 것일까?"

아무래도 그런 것 같았다.

주인님은 진마각의 절기를 가볍게 한 번 펼치고는 곧 드래곤과 함께 다른 곳으로 이동을 하신 것 같았다.

"으음……."

리렌시아의 표정이 약간 어두워졌다.

주인님에게 작게라도 힘이 되어 드려야 하는데…….

그녀의 머릿속은 이 순간 매우 복잡하게 돌아갔고 곧 어떤 한 가지 생각을 떠올릴 수 있었다.

"그래. 마탑으로 가 보자. 그곳엔 마나 탐지 마법 물품이 있으니 잘하면 드래곤과 주인님이 이동하신 곳을 찾을 수 있을지 몰라."

사라진 주인님을 찾을 수 있는 하나의 가능성.

그 하나의 가능성이 떠오르자 리렌시아는 곧 갈루안스 마탑이 있는 곳의 좌표를 계산하더니 바로 텔레포트 마법을 펼쳐서는 빛과 함께 사라졌다.

화아아아악.

갈루안스 마탑에 있는 한 회의실.

지금 그 회의실에는 여러 마법사가 모여서는 서로 놀란 얼굴을 한 채 대화를 나누고 있었다.

"몇십 분 전에 있었던 여러 번의 텔레포트 마법. 그중의 하나가 드래곤이 사용한 것이라니……."

메드레스 마도사의 얼굴이 매우 어둡게 변했다.

방금 리렌시아가 전한 이야기는 진정 놀랄 만한 일이라 할 수 있는 것이었다.

마탑의 지하에는 마나 탐지 마법 물품이 있었고 오늘 이곳 갈루안스 영지에서 여섯 차례의 텔레포트 마법이 이루어졌음을 알려 주었다. 한데 그중에 한 번이 드래곤이 사용한 것일 줄은 꿈에도 생각지 못한 일이었다. 거기에 진짜 놀라운 사실은 그 드래곤이 탑주를 만나기 위해서 이곳에 왔다는 것이었다.

"이름은 아스린. 레드 드래곤이에요."

리렌시아가 그 드래곤의 이름을 말해 주었다. 그러자 메드레스 마도사가 그 드래곤에 대해 잠시 생각을 해 보더니 곧 입을 열었다.

"으음, 네가 말한 그 아스린이란 이름의 레드 드래곤은 오래전에 한번 들어 본 기억이 있구나. 섬나라인 리나 왕국, 그곳에서 2,000여 년을 넘게 살아오고 있다고 들은 것 같다. 화산인 켈리 산에 그 드래곤의 레어가 있다고 했어."

메드레스 마도사는 리렌시아에게 존대의 말이 아닌 반말을 사용했다. 그의 마법 경지는 6써클이고 리렌시아는 7써클의 마법 경지에 있으니 이것은 잘못된 것이다. 마법계는 나이가 아닌 마법의 경지로 모든 걸 판단하기 때문이다.

하지만 여기서는 괜찮았다. 아니, 리렌시아의 경우가 특수한 것이었다.

그녀는 탑주의 노예로 있기에 예전처럼 대해도 상관이 없는 것이었다. 물론 리렌시아가 싫다고 하면 메드레스 마도사는 그녀에게 존대를 해야겠지만 그런 것은 리렌시아가 바라지 않았다.

"으음, 이거 조금 불안하군요."

바얀스 마도사가 팔짱을 낀 채 심각한 어조로 말했다. 그러자 다른 5써클의 경지에 있는 마법사들도 한마디씩 말을 꺼내기 시작했다.

"그러게 말입니다, 바얀스 마도사님. 저는 이거 가슴이 다 조마조마하군요."

"저도 그렇습니다. 마음이 불안해요. 2,000여 년을 넘게 살아온 드래곤이라니 말입니다. 거기다 그 녀석은 레드 드래곤이잖습니까?"

"맞아요, 맞아."

그냥 드래곤이 아니었다. 나이는 2,000살이 넘었고 또한 드래곤 중에서도 특별히 싸움에 능하다는 레드 드래곤이라고 한다. 당연히 불안한 마음이 생길 수밖에 없는 일이었다.

그때 침묵을 지키고 있던 클로인 마법사가 고개를 좌우로 흔들며 말했다.

"불안할 게 뭐가 있겠습니까? 탑주님은 인간을 넘어섰으니 괜찮을 겁니다. 누구도, 그게 제아무리 드래곤이라 하더라도 탑주님을 어쩌지는 못할 것입니다. 지금까지 몇 차례에 걸쳐서 볼 수 있었던 탑주님의 위용은 진정 대단한 것이었지 않습니까?"

"으음, 그게……."

"그렇게 보자면 그런 것일 수도 있는데……."

클로인 마법사의 말에 다른 마법사들은 별다른 대답을 하지 못했다. 그의 말대로 탑주는 그동안 몇 차례에 걸쳐 엄청난 위용을 보여 주었다. 가까운 예로 올봄에 있었던 아론즈 협곡에서의 일을 떠올리면 탑주는 사람이 아니었다.

검신이든 마왕이든 간에 어쨌든 탑주는 사람을 넘어선 초인이었다.

하지만…… 하지만 그렇다고 해서 탑주가 2,000살이 넘은 레드 드래곤을 이길 수 있을까?

그건 모르는 일이었다.

섣불리 장담할 수 없는 상황이다. 지금까지 탑주는 인간이나 몬스터하고는 자주 싸워 봤지만 드래곤과는 한 번도 싸워 보지 않았으니 모르는 일이었다.

그때였다.

끼이익.

문 열리는 소리와 함께 회의실 밖에서 누군가가 안으로 들어왔다. 4써클의 마법사인 아넬 마법사.

그는 어두운 표정으로 회의실 안에 있는 사람들에게 말했다.

"마나 탐지가 되지 않습니다."

그의 말이 끝나기가 무섭게 여기저기서 탄식의 음성이 흘러나왔다.

"으음……."

"이런. 결국 찾을 수 없는 것인가?"

"아아, 주인님……!"

특히나 리렌시아의 얼굴은 안쓰럽게까지 변해 갔다.

아넬 마법사는 마법사들의 탄식을 뒤로하고는 계속해서 자신의 말을 이어 나갔다.

"오그란 산에서 펼쳐진 두 번의 텔레포트 마법 중 한 번은 리렌시아 님이 사용하신 것이고 그전에 사용된 것은 드래곤의 것으로 보여집니다. 그리고 그 드래곤은 이후로 한 번 더 공간이동 마법을 사용했습니다."

메드레스 마도사가 그의 말을 받았다.

"그럼 한 번 더 사용한 곳의 위치를 잡아내면 되는 일이지 않은가?"

아넬 마법사는 고개를 가로저었다.

"그게 또 쉽지 않은 게, 두 번째 사용한 그 공간이동 마법은 텔레포트 마법이 아니라 8써클의 워프 마법 같습니다."

"워프 마법?"

"예, 그렇습니다, 메드레스 마도사님. 마나의 양이 제대로 측정되지 않을 정도이니 틀림없을 것입니다."

그의 대답이 끝을 맺자 다시 한 번 여기저기서 탄식의 음성들이 흘러나왔다.

"으음……."

"하아, 그럼 어찌해야 하누."

"워프 마법이라…… 그렇다면 이제 탑주님을 찾기는 그른 일이로군요."

텔레포트 마법의 경우는 한 번에 이동할 수 있는 거리가 최대 50페르(km) 정도다. 하지만 공간이동 마법진의 도움 없이 사용하는 순수한 워프 마법. 이것은 8써클 마법으로 한 번에 수천 페르를 이동시켜 줄 수 있는 것이다. 물론 인간은 사용할 수가 없는 마법이다.

어쨌든 이 워프 마법의 경우는 한 번 이동할 때 아주 멀리까지 이동할 수 있으니 마나 탐지 마법 물품으로는 위치를 추적할 수가 없었다. 마나 탐지는 갈루안스 영지 내에서만 가능하기 때문이다.

"영지를 벗어나신 겁니다. 그렇다면 저희로서는 어떻게 할 수가 없죠."

"진정 찾을 방법이 없는 것일까요? 아주 먼 곳에서 드래곤과 싸우고 계신 듯한데 말입니다."

마법사들은 어두운 얼굴로 서로 의견들을 주고받았다.

리렌시아는 그들의 의견을 한 귀로 흘려들으며 자신이라면 어디서 드래곤과 싸울지 생각해 보았다.

'일단 넓은 장소여야 해. 이곳 갈루안스 지역을 벗어나셨으니 싸울 만한 장소는 아주 많아. 하지만 주인님의 성격상 아무도 없는, 사람들이 살지 않는 곳으로 가셨을 확률이 매우 높아. 그렇다면 그런 곳은 어디가 있을까? 아니, 어디가 좋을까?'

오그란 정상에서 드래곤과 함께 사라진 주인님.

시작은 그 오그란 산에서부터다.

그곳에서 갈 방향을 정해야 했다.

'으음. 나라면, 아니 내가 주인님이 되어 생각해 본다면 제일 먼저 떠오르는 장소는…… 슈크란 산! 그래, 맞아! 주인님이 가실 만한 곳은 슈크란 산이야. 결계가 펼쳐져 있는 그곳이 드래곤과 싸우기에 적당한 장소야.'

순간적으로 떠오른 이 생각, 틀림없어 보였다.

리렌시아는 생각을 정리한 것과 동시에 바로 마법을 캐스팅하기 시작했다.

우우우우웅.

주변에 잠들어 있는 마나.

그 마나의 움직임이 맹렬하다.

"으응?"

"뭐지, 왜 갑자기?"

메드레스 마도사를 비롯한 모두의 시선이 리렌시아에게로 향했다.

"무슨 일이냐, 리렌시아? 왜 갑자기 텔레포트 마법을 사용하려는 것이냐?"

메드레스 마도사의 그 같은 물음에 리렌시아는 아무 대답도 하지 않았다. 아니, 하지 못했다. 캐스팅하는 것은 정신을 집중하는 일이라 그녀는 대답을 하고 싶어도 할 수가 없는 것이었다.

곧 그녀의 입에서 마법의 시동어가 흘러나왔다.

"텔레포트!"

화아아아아아악.

Chapter2
격돌

알트라스 대륙을 동서로 나누는 드래곤 산맥.

인간의 발길을 허락하지 않는, 몬스터들의 천국인 그곳은 무척이나 넓었다. 동대륙에 있는 나라 세 개가 모여야지만 그곳 드래곤 산맥을 간신히 채울 수 있을 정도다.

슈크란 산은 그러한 드래곤 산맥의 한 지류다.

드래곤 산맥은 몬스터들의 천국이니 당연히 슈크란 산도 몬스터들이 우글거리며 살고 있었다. 만일 그 몬스터들이 수시로 인간의 마을을 침입해 온다면 인간들로서는 상당히 골치 아픈 일이라 할 수 있었다.

하지만 안심해도 좋다.

왜냐하면 슈크란 산은 결계로 둘러싸여 있어서 그곳에 서식하고 있는 몬스터들은 함부로 갈루안스 영지로 내려갈 수가 없기 때문이다.

일 년에 네 차례 정도만 결계의 틈이 벌어지니 그때만 잘 대비하면 되는 일이었다.

"저 도마뱀 새끼가 끝까지 저러고 있네?"

슈크란 산의 정상을 밟고 서 있는 베스렐.

그의 미간에 자리한 불꽃 모양의 주름이 살짝 이지러졌다.

그가 바라보고 있는, 120여 미르 앞에 서 있는 레드 드래곤이 아직까지도 인간의 모습을 한 채였던 것이다.

"호호호."

자신감에 찬 표정. 본체가 아닌 인간의 모습으로도 충분하다는 표정이다.

"저게 뭘 믿고 저러는 거지? 진짜 죽어 봐야 정신을 차릴 건가?"

베스렐은 아무래도 본때를 보여 주어야겠다고 생각했다.

당해 보면 정신을 차릴 것이다.

지금 당장 자신의 최강절기들을 펼치면 인간으로 있는 저 드래곤 자식을 단숨에 죽일 수 있을 듯싶었지만 그렇게 하기는 싫었다. 자신은 드래곤을 죽이고 싶은 거지, 인간으로 변신한 녀석을 죽이고 싶은 것이 아니었다.

스윽.

베스렐은 왼손을 들어 올렸다.

우우우우우웅.

그 왼손에서 작은 진동음이 흘러나오는가 싶더니 곧 손의 장심에서 시커먼 구슬이 하나 생겨났다.

염라수의 강환(罡丸)이었다.

베스렐은 그 상태에서 아스린에게 메시지를 보냈다.

"한번 막아 봐라!"

그 뒤, 그의 왼손에 있는 강환은 주인의 의지에 따라 그에게서 떨어져 나갔다.

슈아아아아앙.

화살이 날아가는 것보다도 훨씬 빠른 속도.

거리는 120여 미르 정도에 불과한지라 강환은 순식간에 아스린의 크게 부풀어 오른 가슴과 부딪혔다.

콰쾅!

커다란 폭음 소리가 일었다.

"크윽!"

신음성을 토하며 뒤로 날아가는 아스린.

몸을 보호하고 있던 배리어는 한순간의 부딪침으로 깨어졌고 아스린의 입에서는 한줄기 핏물이 흘러내렸다.

믿을 수 없는 위력이었다. 8써클에 있는 방어 마법인 배리어가 깨지다니…….

이것은 위기 상황이다.

상대가 발휘하는 능력이 이처럼 빠르고 또한 대단한 위력을 지녔을 줄은 미처 몰랐다. 아니, 어느 정도는 알고 있었지만 이 정도일 줄은 몰랐다.

아스린은 가슴이 부서지는 듯한 고통 속에서도 빠르게 치료 마법을 펼쳤다.

"리커버리!"

화아아아아악.

캐스팅 없이 시동어만으로 발휘된 7써클의 리커버리.

그것은 환한 빛 속에서 단숨에 아스린의 상처 입은 몸을 치료해 주었다.

"이, 이놈, 죽인다!"

벌떡.

아스린은 몸이 치료되자 곧바로 자리에서 일어났다.

정말 자존심이 상했다. 하찮은 인간에게 뺨을 얻어맞은 기분이었다.

베스렐은 그런 아스린에게 또다시 메시지를 보냈다.

"이제 정신을 좀 차렸냐? 이 건방진 놈의 도마뱀 새끼야! 네 녀석을 단번에 죽일 수도 있었다만 내 한 번 봐줬다. 다시는 내 앞에서 꼴사나운 짓은 하지 말기 바란다. 그러다 뒈지는 수가 있으니까."

"저…… 저 인간이 감히……!"

입술을 부르르 떠는 아스린.

정말 기분이 뭣 같았다.

자신이 언제 이런 더러운 기분을 느껴 본 적이 있었던가?

드래곤인 자신을 한 번 봐주었다니…….

"으드득. 가만두지 않겠어. 내 네 녀석을 반드시 잡아다가 실험체로 써 주마."

전의를 불태우는 아스린.

그때 베스렐의 메시지가 다시 한 번 아스린의 머릿속을 울렸다.

"자아, 또 간다!"

우우우우웅.

작게 진동이 일었다.

그의 왼손에서 방금 전과 같은 강환이 다시 하나 생겨나 강렬한 기운을 내뿜었다.

"이런……!"

아스린은 기겁을 하고 말았다.

지금처럼 인간의 모습을 한 채로 저 강력한 공격을 또다시 맞았다가는 잘못하면 죽을 수도 있기에 아스린은 재빨리 공간이동 마법을 펼쳤다.

"텔레포트!"

화아아아악.

환한 빛 속으로 사라진 아스린.

"놈! 내가 놓칠 줄 아느냐?"

베스렐은 자신도 즉시 텔레포트 마법을 캐스팅했다. 아스린이 다시 모습을 드러낼 장소는 어렵지 않게 알 수 있었다. 드래곤이 텔레포트 마법을 사용하면서 끌어다 쓴 주변의 마나, 그 마나가 전해 주는 정보로 녀석이 어디쯤으로 이동해 갔는지 충분히 알 수가 있었던 것이다.

"텔레포트!"

곧 베스렐의 입에서도 마법의 시동어가 흘러나왔다.

이제부터가 진짜 시작이었다.

드래곤은 상당히 커다란 덩치를 가진 생명체다. 그리고 일반의 동식물에 비해 무척이나 오래 산다.

덩치가 크고 또한 오래 살다 보니 그들은 심심함을, 따분함을 자주 느끼게 된다. 그래서 드래곤들은 일상의 따분함을 극복하기 위해 한 가지 방도를 생각하게 되었다.

그 방도가 무엇이냐 하면 바로 마법의 힘을 빌려 타 종족의 모습으로 변신을 하는 일이었다.

인간이나 드워프족, 수인족, 엘프족 등등으로 변신해 몇십 년을 유희란 이름으로 즐기는 것이다.

그렇다면 여기서 한 가지 의문점이 생기게 된다.

드래곤이란 절대의 생명체가 타 종족으로 변신하면 과연 그 능력이 어떻게 변하느냐 하는 점이다.

마법적인 힘이나 육체적인 힘.

떨어진다. 그것도 많이 떨어진다.

드래곤 본체로 있을 때에 비해 그 능력이 삼분지 일 정도로 확 떨어지게 되어 있었다.

육체적인 능력은 말할 것도 없고 같은 7써클의 마법을 펼치더라도 본체로 있을 때보다 위력이 많이 약화된다.

인간이 드래곤을 잡을 수 있는 가장 좋은 시기.

그 시기가 바로 드래곤이 유희를 하기 위해 타 종족으로 변신을 하고 있는 때라 할 수 있는 것이다. 아니, 꼭 그때뿐만이 아니고 8써클까지의 마법만을 사용할 수 있는 청소년기의 드래곤도 좋은 시기라 할 수 있다.

유희를 하고 있는 드래곤과 청소년기의 드래곤.

그때가 아니면 인간으로서 드래곤을 잡는다는 것은 하늘의 별을 따는 일만큼이나 불가능하다 할 수 있었다.

"폴리모프!"

아스린의 입에서 작게 마법의 시동어가 흘러나왔다.

9써클에 자리하고 있는 변신 마법인 폴리모프는 곧바로 장내에 놀라운 모습을 안겨 주었다.

후드드드득.

근처에 있던 수풀이 뭉개지며 그 사이로 엄청나게 커다란 것이 일어섰다.

불그스레한 빛깔을 내보이는, 마치 튼튼한 갑주와도 같은 비늘. 크기는 머리에서부터 발끝까지의 길이가 28미르 정도

되어 보였다. 만약 뒤에 있는 꼬리를 기준으로 하면 그 길이
는 족히 35미르는 넘어갈 터였다.

이것이 바로 2,300여 년을 살아온 아스린의 본모습이었다.

지상의 모든 생명체들 중 최상위에 자리한, 먹이사슬의 가
장 꼭대기에 자리하고 있는 드래곤의 모습인 것이다.

베스렐은 100여 미르 떨어진 곳에서 그 모습을 멍하니 바
라보았다.

"저…… 저게 드래곤의 본모습인 건가?"

책에서 본 드래곤의 모습과 실제로 보게 된 모습은 그 느낌
이 천지 차이였다.

"멋있군."

정말 가슴을 두근거리게 만드는 모습이다.

가슴속에 자리한 적개심이 무섭게 일며 싸워서 이기겠다는
투쟁심이 강하게 피어났다.

보라, 저 아름다워 보이는 붉은 비늘들을.

저 드래곤 스케일들을 하나하나 곱게 뽑아서는 잔잔한 고
통을 안겨 주고 싶다. 아니, 솔직히 말하자면 놈을 찢어 죽이
고 싶었다.

그때였다.

아스린이 숨을 크게 들이키더니 그 입에서 곧장 괴성이 터
져 나왔다.

"크아아아아아아아앙—!"

우르르르릉.

순간 맑은 하늘에서 벽력성이 일며 슈크란 산 주변에 있던 생명체들을 공포로 몰아갔다.

드래곤이 발휘할 수 있는 권능과도 같은 힘!

그것은 피어였다.

"키이익."

"끄륵, 끄르륵……."

몬스터들은 드래곤이 내뿜는 기세에 도망을 치다가 그가 발휘하는 피어에 패닉 상태로 빠져서는 하나 둘씩 자리에 주저앉고 말았다.

대단한 모습. 하지만 질 수 없었다.

"좋아. 네 녀석이 피어로 먼저 나를 공포심에 젖게 만들려는 모양인데, 그렇다면 나도 보여 주지. 공포를 부르는 소리를 말이야."

베스렐은 마음속으로 살심을 일으켰다.

하단전에 자리하고 있는 고루불사마공은 그 살심에 동조해 즉시 힘을 보탰다.

우우우우우웅.

순간 그의 목구멍에서부터 어떤 거대한 힘이 토해지려고 했다. 베스렐은 아무런 저항도 하지 않고 그 힘을 입 밖으로 토해 냈다.

"우아아아아아아아아아—!!"

천지를 떨쳐 울리는 소리.

후드드득.

살아 있는 모든 것들이 겁에 질린다.

마령후(魔靈吼)였다.

마령후는 아스린이 발휘한 피어에 못지않은 힘을 발휘해서는 주변에 주저앉아 있는 몬스터들을 또 한 번 공포로 몰아갔다. 8개월 전 아론즈 협곡에서 처음 펼쳐 보았던 마령후보다 지금의 것이 위력이 더한 것 같았다.

가히 막상막하의 힘이라 할 수 있었다.

드래곤의 피어와 베스렐의 마령후는 그 우열을 가리기가 힘들 정도로 대단한 것들이었다.

"저놈이 감히 나와 비슷한 방법으로 몬스터들을 공포로 몰아가다니…… 정말 죽여야 할 인간이로구나."

아스린은 기분이 나빴다.

자신과 같은 드래곤이 아니면 사용할 수 없는 피어를 하찮게 생각하는 인간이 비슷하게나마 흉내를 내고 있으니 기분이 나쁠 수밖에 없는 것이었다.

베스렐은 메시지를 보냈다.

"어떻지, 도마뱀? 내가 너보다 낫다고 생각지 않느냐?"

아스린 또한 메시지를 보냈다.

"그까짓 걸 가지고. 흥! 좋다, 인간. 이제 나는 네놈을 산 채로 잡겠다. 네놈을 잡아서 그 힘이 어디서부터 기인하는 것

인지 알아봐 주마. 너는 지금 이 순간부터 나의 마법실험체가
되는 것이다."

"흐흐흐, 그랬군."

베스렐은 음침한 웃음을 흘렸다.

드래곤이 자신을 찾아 이곳까지 온 이유를 이제야 알게 되
었다. 이제 보니 녀석은 궁금했던 것이다. 마법이 아닌 무공
이란 이름의 힘을.

그 힘은 대단한 것이었고 드래곤이 호기심을 가지기에 충
분한 것이었다.

"흐흐, 좋다. 그럼 나도 너를 잡으마. 네놈을 잡아서 통구
이로 만든 뒤 사람들에게 나눠 주겠어. 그들과 사이좋게 도마
뱀 고기를 뜯는 거지."

비웃음의 메시지.

이제 대화는 끝났다. 서로가 원하는 것을 말했고 이제는 싸
우는 일만 남은 것이다.

"이놈, 좋다. 그 잘난 얼굴이 언제까지 갈지 두고 보자."

아스린은 화난 얼굴로 바로 마법을 준비했다.

1,000살 이상의 성인이 된 드래곤은 7써클의 마법까지는
시동어만으로 펼칠 수 있었기에 아스린은 7써클의 공격 마법
을 펼쳤다.

"마그마 블래스트!"

아스린의 입에서 시동어가 펼쳐지기가 무섭게 허공중에서

성인 남자 크기만 한 불의 구체가 생겨나더니 곧장 고속으로 날아갔다.

슈아아아아앙.

아스린은 베스렐의 움직임이 일반의 소드 마스터하고는 비교할 수 없을 정도로 빠름을 알고는 대단위 파괴 마법이 아닌 이렇듯 한 사람에게 사용하기 적당한 마법을 펼친 것이다.

속도와 파괴력이 대단한 7써클의 마법을.

그리고 결국 베스렐은 고속으로 날아온 마그마 블래스트에 맞고 말았다.

퍼석!

안개처럼 사라지는 베스렐.

아스린의 눈에는 분명 그렇게 보였다.

불길에 산화되어 죽은 것처럼 보였다.

하지만…….

"뭐지?"

마그마 블래스트는 베스렐을 한순간에 사라지게 하고는 계속해서 앞으로 나아가 멀리에 있는 작은 절벽과 부딪쳤다.

콰콰쾅!

절벽의 한가운데가 커다란 폭음 소리와 함께 사람 크기만 한 둥근 원을 만든 채 길게 이어졌다. 아니, 그것은 길게 이어지는 걸로 끝나지 않고 아예 절벽을 뚫어 버렸다.

엄청난 관통력.

하지만 지금은 그게 중요한 게 아니었다.

아스린의 눈에 비치고 있는 저것!

방금 마그마 블래스트에 맞고 사라진 베스렐은 그 말고도 수십여 명이 더 있었던 것이다.

<u>스스스스슛.</u>

12명의 베스렐은 순식간에 74명으로 불어났고 그것은 다시 108명으로 불어났다. 이것은 유령비의 환상결이었다.

대단한 모습. 108명으로 분신을 이루는 일은 환상결이 11성의 경지에 이르러야지만 나타나는 현상이었다.

"이제 내가 공격하마!"

108명으로 분신을 이룬 베스렐은 곧장 아스린이 있는 곳을 향해 날아갔다.

사방에서 덮쳐 오는 그 모습.

어질어질했다.

"으음, 어떻게 하지?"

아스린은 고민을 했다. 8써클의 방어 마법인 배리어를 펼칠지 아니면 자신의 갑주와도 같은 드래곤 스케일을 믿고 또다시 공격 마법을 펼칠지.

"좋아."

결국 아스린은 공격을 하기로 마음먹었다.

자신의 몸을 믿었다. 드래곤 스케일은 마법을 펼친 것보다 단단하지 않은가.

7써클의 공격 마법을 바로 또다시 펼쳤다.

"다이아몬드 스트라이크!"

시동어가 터져 나오자 허공중에서 갑자기 수십, 수백 개의 기다란 송곳 모양의 물체가 생겨나 사방에서 다가오고 있는 베스렐의 몸을 뚫어 버렸다.

퍼벅. 퍼버버벅!

결국 108명의 베스렐은 다이아몬드 스트라이크 공격에 절반 이상이 사라졌다.

"이런……!"

하지만 아스린은 자신이 생각한 것과는 다른 결과가 나왔는지 불그스레한 두 눈을 잔뜩 찡그렸다. 아무래도 그는 108명의 베스렐 모두를 뚫어 버릴 수 있을 줄 알았나 보다.

하지만 지금의 결과는 당연한 것이었다.

예전에 베스렐은 7써클의 마법인 썬더 스톰을 회전결과 환상결로 막아 낸 적이 있었다. 다이아몬드 스트라이크가 제아무리 빠르다고 해도 번개공격보다 빠를 수는 없는 것이었다.

"죽어랏, 레드 드래곤!"

살아남은 절반의 베스렐 모두가 왼손과 오른손 양손 모두를 들어 올렸다. 그러자 그 양손에서 검은 빛깔의 강환이 하나씩 튀어나와 아스린의 거대 몸통을 향해 날아갔다.

사방에서 날아오는 수십여 개의 강환.

그중에 두 개만이 진짜 강환이다.

슈아아아앙.

빠른 속도. 지척까지 다가가서 사용한 강환인지라 아스린은 피하지 못하고 결국 그 공격을 몸통으로 막아야 했다.

퍼억! 퍼억!

"크아아앙!"

관통이 이루어지는 소리와 함께 짐승의 비명이, 아니 드래곤의 비명성이 터져 나왔다.

배에 하나, 그리고 왼쪽 허벅지에 하나씩.

결국 갑주보다 더한 방어력을 보이는 드래곤 스케일은 강환의 공격에 맥없이 뚫리고 만 것이다.

아스린은 위기감을 느꼈다.

70여 명으로 줄어든 베스렐은 다시 108명으로 늘어났고 그들의 입에선 하나의 시동어가 흘러나왔다.

"아공간 오픈!"

지이이잉.

사람의 귀에는 들리지 않는 진동음 소리와 함께 공간의 문이 열렸다. 108명의 베스렐 모두는 조그마하게 열린 공간 속으로 오른손을 집어넣어 거기서 하나의 거대 검을 꺼내 들었다.

일곱 개의 구멍이 나 있는 그레이트 소드.

108명의 베스렐은 그레이트 소드를 하늘 높이 들어 올려서는 아스린에게 말했다.

“이제 지옥의 절기를 보여 주마!”

베스렐은 지옥도법을 펼칠 결심을 했다. 그러한 결심은 살기를 불러일으켰고 단전에 자리한 고루불사마공은 지옥도법이 원하는 경맥들을 따라 맹렬히 휘돌았다.

우우우우우웅.

갈색 머리가 산발이 되며 하늘로 치솟았다.

가히 마왕과도 같은 그 모습.

“크르릉! 할 수 없구나.”

아스린은 이를 갈았다.

일단 자리를 피하기로 했다. 자리를 피한 뒤, 상처 입은 몸을 리커버리로 단숨에 치료한 후, 그다음에 8써클 이상의 공격 마법을 사용하기로 했다. 물론 드래곤이 발휘할 수 있는 최고의 힘인 브레스도 사용할 계획이었다.

“놈! 반드시 실험체로 삼아 주마!”

아스린은 베스렐을 죽일 듯이 노려보더니 곧장 텔레포트 마법을 펼쳐 환한 빛 속으로 사라졌다.

화아아아아악.

“……”

드래곤이 그렇게 도망칠 줄 몰랐던 베스렐.

녀석은 잠시 허탈한 표정을 짓더니 마찬가지로 텔레포트 마법을 사용해 빛과 함께 사라졌다.

시간은 흘러 흘러 어느덧 저녁 시간을 향해 가고 있었다.

드래곤 산맥의 남부 지역. 그중에서도 에다마 지역에 살고 있는 몬스터들은 다른 지역에 살고 있는 몬스터들에 비해 영역 싸움이 치열하다. 또한 이곳 에다마에는 상급 이상의 몬스터들이 심심치 않게 보인다.

부스럭부스럭.

수풀이 갈라지는 소리가 들려왔다.

키가 2미르가 넘는, 일반의 오크보다도 훨씬 힘이 센 블랙 오크 오백여 마리가 어딘가로 이동 중이었다.

그들은 새로 이곳 에다마로 몰려온 블랙 오크들을 격퇴하기 위해 이처럼 저녁 시간에 움직이고 있는 것이었다.

부스럭.

조심스러운 움직임.

그때 제일 앞서 걷고 있던 블랙 오크 한 마리가 무얼 보았는지 소리를 질렀다.

"취이익! 조심해라! 앞에 카라멘티스가 있다!"

녀석의 말이 끝나기가 무섭게 뒤에 있던 블랙 오크들이 크게 동요를 보였다.

"취이익! 앞에 카라멘티스가 있대. 이거 어쩌지? 취이익. 놈과 싸워야 하나?"

"도망가자! 취이익! 그냥 잘려 나간다! 취이익!"

카라멘티스.

짙은 녹색의 피부에 키가 5미르가 넘는 사마귀처럼 생긴 몬스터다. 이 녀석은 최상급의 몬스터로 당연히 몬스터들의 먹이 사슬 중 최상위에 있는 녀석이었다.

현재 블랙 오크들의 전방에는 3마리의 카라멘티스가 10마리의 오우거와 힘을 겨루고 있는 중이었다.

오우거는 상급의 몬스터.

비록 녀석들의 숫자가 카라멘티스보다 많긴 하지만 힘의 차이로 인해 조금씩 뒤로 밀리기 시작했다.

"크아아아앙!"

화가 난 오우거 한 마리가 괴성을 지르며 힘차게 몽둥이를 휘둘렀다. 그러자 무시무시한 바람이 일며 몽둥이가 카라멘티스의 작은 머리로 날아갔다.

휘이이이잉.

카라멘티스는 자신의 머리로 날아오는 몽둥이를 2미르가 넘는 칼날 같은 앞다리를 이용해 잘라 버렸다.

서걱!

군더더기 하나 없는 깔끔한 소리. 녀석의 앞다리가 얼마나 예리한지 알 수 있는 대목이다.

오우거는 질린 표정을 짓더니 뒤로 슬금슬금 물러서다가 재빨리 도망을 쳤다.

쿵쿵쿵.

빠른 뜀박질, 확실히 오우거다.

하지만 카라멘티스는 놈을 이대로 도망치게 내버려 둘 생각이 없었다. 자신들이 영역으로 삼고 있는 곳에 침입을 해 온 녀석들이지 않은가.

등 뒤에 있는 네 장의 날개를 펼쳤다.

파라라라락.

날개가 잔떨림을 일으키며 크게 부풀어 올랐고 카라멘티스는 즉시 몸을 허공으로 띄워 날아갔다. 오우거는 도망을 치는 와중에 자신의 머리 위로 무언가가 날아오고 있음을 알게 되었다.

"크르르룽."

고개를 들어 하늘을 바라보았다. 그러자 카라멘티스의 세모꼴의 눈과 오우거의 붉은 두 눈이 만났다.

"키이이익!"

이상한 소음을 내는 카라멘티스.

녀석의 세모꼴의 두 눈이 요사스럽게 변해 갔다.

쉬이이익. 서걱!

빛이 한 번 번쩍였고 오우거의 머리는 그 순간 녹색의 피를 사방으로 흩뿌리며 나무 몽둥이와 별 차이 없이 깨끗이 잘려 나갔다.

허무한 결과였다.

　최상급의 몬스터와 상급의 몬스터는 이처럼 뚜렷한 힘의 차이가 있는 것이었다.

“취이익. 역시 카라멘티스야.”

가장 앞서 걷고 있던 블랙 오크들의 우두머리.

“취이익! 오른쪽으로 멀리 돌아서 간다!”

녀석은 결국 자리를 피하기로 결심했다.

카라멘티스가 한 마리 정도라면 어떻게든 싸워 보겠지만 녀석들은 지금 3마리나 되지 않은가.

　자신들 블랙 오크가 일반의 오크보다 힘이 세고 거기에 숫자가 500여 마리나 되긴 하지만 그런 것은 최상급의 몬스터 앞에서는 부질없는 것이었다. 멋모르고 덤비다가는 3마리의 카라멘티스에게 몰살을 당할 게 틀림없었다.

　한 무리의 지도자 자리에 있는 자는 상황 판단이 빨라야 하는데 지금 블랙 오크들의 우두머리는 제법 상황 판단을 잘하는 녀석이라 할 수 있었다.

“취이익. 조심, 조심……!”

부스럭부스럭.

500여 마리의 블랙 오크들은 우두머리의 발걸음에 맞춰 조심스레 뒤로 물러섰다.

그때였다.

지이이이잉.

카라멘티스가 오우거들과 싸우고 있는 곳.

그 위에서 빛과 함께 작은 진동음이 들려왔는데 아무래도 누군가가 이곳으로 텔레포트를 해 오는 모양이었다. 그리고 그것은 사실로 드러났다.

"크아아아아앙!"

낮게 피어를 발산하는 레드 드래곤.

붉은 피다. 호되게 당한 듯 몸의 이곳저곳이 피에 절어 있었다.

"젠장! 내가 하찮은 인간 놈에게 당해야 하다니……!"

아스린은 장내에 텔레포트 마법으로 모습을 드러내자마자 날개를 활짝 펴서는 재빨리 하늘 높이 날아 올라갔다.

지금은 상처를 치료할 시간조차 아까웠다.

상대는 엄청 빠른 놈이었다.

아스린은 허공의 한 지점에 이르자 곧바로 두 가지의 마법을 준비했다. 하나는 5써클의 마법이었고 또 다른 하나는 8써클의 마법이었다.

8써클의 마법 같은 경우는 캐스팅을 해야만 했는데 그것은 시간을 조금 들여야 하는 일이었다.

지이이잉.

그때 아스린이 나타났던 자리에서 50여 미르 정도 떨어진 지점으로부터 또 다른 누군가가 모습을 드러냈다.

그레이트 소드를 들고 있는 베스렐.

녀석도 험한 꼴을 하고 있었다. 입고 있는 외투가 잘게 찢겨서는 완전히 걸레가 되어 있었던 것이다.

베스렐은 고개를 들어서 하늘에 떠 있는 아스린에게 큰 소리로 외쳤다.

"이 자식아! 어딜 도망가느냐?"

조금은 흥분한 듯한 모습.

벌써 반나절을 넘게 싸우고 있었다.

이렇게까지 시간이 오래 걸릴 줄은 그나 드래곤이나 미처 몰랐다.

치열한 싸움. 수십, 수백 번을 부딪쳤다.

베스렐은 염라수와 지옥도법, 그리고 몇 가지의 마법을 함께 사용했고 아스린은 상위에 있는 마법들을 무차별적으로 사용했다. 서로는 어쩔 수 없이 다쳐야만 했고 각자가 지닌 힘으로 치유했으며 결국 나중에는 텔레포트 마법을 몇 번씩이나 사용해 상대의 공격을 피해야 했다.

"드래곤이란 새끼가 자꾸 그렇게 계속 도망만 칠 거냐? 나 같으면 자살하겠다, 이 새끼야! 그렇게 살 바에는 그냥 뒈져 버려!"

베스렐은 드래곤의 심기를 계속해서 어지럽혔다. 하지만 그 같은 도발은 녀석에게 통하지 않았다.

"크르르릉! 뭐가 도망이란 말이냐, 이 건방진 인간 녀석아! 이제는 슬슬 마무리해 주마! 마지막이다!"

아스린은 준비하고 있던 마법을 바로 펼쳤다.

"그라비티!"

중력을 높이는 마법.

"이런……!"

베스렐의 미간이 살짝 찌푸려졌다.

그라비티가 발휘된 순간부터 몸이 무거워지며 뜻한 대로 움직이기가 힘들어졌다. 확실히 인간 마법사가 사용하는 그라비티 마법보다 그 위력이 더했다.

아스린은 베스렐이 그라비티 마법에 걸리자 즉시 준비해 두었던 마법을 또다시 펼쳤다.

"헬 파이어!"

마법의 시동어가 터져 나오기가 무섭게 허공의 한 지점에서 집채만 한 크기의 초고열의 불덩이가 만들어졌다.

화르르르르르르르―

그것은 주인의 의지에 따라 곧장 베스렐을 향해 날아갔다.

"흥! 그까짓 공격쯤이야!"

베스렐은 그라비티 마법이 걸린 공간을 느릿하게 걸으며 왼손을 들어 올렸다. 그러자 그의 왼손에서 4미르 크기의 회오리가 만들어졌다.

예전처럼 둥글게 원을 그리지 않았다.

염라수의 수비초식인 염라수호는 그 경지가 11성에 이르자 가만히 손을 내밀기만 해도 저절로 절기가 펼쳐졌다.

슈슈슈슈슈슉.

헬 파이어의 불길은 염라수호의 공간 속으로 들어갔다가 다시 튕겨져 나갔다.

"제길! 잘 안 되잖아?"

베스렐의 미간이 살짝 찌푸려졌다.

원래 염라수호의 초식은 상대의 공격을 그대로 되돌려 줄 수 있는 절기인데 지금 헬 파이어는 그 위력이 너무도 강대한지라 뜻한 곳으로 보낼 수가 없었다.

"저 녀석에게 헬 파이어를 그대로 되돌려 주려고 했는데, 어쩔 수 없군."

베스렐은 할 수 없이 헬 파이어를 왼쪽 100미르 밖에 있는 수풀 사이로 튕겨 나가게 했다.

콰쾅! 콰콰쾅!

수풀이 커다란 폭음성과 함께 단숨에 날아갔다.

또한 그 수풀에 숨어 있던 블랙 오크들도 떼죽음을 당하게 되었다.

비명은 생각조차 할 수 없었다. 헬 파이어의 불길은 녀석들을 한순간에 검은 재로 만든 것이다.

"으음, 정말 대단한 인간이구나!"

하늘 위에서 날갯짓을 하고 있는 아스린.

녀석의 불그스레한 두 눈이 매섭게 변했다. 지금의 결과는 어느 정도 예상한 것이었다. 반나절을 넘게 싸워 오며 베스렐의 능력을 어느 정도 파악을 해 놓은 것이다.

"좋아, 그렇다면 이제는 어쩔 수 없군. 네놈을 마법실험체로 사용하겠다는 그 생각을 버릴 수밖에."

포기했다. 끝장을 보기로 결심했다.

잘못하다가는 자신이 당할 수도 있었다.

아스린은 고개를 뒤로 조금 젖히며 숨을 크게 한 번 들이쉬었다.

지금의 이 자세.

그렇다. 아스린은 지금 드래곤이 발휘할 수 있는 최강의 공격 중 하나인 브레스를 사용하려는 것이었다. 무엇이든 태워 버릴 수 있는, 심지어 보석 중의 보석인 다이아도 녹여 버릴 수 있는 그 화염의 브레스를.

한편, 지상에 있는 베스렐은 아스린의 그 같은 모습에 긴장을 하게 되었다.

"젠장할! 브레스로구나! 그라비티의 마법은 5분여 정도 더 지속될 터인데……."

빠져나가기는 그른 듯했다.

그라비티가 걸려 있는 공간에서는 천고의 신법인 유령비를 마음대로 사용할 수 없었던 것이다. 물론 신법을 펼쳐서 억지로 움직이면 지금보다는 빨리 벗어날 수 있겠지만 지금은 신법을 펼치기보다는 브레스에 대비해야 했다.

"크아아아앙!"

마침내 아스린의 주둥이에서 시뻘건 화염의 불길이 토해졌다. 헬 파이어보다 더해 보이는 초고열의 열기.

화르르르르르르르―

닿는 것은 모두 다 무(無)로 돌아갈 듯싶다.

푸욱!

베스렐은 급히 그레이트 소드를 바닥에 꽂고는 재빨리 양손을 앞으로 내밀어 염라수호의 초식을 펼쳤다.

두 개의 커다란 회오리가 만들어졌고 그 순간 화염의 브레스와 회오리가 마주쳤다.

슈슈슈슈슉. 치지지지지직.

"크윽!"

베스렐의 얼굴 표정이 심각하게 이지러졌다.

염라수호의 초식 사이로 이글대는 열기가 스며 들어오고 있었던 것이다.

"제기랄! 정말 지랄 같은 브레스로구나……!"

치지지직.

뜨거운 열기는 베스렐의 양팔을 조금씩 태웠다. 확실히 레드 드래곤이 사용하는 브레스는 일반의 화염계 마법과는 비교할 수 없을 정도로 엄청난 위력을 자랑했다.

콰쾅! 콰콰콰콰콰콰쾅!

커다란 굉음 소리가 들린다.

베스렐이 서 있는 곳 이외의 지역은 부서지고, 태워지고 있었다. 시뻘건 불의 선이 기다랗게 이어지며 커다란 숲이 사라지고 튼튼한 절벽이 날아갔다.

"키이이이익!"

"크아앙!"

그 지역에 살고 있던 몬스터들은 좀 전의 블랙 오크들처럼 떼죽음을 당해야 했다.

화르르르르, 콰콰콰콰콰콰콰콰콰쾅.

에다마 지역은 그렇게 초토화가 되고 있었다.

'이거 어떻게 하지? 이대로 당하고만 있기에는 내 자존심이 많이 상하는데 말이야.'

치지지직.

검은 연기가 인다.

이글거리는 브레스의 열기는 조금씩 베스렐의 안쪽으로 파고 들어와 그의 전신을 뜨겁게 달구기 시작했다. 물론 죽지는 않는다. 그의 몸은 고루불사마공에 의해 보호를 받고 있기 때문에 열기에 의해 생겨난 화상은 금세 다시 아물어 갔다.

'한번 유령비의 회전결을 펼쳐 볼까? 염라수호와 함께 회전결을 사용하면 어쩌면 녀석의 브레스 공격을 너끈히 받아 낼 수도 있을 것 같은데 말이야.'

베스렐의 두 눈이 반짝이더니 곧 결심한 듯한 모습을 보였다.

'좋아, 해 보자.'

그는 양손으로 염라수호를 펼치는 한편 단전에 자리하고

있는 고루불사마공의 진기를 따로 불러내서는 유령비의 회전
결이 원하는 경맥으로 돌렸다.

휘스스스스스.

그러자 회색빛의 기류가 그의 전신에서 뿜어져 나와 회전
을 하기 시작했다.

그것은 유령막(幽靈幕)이었다.

유령막은 베스렐의 몸을 가린 채 회전을 하기 시작했고 그
제야 뜨겁게 달구고 있던 열기들은 모두 물러갔다.

"하하하, 완벽하군. 이건 완벽한 수비야."

베스렐은 작게 웃음을 터트렸다.

염라수호와 유령비의 회전결을 함께 사용하니 그 방어능력
이 전과 비교할 수 없이 월등해진 것이다.

저벅저벅.

베스렐은 걸었다. 계속 이러고 있을 게 아니라 그라비티 마
법이 펼쳐진 지역을 벗어나는 게 좋을 것 같았다.

그러면서 한편으로는 녀석을 이제는 끝장내야겠다는 생각
을 품었다.

그동안은 최강의 공격들을 아껴 두고 있지 않았던가.

드래곤이 발휘할 수 있는 능력 모두를 관찰하기 위해서 말
이다.

'이제 다 됐어. 녀석의 힘은 충분히 맛보았으니 지금부터
는 지옥도법의 삼초식과 염라수의 공격초식인 염라지옥을 보

여 주는 거야. 그것들이라면 놈을 죽일 수 있겠지.'

그의 걸음은 마음의 움직임에 맞추어 점점 빨라졌다.

"……."

아무 말 없는 아스린. 그는 하늘 위에서 놀란 듯한 표정을 짓고 있었다.

어떻게 저럴 수가 있단 말인가?

자신의 브레스를 맞고도 멀쩡할 수가 있다니…….

정말 괴물 같은 인간이었다.

"그럼…… 이제부터는 어떤 마법을 펼쳐야 하지? 9써클의 마법들은 대부분이 대단위 파괴 마법이고 또한 시간이 조금 걸리는 것들뿐인데 말이야?"

쓸 만한 게 없었다.

최강의 공격이라 할 수 있는 브레스 공격이 통하지 않는데 다른 어떤 공격이 쓸모가 있겠는가?

상대는 지금 자신이 만들어 낸 그라비티 마법이 걸린 지역을 벗어났다. 마지막을 준비하고 있는 듯 녀석의 몸에서는 무시무시한 기운들이 피어오르고 있었다.

"으음, 어쩔 수 없구나. 위험하기는 하지만 9써클에 있는 그걸 사용해 봐야겠어."

9써클에는 대단위 파괴 마법이 아닌 하나의 생명체만을 죽일 수 있는 마법이 하나 존재했다.

그 마법의 이름은 '파워 워드 킬'.

대상자의 정신을 파괴하여 죽음에 이르게 하는 마법이다.

"녀석의 정신력이 나보다 강할 리 없으니 파워 워드 킬 마법이면 충분히 죽일 수 있겠지."

불안한 마음이 없잖아 있었다. 이제껏 상대가 보여 준 위력은 인간의 한계를 초월한 것이었으니 말이다.

하지만 이제 상대를 죽일 수 있겠다 싶은 마법은 그것밖에 없었다. 그리고 그 마법이라면 틀림없이 죽일 수 있을 것이다.

그렇게 믿어야 한다. 불안한 마음은 지금 이 순간 아무짝에도 쓸모가 없는 것이지 않은가.

"앱솔루트 배리어!"

후화아아아앙.

거대한 막이 하나 생겨났다.

아스린은 먼저 9써클에 있는 최강의 방어 마법을 몸에 다시 두르고는 바로 파워 워드 킬 마법을 준비했다.

서서히 의지를 일으켰다. 정신을 하나로 모아 주변의 마나를 강하게 끌어 모으니 대기의 기운이 무섭게 흔들렸다.

우우우우우웅.

두―둥실.

베스렐은 그라비티 마법이 걸린 지역을 벗어나자마자 재빨리 몸을 띄우고는 허공을 이리저리 날아다녔다. 상대가 언제 또다시 그라비티 마법을 펼칠지 알 수 없어 그렇게 신형을 어지럽게 날리고 있는 것이었다. 그레이트 소드는 등 뒤에 매어 언제든지 출수할 수 있게 해 놓았다.

베스렐은 허공을 나는 한편 양손을 들어 올려 아스린을 향해 내밀었다.

투명하게 변해 가는 양손.

"그럼 이제 염라수의 공격초식인 염라지옥을 펼쳐 볼까."

마음을 다잡자 그의 양손에서 강한 진동음이 들리더니 그 손의 장심에서 모두 여섯 개의 강환이 생겨났다. 한 손에 세 개씩 그렇게 여섯 개가 된 것이다.

우우우우우웅.

여섯 개의 강환은 불길한 공명음을 흘리며 당장이라도 뛰쳐나갈 듯한 모습을 보였다.

"나의 최강 공격 중에 하나다! 이름은 염라지옥, 또는 육합 멸살이라고 하는 절기지. 한번 받아 봐라!"

베스렐은 아스린에게 메시지 마법으로 자신이 이제 공격할 것임을 알렸다. 그러자 뜻밖에도 곧바로 답장이 왔다. 마치 준비하고 있었다는 듯이 그렇게.

"네가 먼저 나의 공격을 받아 보거라!"

아스린은 메시지 마법으로 답장을 보내 주자마자 바로 마법의 시동어를 외쳤다.

"파워 워드 킬!"

마침내 9써클에 자리한, 단일 공격 중 최강의 위력을 발휘하는 파워 워드 킬 마법이 펼쳐졌다.

대기가 갈라졌다.

그리고 그 사이로 하나의 의지가 나타나 허공을 날고 있는 베스렐의 머릿속으로 들어갔다.

"크윽!"

휘청.

베스렐은 순간 몸의 균형을 잡지 못하고 지상으로 추락하고 말았다.

슈아아아아앙.

지상과 10미르를 남겨 놓은 상태에서 그는 무너지려는 정신을 다잡고 바닥에 안전히 착지했다. 그러곤 빠르게 자신의 정신을 침입하고 있는 미지의 적을 몰아내기 위해 애썼다.

'제, 젠장……! 내가…… 내가 염려하던 그…… 그 파워 워드 킬 마법이로구나.'

왜 안 나오나 했다.

베스렐이 드래곤을 상대하는 데 있어 가장 우려했던 것은 그들이 발휘하는 정신공격이었다. 이 정신공격이라고 하는 것은 수비초식인 염라수호나 회전결 같은 게 아무 소용이 없는 것이었다.

그래서 준비를 했다.

전에 요마줄루족과 대련을 펼칠 때 특별히 그들에게 자신에게 정신을 공격하는 요법을 발휘해 달라고 부탁하며 정신을 방어하는 능력을 키웠다. 물론 상대의 정신을 공격하는 능력도 키웠다.

"으윽……!"

베스렐의 미간에 자리한 불꽃 모양의 주름이 급격이 일그러져 갔다. 조금만 시간이 지체되면 정신이 붕괴될 듯싶었다.

그는 준비했던 것을 바로 펼쳤다.

"죽어랏! 죽어랏! 죽어랏……!"

베스렐은 마음속으로 강한 염원을 담아 레드 드래곤의 정신을 공격했다. 예전에 아론즈 협곡에서 마도사를 상대로 사용해 본 적이 있는 그 의형살인이었다.

'으윽. 저…… 저 인간 놈이……!'

허공에 떠 있는 레드 드래곤의 얼굴이 무섭게 일그러졌다.

아스린은 정신에 일고 있는 엄청난 고통에 허공을 나는 것을 포기하고는 지상으로 내려갔다.

스윽, 쿠웅.

거대한 몸체가 대지 위에 올려지자 큰 소리가 났다.

이제 베스렐과 아스린은 서로 80여 미르를 사이에 두고 대치를 하게 되었다. 서로 물리적인 공격은 사용하지 않고 오로지 정신으로만 싸우게 된 것이다.

'지지 않는다! 내가, 내가 인간 따위에게 질 리 없어! 드래

곤은 최강의 생명체. 나는 이곳 중간계의 절대자다!'

'죽어라! 레드 드래곤! 내 앞에서 무릎을 꿇어라!'

고오오오오오.

대기의 떨림이 강하게 일었다.

세상의 근원인 마나는 지금 한 인간과 드래곤이 내뿜는 기세에 숨을 죽였다. 누가 이기든 세상의 마나는 이 둘을 모두 기억할 것이다.

주르륵.

베스렐의 이마에 매달려 있는 땀방울들이 더 이상 버티지 못하고 하나 둘씩 밑으로 떨어졌다.

시간은 조금씩, 조금씩 흘러갔다.

그에 따라 두 절대자 간에도 서서히 우열이 가려지기 시작했다.

의형살인!

그것은 9써클의 파워 워드 킬에 밀리기 시작했다.

죽이겠다는 살기는 의형살인이 좀 더 강했지만 정신의 깊이나 넓이에서 너무 많이 차이가 났다. 2,300여 년을 살아온 드래곤과 22년 정도를 살아온 인간의 정신력은 당연히 많은 차이가 있을 수밖에 없는 것이었다.

'으윽. 괴…… 괴롭구나……!'

힘들었다. 너무나 힘들었다.

이대로 포기하고 싶다는 마음이 강하게 피어났다.

하지만 베스렐은 어릴 때부터 독종의 기질이 다분히 있던 녀석이기에 약해지려는 마음을 다잡고 방법을 모색했다.

씹어 먹어도 시원찮을 저 레드 드래곤을 어찌하면 죽일 수 있는지 그 방법을 찾아내야 했다.

베스렐은 의형살인의 의지 중 가는 줄기 하나를 빼 와서는 그걸로 생각이란 걸 했다.

'의…… 의형살인 가지고는 안 돼! 히…… 힘들지만 저, 정신공격이 아닌, 무…… 물리적인 공격을 가해야 해.'

지금 이대로는 절대 안 된다.

잘못하면 카스트리온을 만나기도 전에 죽을 수도 있었다. 그것만은…… 그것만은 절대로 안 되었다.

스윽.

베스렐은 의형살인을 펼치는 한편, 양손을 들어 올려 아까 전에 준비해 두었던 여섯 개의 강환을 다시 꺼내 들었다.

사실 그 강환들은 사라지지 않고 계속 그의 양손에 머무르고 있었는데, 베스렐은 언제 다시 염라수를 사용할지 몰라 그걸 계속해서 운용하고 있었던 것이다.

우우우우우웅.

여섯 개의 강환은 불길한 공명음을 일으키며 당장이라도 뛰쳐나갈 듯한 모습을 보였다.

"으윽!"

베스렐의 입에서 얕은 신음성이 흘러나왔다.

의형살인을 펼치면서 따로 또 공격을 준비하니 상대의 정신공격에 서서히 의지가 무너지려 하고 있었다.

베스렐은 더 늦기 전에 바로 마음속으로 초식명을 외치며 공격했다.

'육합멸살(六合滅殺)!'

슈아아아아앙.

여섯 개의 강환은 빛살처럼 날아가 80여 미르 앞에 있는 아스린의 주위를 에워 감쌌다.

하늘과 땅, 그리고 동서남북의 자리에 가서 섰다.

지이이이잉.

작은 진동음이 들려왔다.

완성이었다. 육합의 진이 완성되었다.

염라수호의 공격초식인 염라지옥은 12성 대성을 하게 되면 다른 이름으로 불리게 된다.

그 이름, 육합멸살.

염라지옥의 극의인 이 육합멸살이 펼쳐지면 상대방은 꼼짝없이 갇히게 되는데 그건 지상최고의 생명체라는 드래곤도 예외가 아니었다. 육합멸살의 공간은 마나의 흐름이 매우 불규칙적으로 움직이는지라 함부로 공간이동 마법을 펼쳤다가는 죽을 수도 있었던 것이다.

'뭐지? 매우 위험한 기분이 드는데……!'

아스린의 불그스레한 두 눈에 당황의 빛이 어렸다.

그리고 그때 완성된 융합멸살이 레드 드래곤의 몸체를 강하게 공격했다.

콰쾅! 콰콰콰콰콰콰콰쾅!

천지를 뒤흔드는 굉음이 에다마 지역을 강타하기 시작했다.

"크릉!"

작게 신음성을 내뱉는 아스린.

아스린의 앱솔루트 배리어는 그 순간 잘게 부서지며 사라졌다. 9써클에 자리한 최강의 방어 마법이 염라수의 융합멸살에 힘없이 깨지고 만 것이다.

하지만…….

'제길. 죽이지 못했잖아……!'

베스렐의 두 눈에 안타까운 빛이 어렸다.

죽이지 못했다. 융합멸살은 앱솔루트 배리어를 깨부수었지만 그 안에서 보호를 받고 있던 레드 드래곤에게는 작은 충격만을 안겨 주고는 그대로 소멸하고 만 것이었다.

"크윽. 제…… 제길……!"

갑자기 크게 신음성을 내뱉는 베스렐.

그의 입가에 선홍빛의 핏물이 어리기 시작했다.

주르륵.

한계였다. 정신이 더 이상 버티지 못하고 붕괴되려 하고 있었다. 파워 워드 킬은 의형살인의 힘을 조금씩 와해시키며 베스렐의 정신 속으로 파고들었다.

이대로 끝나야만 하는 것일까?

복수의 꿈은 접고 이제는 마나의 품으로 돌아가야만 하는 것일까?

'안 돼! 그럴 수 없어! 카스트리온…… 카스트리온 그 개자식을 죽여야 해! 여기서…… 여기서 끝낼 수 없어……!'

대단한 의지였다.

처절한 의지였다.

'죽여야 해! 죽여야 해! 저놈을 죽여야 내가 살아!'

부르르르.

베스렐은 잘게 떨리는 왼팔을 힘겹게 들어 올렸다.

그러곤 의형살인에 쏟고 있는 마음 중 줄기 하나를 다시 빼와서는 그것으로 작은 의지를 만들어 염라수의 공력을 일으켰다. 그러자 그 왼손의 장심에서 호두 알보다도 작은 검은빛의 강환이 하나 생겨났다.

우우우우웅.

주변의 대기가 잘게 떨린다.

그리고 베스렐에게서 힘겨운 하나의 의지가 일었다.

'가서 죽여……!'

강환은 그 의지를 받아들여 곧장 아스린이 있는 곳으로 날아갔다. 빠르지는 않았다.

강환은 느린 속도로 날아갔다.

그리고 그걸 바라보는 아스린의 눈에는 절망의 빛이 감돌 았다.

'이, 이런……! 어떻게 하지?'

파워 워드 킬을 발휘하는 순간에는 다른 마법을 펼칠 수가 없었다. 방어 마법 같은 경우는 미리 펼쳐 두어야 했는데 이미 그 최강의 방어 마법이라 할 수 있는 앱솔루트 배리어는 깨지고 난 뒤였다.

강환은 천천히 아스린의 머리를 향해 날아갔다.

그의 양미간을 노렸다.

이대로는 죽을 수밖에 없는 아스린이다. 파워 워드 킬로 상대를 죽이기 전에 자신이 먼저 죽을 판이었다.

위기의 순간!

"이놈! 죽인다! 헬 파이어……!"

이건 무슨 짓인가? 같이 죽자는 것인가?

아스린은 파워 워드 킬을 거두어들이고 즉시 8써클에 있는 최강의 화염 마법을 펼쳤다.

화르르르르르르—

집채만 한 초고열의 열기가 허공에서 생겨나 베스렐을 향해 날아갔고, 그 순간 파괴적인 기운을 품고 있는 강환은 아스린의 양미간을 정확히 꿰뚫었다.

퍼펑!

그대로 숨이 끊기고 만 아스린.

그리고 이제 남은 건 베스렐.

그는 지금 꼼짝도 할 수 없는 상황이었다.

전신에 있던 기력이 모두 사라져 탈진한 상태인지라 유령비를 펼쳐 도망칠 수가 없었다.

슈아아아아앙.

지척까지 다가온 헬 파이어.

이렇게 베스렐의 운명은 끝이 나는 것일까? 카스트리온에게 복수를 하겠다는 그 꿈은 이제 접어야 하는 것일까?

바로 그때, 꺼진 불처럼 혼탁한 눈빛을 내보이고 있는 베스렐의 입에서 미약한 음성이 흘러나왔다.

"텔레포트!"

그의 왼손에 있는 마력 하트에서 작게 빛이 일었다.

Chapter3

부서진 단전

갈루안스 마탑.

그곳은 요 며칠간 엄청 바쁘게 돌아갔다.

리렌시아는 슈크란 산에서 결국 주인님에 대한 단서를 발견할 수 있었고 그녀는 즉시 마탑으로 돌아와 마법사들과 함께 본격적인 수색에 들어갔다. 5써클 이상의 마법사들이 모두 동원되었다.

그들은 네 개 조로 나누어 동서남북을 누볐다.

탑주님과 레드 드래곤.

그 두 절대자들은 텔레포트 마법을 수시로 사용한지라 마법사들은 슈크란 산을 넘어 드래곤 산맥의 중심부 가까이에까지 가게 되었다. 그리고 마법사들은 오늘 싸움이 있었던 마지막 장소에 도착할 수 있었다.

지이이이잉.

몬스터들이 떼죽음을 당한 에다마 지역에 누군가가 텔레포트 마법을 사용해 나타났다.

그들은 모두 세 명. 리렌시아와 메드레스 마도사, 그리고 바얀스 마도사였다.

부스럭.

그들 세 사람은 풀숲을 걸으며 주위를 둘러보았다.

"으음. 마치 이곳에만 하늘의 재앙이 떨어진 듯하군요."

바얀스 마도사의 말에 메드레스 마도사가 고개를 끄덕이며 대답했다.

"그렇군. 검게 탄 대지를 보니 이곳에서도 드래곤의 브레스가 사용되어진 듯해. 스무 대 이상의 마차가 함께 지나다닐 수 있을 정도의 큰길이 만들어지다니, 정말 드래곤이 발휘하는 브레스는 무섭구먼."

몬스터의 시체는 많이 보이지 않았다.

시체가 많이 보이지 않는 이유?

그건 간단하다. 몬스터들은 그날 헬 파이어와 화염의 브레스에 재조차 남기지 않고 완벽히 사라진 것이었다.

"무사하셔야 할 텐데 말입니다."

"괜찮을 걸세. 탑주가 지닌 힘은 인간의 한계를 벗어났으니 말일세."

"……"

리렌시아는 두 마도사가 하는 대화에 끼어들지 않고 어두운 얼굴로 주변을 디텍트 마나로 계속해서 살폈다.

"으응?"

그때 그녀에게서 처음으로 말문이 열렸다.

"저 앞 구릉 너머에서 뭔가가 포착되네요. 우리 저기로 가 봐요."

그녀의 말에 두 마도사는 고개를 끄덕였다.

"그렇군. 뭔가 있어."

"빨리 가 보죠."

그들 세 사람은 곧 플라이 마법을 펼쳐 디텍트 마나가 가리키는 방향으로 날아갔다.

"……"

"……"

세 사람은 아무 말 없이 멍하니 서 있었다.

거대한 크기의 생명체.

족히 30미르는 되어 보이는 그 생명체는 붉은 비늘이 온몸을 감싸고 있었는데 그 정체는 놀랍게도 이곳 중간계의 절대자인 드래곤이었다. 그것도 일반의 드래곤보다도 힘이 좀 더 강하다고 알려진 레드 드래곤.

세 사람은 드래곤을 처음 봤다. 나이가 칠십이 넘는 메드레스 마도사도 드래곤을 보는 건 난생처음이었다.

대륙은 넓으니 드래곤을 직접적으로 본 자는 적지 않을 것이다. 하지만 살아 있는 드래곤이 아닌, 죽은 드래곤을 보는 것은 알트라스 대륙에 있는 사람들 모두를 통틀어도 그다지 많지 않을 것이다. 아니, 역사적으로도 거의 없을 것이다.

"흐음. 중간계의 절대자란 드래곤이 이런 식으로 죽음을 맞이하다니……."

메드레스 마도사의 입에서 약간은 감탄이 섞인 음성이 흘러나왔다.

아스린이란 이름을 가지고 있는 레드 드래곤.

녀석의 사인은 머리에 나 있는 커다란 구멍이었다.

무언가가 일반의 금속보다도 단단한 드래곤 스케일을 뚫고 거기에 신체에 있는 뼈들 중 가장 단단하다는 두개골을 마저 부수고 들어간 것이다.

"대단합니다, 대단해요. 역시 탑주님이에요."

바얀스 마도사는 전신에 전율이 일었다.

감히 대적할 수가 없다는 드래곤을 마침내 인간의 힘으로 잡지 않았는가? 그것도 청소년기의 드래곤이 아닌 2,000년이라는 긴 세월을 살아온 드래곤을 말이다.

"드래곤 슬레이어예요, 진정한 의미의. 과연 일반 사람들이 이 사실을 믿으려 할지 모르겠습니다. 혼자 힘으로 드래곤을 잡았으니 말입니다."

"믿어야겠지. 이렇게 증거라고 할 수 있는 시체가 있으니 말일세.”

“하하하. 그렇죠.”

바얀스 마도사는 즐거운 듯 웃음을 지었다.

“하하. 정말 기쁘군요. 드래곤의 사체를 이렇게 얻게 되었으니 말입니다.”

드래곤은 그 자체로 보물이나 마찬가지다.

몬스터들 중에는 마법재료로 쓰이는 녀석들이 있는데 드래곤은 그런 몬스터들과는 비교할 수가 없었다.

일단 심장에 자리한 드래곤 하트.

이것은 가히 마법사에게는 최고의 보물이라 할 만한 것이었다. 상상할 수도 없이 많은 양의 마력이 그 드래곤 하트에 집약되어 있었던 것이다.

그리고 드래곤 스케일과 드래곤 본.

이것은 최고의 마법 무구를 만들 수 있는 보물로서 기사들의 힘을 업그레이드시킬 수 있는 것이었다.

“그렇지. 이건 횡재나 마찬가지야. 오늘부터 이 드래곤의 사체를 분해해 마탑으로 가져가야겠어. 다른 마법사의 탑에서 눈치를 채기 전에 말이야.”

“하하. 그래야겠죠. 당장 다른 곳에 있는 마법사들을 불러들여야겠습니다. 라이언 기사단에도 연락을 넣고요.”

드래곤의 사체를 얻었다는 생각에 조금 들뜬 메드레스와 바얀스 마도사.

하지만 그런 두 마도사와는 다르게 리레시아는 계속해서 어두운 표정을 지었다. 디텍트 마나로 주위를 계속해서 살피고 있었지만 어찌 된 일인지 주인님이 보이지 않았기 때문이다.

"주인님은…… 주인님은 어, 어떻게 되신 걸까요?"

리렌시아가 하는 질문에 두 마도사는 바로 대답하지 못했다.

주변에 살아 있는 것은 없었다.

오직 시커멓게 그슬린 몬스터의 시체만이 일부 보였는데 그 시체들 사이에 탑주는 없었다.

그렇다면 이것은 무엇을 의미하는 것일까?

혹시 탑주는 마나의 품으로 돌아간 것일까? 드래곤이 발휘한 마법에 재조차 남기지 못하고 죽은 것일까?

아니다. 그럴 리가 없었다.

메드레스 마도사는 어두운 표정을 짓고 있는 리렌시아에게 부드러운 음성으로 말했다.

"안심하거라. 그렇게 걱정하지 않아도 된다. 탑주님은 무사하실 거야."

"……"

리렌시아는 아무 말도 않은 채 메드레스 마도사를 바라보았다. 그가 하는 이야기에 그저 귀를 기울여 듣기만 했다.

"탑주님은 여기 있는 레드 드래곤을 죽였다. 무슨 방법을 사용한 건지는 모르지만 어쨌든 머리에 구멍을 뚫어서 죽였지. 그럼 결론은 난 거다.”

“그게, 그게 무슨 말이죠?”

“간단하다. 탑주님은 드래곤을 죽일 때까지는 확실히 살아 계셨다는 말이다. 생각해 보거라. 녀석의 머리에 구멍을 만들기 위해서는 힘을 계속 유지했어야 한다. 그러니 탑주님은 드래곤을 죽이고 나서 다른 곳으로 갔을 확률이 아주 높단다.”

메드레스 마도사는 시선을 돌려 주위를 다시 한 번 이리저리 살펴보았다.

화염 계열의 마법과 브레스로 보이는 흔적들이 곳곳에 보였다. 일반 몬스터들의 경우는 그 마법과 브레스에 재조차 남기지 못하고 죽었겠지만 고루불사마공이란 무시무시한 무공을 익힌 탑주는 그런 식으로 죽을 수는 없었다. 만일 죽었다면 시체라도 있어야 했다.

리렌시아는 고개를 갸웃거리더니 다시 물었다.

“그럼 어디로 가신 거죠? 살아 계시다면 왜 영지로 돌아오시지 않는 걸까요?”

“으음. 그건…… 아무래도 두 가지의 경우를 생각해 볼 수 있겠구나.”

“두 가지요?”

“그렇다.”

메드레스 마도사는 자신이 생각하고 있는 두 가지의 경우를 간결하게 설명하기 시작했다.

"첫 번째, 그것은 탑주님이 여기 있는 드래곤과의 싸움에서 큰 부상을 입어 어디 모처에서 치료를 하고 계시는 경우다. 큰 부상이다 보니 미처 영지로 연락을 못하고 계실 수도 있는 거지."

"아아, 그럴 수도 있겠군요. 그럼 두 번째는요?"

"으음. 두 번째로는 드래곤과의 싸움 후에 탈진해 쓰러져 있는 탑주님을 누군가가 데리고 갔을 경우다."

리렌시아의 예쁜 두 눈이 잘게 떨렸다.

"누…… 누군가가요? 그…… 그럼 혹시 몬스터가……?"

"그건 아니다."

메드레스 마도사는 고개를 단호하게 내저었다.

"생각해 보거라. 몬스터가 만약 탑주님을 발견했다면 데리고 갈 필요 없이 그 자리에서 잡아먹었을 것이다. 그러니 몬스터는 절대 아니다. 만일 누군가가 데리고 갔다면 지성체인 이종족일 확률이 높겠구나."

"아아…… 그렇겠네요."

리렌시아는 손을 가슴에 얹고는 안도의 한숨을 작게 내쉬었다.

"휴우우. 정말 다행이네요. 그래요. 그럴 거예요."

메드레스 마도사가 하는 말을 들으니 불안했던 마음이 다소 안정이 되는 그녀다. 만일 그녀 혼자서 이곳에 왔으면 별 이상한 생각들을 다 했을 것 같았다. 생각하기조차 싫은 그런 것들을.

"우리 기다려 보도록 하자꾸나."

툭툭.

메드레스 마도사는 리렌시아의 작은 어깨를 두드려 주며 말했다.

"내 생각엔 영주님이 크게 부상을 당해 어디선가 치료를 하고 계신 듯하니 말이다."

"예, 그래야 할 것 같네요."

스윽.

리렌시아는 고개를 들어 하늘을 바라보았다.

12월의 하늘. 계절은 겨울답게 매우 쌀쌀했지만 그 하늘만큼은 맑고도 깨끗했다.

그녀는 12월의 하늘을 보며 결심했다.

'나는…… 나는 메드레스 마도사님 말씀처럼 기다리지 않겠어. 내일부터라도 혼자서 주인님을 찾으러 돌아다녀 보는 거야. 시작은 여기서부터야. 여기 드래곤이 쓰러져 있는 장소에서부터 사방으로 돌아다녀 봐야지.'

이대로 기다기만 하다가는 영영 주인님을 못 볼 것만 같은 예감이 드는 그녀였다. 그래서 단단히 결심했다. 내일부터는 혼자서 드래곤 산맥으로 들어와 주인님을 찾아보기로.

'주인님! 무사하셔야 해요.'

그녀의 간절한 소망이 푸르른 하늘에 떠다니고 있는 하얀 구름에 선명히 새겨졌다.

무사하기를 바라는 그 소망이……

*　　*　　*

무한비만증!

녀석은 한동안 실의에 빠져 있었다.

자신의 창조주인 카스트리온의 명을 제대로 완수하지 못해 기운이 나지 않았다.

재수가 없었던 것 같다.

창조주가 전한, 갈루안스 가문의 사람들을 모두 살을 찌워 죽이라 했던 그 절대명령. 그것을 완성하기 직전에 웬 이상한 놈이 나타나 실패를 하고 말았으니.

고루불사마공!

방법이 없었다. 잘못하면 오히려 자신이 사라질 수도 있었다. 고루불사마공이란 이름을 지닌 그 녀석은 정말 괴물 같은 힘으로 자신의 힘을 서서히 약화시키고 있었던 것이다.

한 걸음, 단 한 걸음만 녀석이 더 앞으로 나선다면 그때는 끝장이었다.

여기서 끝장이라고 하는 것은 소멸을 말하는 것이다.

무한비만증은 소멸되지 않기 위해 자신이 할 수 있는 모든 힘을 다 발휘해야 했다. 하루하루를 힘겹게 살아가고 있는 것이었다.

그러던 어느 날이었다.

"으응? 뭐지?"

무한비만중의 감겨 있던 두 눈이 떠졌다.

녀석은 지금 베스렐의 내부에 뭔가 변화가 일어났음을 깨달았다.

"이거, 녀석이…… 고루불사마공 이 녀석이 흔들리고 있잖아? 무슨 일이지?"

우우우우우웅.

작게 울음을 터트리는 고루불사마공.

무슨 일인지 알아봐야 했다.

무한비만중은 약해진 힘을 쥐어짜서는 고루불사마공이 자리한 단전을 훔쳐보았다. 그러자 바로 알 수 있었다. 무한비만중은 자신에게 기회가 찾아왔음을 알 수 있었다.

"하하하. 이거 이제 보니 고루불사마공 녀석의 집이 부서져 있잖아. 죽음의 기운이 신체 외부로 새어 나가고 있어. 하하. 좋아, 좋은 기회야."

무한비만중은 기운을 냈다.

고루불사마공의 집이 왜, 무슨 이유로 부서진 건지 알 수는 없었다. 그리고 그건 중요한 게 아니었다.

중요한 건 자신에게 기회가 찾아왔다는 것이고 이제부터는 그동안 녀석에게 빼앗긴 모든 것을 다시 되찾아 와야 한다는 사실이었다. 다시 베스렐이란 이름을 가진 사내를 살찌워야 했는데 그건 무한비만증이 창조부로부터 받은 사명인지라 당연히 해야 할 일이었다.

"잘 가거라, 고루불사마공아! 네 녀석이 지켜 주려고 했던 주인은 내가 다시 접수한다."

무한비만증의 힘은 그 순간부터 다시 급상승하기 시작했다.

지이이이잉.

*   *   *

베스렐의 신체에 완벽히 동화된 고루불사마공.

녀석은 끊임없이 노력했다.

자신의 안에 있는 질기디질긴 무한비만증을 죽이기 위해 밤낮으로 애썼다.

정말 쉬운 상대가 아니었다.

자신의 경지가 11성에 이르는데도 무한비만증은 사라지지 않고 계속해서 힘을 발휘하고 있었던 것이다. 녀석을 완전히 없애기 위해서는 자신이 12성 대성의 경지에 들어야 할 것 같았다. 하지만 그게 또 쉽지 않았다.

최후의 보루라고 할까? 무한비만증은 작으면서도 단단하게 변해서는 고루불사마공 자신이 12성의 경지에 드는 걸 방해하고 있었다. 열 받는 일이긴 하지만 잘못하면 영영 12성의 경지에 들지 못할 것 같았다.

방법이 없었다. 그저 계속해서 노력하는 수밖에 없었고 실제로 고루불사마공은 끊임없이 노력했다.

그러던 어느 날이었다.

끼지직.

"으응? 뭐, 뭐야?"

고루불사마공은 당황했다.

갑자기 자신이 머물고 있는 단전에 금이 가기 시작하는 것이었다. 깨질 수 없는, 결코 부서져서는 안 되는 그 단전에 금이 가다니…….

위기 상황이었다.

고루불사마공은 무슨 일이 벌어지고 있는 건지 급히 주변을 둘러보았다. 그러자 바로 알 수 있었다.

어떤 거대한 의지가, 자신으로서는 감당하기 힘든 절대의 의지가 주인의 정신을 비롯해 힘의 원천이라 할 수 있는 단전을 깨부수려 하고 있었다.

"이런! 이건 내가 어떻게 할 수가 없는 것이잖아?"

당황하는 고루불사마공.

방법이 없었다. 녀석에게는 깨어진 단전을 복구할 만한 능력이 없었다.

"이거…… 이거 어떻게 해야 하지?"

끼지직. 끼지직.

단단했던, 결코 부서져서는 안 되는 단전은 점점 더 균열을 일으키며 깨져 나갔고, 그에 따라 단전 안에 머물고 있던 진기들은 서서히 밖으로 새어 나갔다. 이대로 가면 고루불사마공은 끝장이었다.

과연 이대로 소멸해야만 하는 것일까? 주인을 죽음의 신으로 만들지도 못하고.

"안 돼! 이대로 아무런 힘도 써 보지 못하고 소멸되는 것은 싫어. 나의 이 막강한 힘을 자연으로 그냥 돌려보낸다는 것은 억울한 일이야. 주인에게, 주인에게 어떻게든 힘이 될 수 있도록 해 봐야 해."

고루불사마공은 생각하고 또 생각했다.

사라져 가는 자신의 힘을 어떻게든 주인의 몸에 남게 하여 힘이 되어 드리고 싶었다. 그러다 녀석은 순간적으로 예전의 일 하나가 떠올랐다.

작년에 있었던 그 사건!

"가만! 그래, 마력이야, 마력……! 예전에 두 데빌의 암흑마력을 흡수해 중단전이라 할 수 있는 심장으로 보내 본 적이 있었잖아. 그렇다면 나도……?"

하나의 방도를 생각하게 된 고루불사마공.

그 방도는 바로 자신의 기운을 심장에 있는 마력으로 보내는 것이었다. 데빌족의 기운을 받아들여 마법의 경지를 높인 것처럼.

끼지직. 끼지직……!

단전이 깨지는 속도가 점점 빨라지고 있었다.

고루불사마공은 서둘렀다.

"먼저 나의 기운을 바꿔야 해. 역성결로 나의 진기를 마력과 비슷한 기운으로 바꾸는 거야. 아! 잠깐……!"

고루불사마공은 급히 고개를 가로저었다.

"아니, 아니야. 그렇게 하면 안 돼. 그건 아무 소용이 없는 짓이야. 우선은 마력을 담을 수 있는 그릇을 키워야 해. 그 그릇의 기운과 비슷한 걸 만들어야 하는 거야. 그래야 마력을 담을 수 있어."

그렇다.

기운을 마력과 비슷하게 만들어 봤자 아무 소용이 없는 게 마력을 담는 그릇은 이미 가득 채워져 있었던 것이다. 당연히 그릇부터 크게 만들어야 했다.

고루불사마공은 주인의 의지와는 상관없이 즉시 역성결을 일으켜 단전에 자리한 진기를 변화시켰다. 심장이라는, 마력을 담고 있는 그릇의 기운을 분석해서는 재빨리 그것과 비슷한 기운으로 만들었다.

위이이이이잉.

심장 주변을 돌고 있는 7개의 써클이 서서히 회전을 하기

시작했다. 마력이 자극을 받자 그렇게 스스로 회전을 하는 것
이었다.

"돼, 됐어! 역성결이 드디어 비슷한 기운을 만들어 냈어. 그렇
다면 이제는 이걸로 그릇을 만들어야 해."

스스스스슷.

역성결로 인해 기운이 변한 고루불사마공의 진기.

그것은 서서히 심장이라는 그릇을 키우기 시작했다.

좀 더 많은 양의 마력을 담을 수 있게 최대한 넓게, 그리고
튼튼하게 그릇을 만들었다. 단전에 자리한 고루불사마공의
진기는 넘치도록 많아 그릇을 키우기는 아주 쉬웠다.

시간은 천천히 흘러갔다.

단전에 일어나고 있는 균열은 더욱더 커져만 갔고 그에 따
라 신체 외부로 빠져나가는 진기의 양도 많아졌다.

아까웠다. 너무나도 아까웠다.

끊임없는 노력으로 쌓아 올린 피 같은 원정지기가 저렇게
허무하게 사라지다니.

고루불사마공은 속도를 더 냈다.

"최대한 빨리……! 한 줌의 진기라도 허투루 날려 보내서는
안 돼. 그릇은 이제 거의 다 만들어졌으니 이제는 저걸 키우자."

고루불사마공이 생각하고 있는 것. 아니, 녀석이 바라보고
있는 것. 그것은 바로 베스렐의 왼쪽 손목에 있는 마력 하트
였다.

우우우우우웅.

마력 하트에서 강한 진동음이 흘러나왔다.

녀석도 마찬가지로 그릇이 커지고 있었던 것이다. 고루불사마공은 심장의 그릇을 키울 때보다 훨씬 빠른 속도로 마력 하트의 그릇을 키웠다.

하지만 시간이…… 그 시간이 너무도 없었다.

쩌저적. 푸스스스스.

무언가가 사라지는 듯한 소리. 마침내 고루불사마공이 자리한 단전은 완전히 부서지고 말았다.

*   *   *

"으으윽……!"

입에서 저도 모르게 신음성이 흘러나왔다.

머리는 혼미했고 기운은 하나도 없어 죽을 맛이었다.

"으윽. 으으윽."

신음성은 계속되었다.

머리가 혼미하니 아무것도 생각할 수 없었고 생각을 할 수 없으니 자신이 지금 어떠한 지경에 처해 있는 건지를 알 수가 없었다. 몸이 아프면 마법이나 무공에 있는 진기요상술(眞氣療傷術)로 치료를 하면 되겠지만 그것은 정신이 맑아야지만 할 수 있는 것들이었다.

하루를 그렇게 아픈 채로 보냈다.

그리고 시간은 이틀을 넘어 삼 일이 지나갔다.

휘이이이잉.

시원한 바람이 한차례 불어왔다.

베스렐은 살랑이는 바람에 정신을 조금 차리고는 떠지지 않는 눈을 억지로 떠서 주위를 살펴보았다.

"으윽!"

어두운 밤이다.

밤하늘엔 둥근 달과 함께 예쁜 별들이 보였는데 녀석들은 저마다 자신들의 자태를 뽐내기에 여념이 없었다. 정말 하나의 장관이라고 해도 부족함이 없는 멋진 풍경이 밤하늘에 펼쳐지고 있었다.

하지만 베스렐에게 있어 그것은 아무런 감흥도 주지 못하는 하나의 낙서와 같은 그림이라 할 수 있었다.

베스렐은 밤하늘을 보는 것을 중단하고 옆으로 고개를 돌려 보았다.

"으윽! 제…… 제길……!"

안 된다. 고개는 전혀 돌아가지 않았다. 고개를 돌리려 하니 오히려 엄청난 고통이 그의 전신을 누비고 다녔다.

'으윽. 뭐야? 왜 이렇게 아픈 거야?'

참기 힘든 고통.

그 고통은 그의 전신에서 일어나고 있었지만 특별히 아랫배에서 강하게 느껴지고 있었다.

뭘까? 도대체 무슨 일이 벌어진 것일까?

'그때…… 그때 나는 녀석과의 정신 싸움에서 밀리고 있었어.'

베스렐은 자신이 기억하고 있는 그날의 마지막 장면을 떠올려 보았다.

'그래서 마지막이라 생각하고는 없는 힘을 쥐어짜서 녀석에게 하나의 강환을 날렸지. 느릿하게 날아간 강환. 강환에 연결되어 있는 진기의 끈이 약해서 그렇게 느리게 날아간 거였어. 그러고 나서…….'

그다음은 잘 기억이 나지 않았다. 하지만 베스렐은 기억을 더듬으며 계속해서 생각의 끈을 이어 나갔다.

살짝 찌푸려지는 미간.

'마지막에…… 마지막 순간에 녀석의 파워 워드 킬 마법이 거두어졌던 것 같은데? 그리고 녀석은 곧장 그걸 사용했어, 8써클에 있는 헬 파이어 마법을 말이야.'

기억을 더듬고 계속해서 파헤치니 마침내 모든 것이 다 떠올랐다.

'그래, 맞아. 나는 그때 탈진한 상태라 꼼짝도 할 수가 없었어. 녀석이 발휘한 그 헬 파이어 마법을 도저히 피할 수가 없었지. 그래서…… 그래서 마지막에 텔레포트 마법을 사용

했어. 마력 하트에 저장되어 있는, 그 12가지의 마법 중 하나인 텔레포트 마법을.'

정말 위기의 순간을 잘도 넘긴 것이었다.

그날 베스렐은 녀석과 싸울 때 마력 하트에 저장되어 있는 마법을 단 한 번도 사용하지 못했다. 깜박 잊은 것이다.

그러다가 가장 마지막 순간에, 절체절명의 위기에 빠진 그 순간에 기적적으로 자신이 캐스팅을 하지 않아도 공간이동을 할 수 있는 방법이 있음을 떠올릴 수 있었고 다행히 늦지 않게 마법의 시동어를 외쳐 헬 파이어의 공격으로부터 몸을 피할 수 있었던 것이다.

메모라이즈가 가능한 마력 하트가 아니었다면 그는 정말 아스린과 함께 죽음의 강을 건넜을 것이다.

"으윽!"

그때 또다시 아랫배에서 지독한 고통이 일기 시작했다. 아니, 고통은 계속되고 있었지만 생각을 깊이 하느라 미처 그 고통을 느끼지 못한 것뿐이었다.

'어디가, 어디가 잘못된 거야? 어디가 다쳤기에 이리도 아픈 거지?'

정말 지독한 고통이었다. 베스렐은 혼미한 정신을 억지로 다잡으며 의념을 일으켜 자신의 내부를 관조하기 시작했다. 몸의 어느 부위가 다친 건지 알아봐야 했다.

의념은 십이경맥과 기경팔맥을 돌았고 그 밖의 다른 세세한 혈맥들을 살핀 뒤, 마지막에 하단전에 들렀다. 그리고 거기서 베스렐로서는 끔찍한, 생각하기도 싫은 것을 보게 되었다.

"이…… 이런……!"

믿을 수 없었다. 아니, 믿기 싫었다.

"단전이…… 단전이 깨지고 말다니……. 어, 어떻게 이럴 수가 있는 거지. 어…… 어떻게……!"

갈기갈기 찢겨진 단전. 그 찢겨진 단전 사이에는 하나의 의지가 스며 있었는데 그건 바로 아스린이 파워 워드 킬로 심은 죽음의 의지였다.

"으으으……!"

순간 어두운 절망의 그림자가 베스렐의 전신을 감쌌다.

마음이 절망으로 가득 차니 부서진 하단전에서 더욱 크게 고통이 일어나 힘든 마음을 더욱 힘들게 했다.

"크윽!"

참기 힘든 고통.

정신과 육체 모두에서 엄청난 고통이 밀려왔다.

푸스스스스슷.

산공(散功)의 고통이었다. 단전이 깨지자 그 안에 있던 원정지기가 흩어지며 지독스런 고통을 안겨 주었다.

베스렐은 갑자기 살기가 싫어졌다.

힘들게 쌓아 올린 공력을 한순간에 날려 버리다니…….

아니, 이건 사라진 공력의 문제보다는 그 공력을 담는 그릇인 단전이 더욱더 심각한 문제였다.

깨진 단전이다.

부서진 단전이다.

이건 치명적인 것이었다. 생각하는 것만으로도 머리가 어질어질하며 전신에 더욱 커다란 고통이 일었다. 세상에는 화병이 나서 죽었다는 사람들이 있는데 베스렐의 경우가 그랬다.

그는 화가 치밀어 미칠 지경이었다. 너무 화가 나 고함을 냅다 내지르고 말았다.

"으아아악……!"

그 뒤, 베스렐은 기절하고 말았다.

다음 날.

하늘은 칠흑같이 어두웠다.

시간은 20시간이 지나 다시 저녁 시간으로 흘러갔고 베스렐은 멀뚱한 눈으로 별빛 한 점 보이지 않는 어두운 하늘을 바라보고 있는 중이었다.

"……."

가끔 그의 미간은 산공의 고통에 의해 살짝 찌푸려졌지만 신음성은 내지 않았다. 고통은, 산공의 고통은 이제 익숙해진 것이다.

우르르르릉.

하늘에서 천둥소리가 일었다.

아무래도 비가 내리려는 모양인데, 베스렐은 몸을 꼼짝도 할 수 없는지라 어디로 피할 수도 없었다. 비가 오면 그냥 그 비를 맞아야 했다.

후득, 후드득.

마침내 먹구름으로 뒤덮인 밤하늘에서 빗방울들이 하나 둘씩 떨어져 내리기 시작했다.

비는 세상을 빠르게 적셨고 그 세상 속에 누워 있는 베스렐의 몸도 마찬가지로 적셔 주었다. 특히나 베스렐의 얼굴에 집중적으로 쏟아지고 있는 비는 마치 울고 있는 듯했다.

비가 우는 게 아니라 베스렐이 우는 것 같았다.

언제나 무뚝뚝한 표정에 삐딱해 보이는 표정만을 짓던 그다. 열 살 이후로는 단 한 번도 울어 본 적이 없는 그였다.

눈가에 어린 눈물인지 빗물인지 모를 물기.

정말 그는 울고 있는 것일까?

비가 아닌 그가?

모르겠다. 그가 우는 것인지 비 때문에 그런 착각이 일어나고 있는 건지. 하지만 한 가지 확실한 것은 지금 이 순간, 베스렐의 기분은 매우 우울하다는 것이었다. 그것만은 틀림이 없었다.

"으음……."

베스렐은 두 눈을 감아 버렸다.

멍하니 있는 것은 소중한 시간을 낭비하는 일이었고 지금부터는 생각이란 걸 해 보기로 했다.

가장 첫 번째로 하는 생각은 베스렐 그가 자랑하는 두 가지의 힘 중 마법에 관한 것이었다.

'몸이 말을 듣지 않으니 마법으로 치료해야겠는데…… 이게 조금 이상하단 말이야.'

마법을 사용하기 위해서는 가장 먼저 의지를 발휘해야 한다. 의지의 힘으로 심장에 자리한 마력에 뜻을 보내면 그 마력은 곧장 대기 속에 잠들어 있는 마나를 끌어 모은다.

한데 이상하게도 베스렐이 치료 마법을 사용하기 위해 의지를 보내도 마력이 말을 듣지 않고 있었다.

베스렐은 무공상의 의념을 일으켜 자신의 심장에 자리한 마력을 살펴보았다. 그러자 곧 문제점을 발견할 수 있었다.

'이거…… 어떻게 된 거지? 나도 모르는 사이에 마력을 담는 그릇이 커져 있네? 거기다 써클의 띠도 하나가 더 생겼잖아?'

놀라운 일이었다.

어떻게 이런 일이 일어날 수 있는 것일까?

지금 그의 마법 경지는 본인이 알지도 못하는 사이에 상승 경지에 이르러 있는 것이었다. 8써클이라는, 인간으로서는 불가능하다는 경지에 말이다.

베스렐은 속으로 어리둥절한 표정을 지으며 계속해서 의념의 눈으로 마력을 관찰했다.

심장에 자리한 마력과 마력의 외곽을 돌고 있는 8개의 써클을 하나하나 세세히 살피며 왜 마법을 펼칠 수가 없는지 알아보았다.

잠시 후.

'으음. 그렇군. 성장을 하고 있는 중이야. 아직 안정되지 않아서 마법을 쓸 수가 없는 것이었어. 마력이 안정이 되어야 해, 마력이…….'

마력을 담는 그릇.

그 그릇은 전보다 커진 상태인데, 그게 조금 불안정한지라 안에 있는 내용물이라 할 수 있는 마력도 마찬가지로 불안정한 모습을 보이고 있는 것이었다.

고루불사마공은 소멸하기 직전에 자신의 힘을 역성결로 마력을 담는 그릇과 비슷하게 바꾸었는데 그게 본래의 그릇과 완전한 동화를 이루지 못했다.

그래서 불안정한 것이었다.

물론 그건 시간이 해결해 줄 것이다. 시간이 좀 더 흐르면 그릇은 완벽한 것으로 재탄생해 베스렐에게 새로운 힘을 전해 줄 것이었다.

베스렐은 계속해서 자신의 내부를 살펴보았다.

'시간은…… 으음, 한 열흘 정도 걸리겠는데……. 그릇이 완벽해야 마력이 안정을 보이고, 그래야 주위에 있는 8개의 써클들이 회전을 하며 마법을 사용할 수 있겠어. 한데 왜 내게 이런 이상한 현상이 일어난 거지? 내가 알지 못하는 사이에 몸에 변화가 일어나다니 말이야.'

이유는 알 수 없었지만 어쨌든 기분은 좋았다. 방금 전까지 그를 감싸고 있었던 우울한 기분이 상당히 사라졌다.

'마력을 담는 그릇이 커지다니, 이건 진정 연구할 만한 가치가 있는 것이야. 나중에, 아주 나중에 이것에 대해 깊이 있게 연구해 봐야겠어. 이걸 연구해서 인간이 지닌 마법의 한계를 깰 수 있는 방법을 찾아야 해.'

베스렐은 인간 마법의 한계를 극복해 냈다.

심장의 주위를 돌고 있는 7개의 금빛 써클을 하나 더 만들어서 8써클의 현자가 된 것이다. 하지만 어떻게 해서 극복해 냈는지 그걸 알 수가 없었다.

나중에 그가 결혼을 해 자식이 생기면 그 녀석에게 가르쳐 줄 방도가 없는 것이다.

베스렐은 자신이 매우 중요한 것을 얻었다고 생각했다.

평생에 걸쳐 연구해도 얻을까 말까 한 귀중한 선물을 얻은 것이다. 스스로 커진 마력의 그릇을, 그 선물을 분석하면 오래지 않아 같은 선물을 만들 수 있는 방도를 얻게 될 것이다, 틀림없이.

'이게 세상의 이치인 것일까? 하나를 잃자 또 다른 하나를

얻게 되니 말이야.'

베스렐은 속으로 웃었다.

'후후후. 하지만 나는 그 잃어버린 하나도 반드시 되찾을
거야. 오래지 않아서 말이지. 나는 절대 여기서 쓰러지지 않
아. 카스트리온 그 개자식을 죽이기 전까지는.'

강한 다짐이다.

절대로 포기하지 않을 거라는 단단한 다짐.

후득, 후드드득.

하늘에서 떨어지고 있는 빗방울.

그건 잠시 후에 세찬 비가 되어 내렸다.

쏴아아아아아아.

Chapter4

오행진결

상승 무공을 익히는 데 있어 가장 중요한 것은 무엇일까?

그건 바로 공력을 쌓는 일이다.

초식이 아무리 정묘하고 파괴적이라 해도 그걸 받쳐 줄 내공이 없다면 그걸 익히고 있는 사람은 이류무사 이상은 될 수가 없었다.

그래서 기해혈(氣海穴)이라고도 하는 단전이 중요했다. 그 단전이 부실하거나 파괴되면 내공을 쌓을 수 없었고 그렇다면 상승 무공을 익힐 수가 없는 것이니 말이다.

안타깝게도 베스렐은 그런 단전이 망가지고 말았다. 아스린과의 싸움에서 그 단전이 파괴되고 만 것이다.

그렇다면 그는 이제 다시는 상승 무공을 펼칠 수가 없는 것일까?

지옥도법이나 염라수, 유령비, 진마각 같은 절기를 다시는 펼칠 수가 없는 것일까? 이대로 무공을 포기해야만 하는 것일까?

아니다. 베스렐이 그럴 리가 없었다.

무공을 포기한다는 말은 그의 원수인 카스트리온에게 복수를 하지 않겠다는 말과 같은 것이었다.

그래서 베스렐은 생각하고 또 생각했다.

부서진 단전을 고치고 전보다 더욱 강해질 수 있는 방도를 찾아 헤맸고 결국 오래지 않아 하나의 방도를 생각할 수 있게 되었다.

"오행진결! 역시 그거야. 그것만이 나의 부서진 단전을 고칠 수 있어."

작지 않은 목소리로 기쁨에 찬 음성을 토해 내는 베스렐.

하늘은 맑았다. 비는 이틀에 걸쳐 내렸고 이제는 새로운 날을 맞이해 아침이 찾아왔다. 그리고 지금 베스렐은 자신의 부서진 단전을 고칠 수 있는 하나의 방도를 찾아냈다.

"예전에 나는 고루불사마공과 오행진결을 사이에 두고 고민을 했었지. 어떤 걸 익혀야 빠르게 살을 뺄 수 있을지 고민했고 결국 나는 고루불사마공을 선택했어. 고루불사마공은 오행진결에 비해 초반 성취 속도가 월등해 그걸 익히기로 했던 거야."

그 당시 베스렐의 가장 큰 고민은 살이었다.

아무리 다이어트를 해도 점점 늘어만 가는 몸무게를 보며 그는 절망에 빠졌다. 그리고 차크라 수련으로 인해 전생을 기억하게 되고 거기서 살을 뺄 수 있는 무공을 얻게 되었다.

다이어트로 인해 한이 맺힌 베스렐로서는 당연히 그 살을 좀 더 효과적으로 뺄 수 있는 무공을 선택하게 되었다.

그럼 실질적으로 그 두 가지의 무공 중 어떤 무공이 더 나은 것일까? 어떤 게 더 훌륭하고 익힌 사람을 보다 더 강하게 해 주는 것일까?

고루불사마공과 오행진결.

이 중 고루불사마공은 역천(逆天)의 무공이라 할 수 있다.

마공을 익힌 자를 뼈다귀만 남는 고루(骷髏)로 만들어서는 결국에는 죽음의 신이 되게 하는 것이다. 물론 죽음의 신이라고 하는 것은 고루불사마공을 12성 대성했을 경우에 이루어지는 것이다. 죽음을 다스리고 절대 죽지 않는 불사의 신체를 안겨 주는 최강 최악의 마공.

이 고루불사마공은 음양의 이치로 보았을 때 음의 계열에 속한다.

그럼 오행진결은 어떠한 무공인 것일까?

베스렐의 전생인 여국현.

여국현은 당시 동창의 비밀고수들에게 납치당했을 때 그들에 의해 단전이 망가지고 말았다. 놈들은 무공을 연구할 무학사들을 납치하면서 그들이 다시는 무공을 익힐 수 없게 그렇게 단전을 부수어 놓은 것이다.

그때 여국현은 자신이 다시는 살아서 밖으로 나갈 수가 없음을 깨닫고 나름대로 준비를 하게 되었다.

황제를 위한 4대 무공을 만드는 한편 자신의 망가진 단전을 고칠 수 있고 또한 그 4대 무공을 능가할 무공을 만들게 된 것이다.

그 무공의 이름이 바로 오행진결이었다.

고금제일의 마공이라 할 수 있는 고루불사마공.

그것을 능가하는, 가히 선계의 신선들이나 사용할 수 있을 듯한 무공이 바로 오행진결이었다. 그리고 이 오행진결은 음양을 모두 포함하는 것이었다. 한쪽으로 치우쳐져 있는 게 아니었다.

그렇다면 결론은 난 것이다.

고루불사마공은 음양의 이치 중 음의 힘을 극대화시킨 것인 데 반해 오행진결은 음양을 완벽히 조화시킨 것이니 당연히 오행진결이 더 훌륭한 무공이라 할 수 있는 것이었다.

"다행이야, 정말 다행이야. 오행진결이라면 나의 부서진 단전을 고칠 수 있으니. 그리고 그것이라면 고루불사마공이 지닌 한계를 극복해 더욱 강해질 수 있을 거야."

환한 표정을 짓는 베스렐.

하지만 그 환한 표정은 금세 다시 어두워졌다.

오행진결을 익혀야겠다고 마음을 먹자 곧바로 그 오행진결의 단점이 보인 것이다.

"으음. 근데 문제네. 오행진결은 고루불사마공에 비해 익히는 속도가 더디잖아? 그렇다는 건 다시 말해 카스트리온 그 개자식을 죽이는 일이 많이 늦춰진다는 것이고."

처음 계획은 수개월 안에 카스트리온을 찾아가 죽이는 것이었다. 하지만 이제 그 계획은 휴지 조각처럼 날아가 다시 몇 년을 참고 기다려야 할 듯싶었다.

"제길. 정말 열 받는 일이군."

그의 미간에 자리한 불꽃 모양의 주름이 살짝 일그러졌다.

하지만 어쩔 수 없는 일이었다. 지금은 놈을 생각할 때가 아니라 망가진 단전을 고치고 다시 차근차근 공력을 쌓는 일이 중요했다. 지나간 과거는 잊고 현재를 생각하고 미래를 대비해야 했다.

'그럼 지금 당장 오행진결을 익혀야겠구나.'

베스렐은 심란한 마음을 접고 곧 두 눈을 감았다. 이제는 다른 모든 걸 잊고 오행진결에 힘을 써야 할 때다.

*　　　*　　　*

고목신공(枯木神功), 금황신공(金黃神功), 수류신공(水流神功), 화령신공(火靈神功), 정토신공(淨土神功).

오행진결은 이 다섯 가지의 신공을 합쳐서 부르는 것이다.

그리고 이 다섯 가지의 무공 중에서도 고목신공의 경우는 그걸 익히는 사람을 비쩍 마르게 만든다. 한 그루의 고목나무처럼 말이다.

당연히 이 고목신공도 고루불사마공처럼 드래곤이 내린 무한비만증이라는 이름의 저주를 어느 정도 해소시킬 수 있는 것이었다.

그렇다면 부서진 단전을 고칠 수 있는 것은 어떤 것일까?

그건 정토신공이다.

정토신공은 무너진 근본을 본래의 모습으로 되돌릴 수 있는 힘이 있었다. 아니, 정확히는 씨앗이라 할 수 있었는데 그 씨앗은 다른 네 가지 신공의 도움을 받아 발아를 해서 싹을 틔우는 것이었다. 바로 귀원(歸元)이란 이름의 싹을.

베스렐은 반나절을 내내 정토신공에 매진했다.

그는 예전에 차크라 수련과 고루불사마공의 수련을 통해 상단전이 조금 열린 상태다.

아마 그래서인 건지도 모르겠다.

빨랐다. 반나절 만에 그는 정토신공의 싹을 틔우는 데 성공한 것이다.

상단전을 열었다고 하는 것은 세상의 근본 이치인 기 또는 마나라고 하는 것을 깊이 있게 깨우쳤다는 말이기에 마음을 가다듬고 애를 쓰니 오행진결의 시작인 정토신공을 어렵지 않게 익힐 수가 있었다.

‘좋았어. 싹을 틔웠으니 이제는 다른 신공들을 익혀야겠
군. 그럼 상생의 원리에 따라 금황신공을 수련해야겠지? 토생
금(土生金)이니까 말이야.’

베스렐은 다시 정신을 집중해 의념을 만들었다.

그 의념은 호흡을 통해 들어오는 기를 붙잡고 금황신공이
원하는 경맥으로 돌렸다.

그때였다.

‘으응?’

무슨 일인지 베스렐의 마음에 작은 파문이 일었다.

머릿속으로 어떤 정보들이 들어오고 있었다.

단전은 파괴되었지만 기감은 아니었다.

상승 무공은 사용하기 힘들게 되었지만 무언가를 살필 수
있는 기감은 온전히 남아 주변에서 일어나고 있는 일들을 주
인에게 전달해 주었다.

스스스스슷.

베스렐은 기감을 좀 더 세밀하게 조정해 방금 느낀 그것을
자세히 알아보았다.

“크르릉.”

울음소리가 들렸다. 몬스터의 울음소리가 아닌 맹수의 으
르렁거림이었다.

‘이런. 회색 늑대들이로구나? 모두 열 마리. 아무래도 무
리에서 쫓겨난 녀석들 같은데……’

회색 늑대들은 일반의 늑대에 비해 두 배 이상 큰 맹수로 단체 생활을 한다. 많으면 300여 마리, 적으면 50여 마리 이상씩은 꼭 함께 몰려다닌다.

베스렐은 소년 시절에 이 회색 늑대들과 몇 번 부딪친 적이 있었는데 그때 그는 녀석들을 아주 걸레로 만들었다. 다이어트로 인한 스트레스를 푸는 데 녀석들만큼 좋은 게 없었던 것이다.

하지만 지금은 그때하고는 상황이 바뀌고 말았다.

'제길! 이거 어떻게 해야 하지? 나는 지금 몸을 움직일 수가 없잖아.'

그렇다. 지금 베스렐은 드래곤과의 싸움으로 큰 내상을 입어 꼼짝도 할 수 없는 상황인 것이다. 3일 전처럼 목을 돌리지 못할 정도는 아니지만 지금 그는 누군가와 싸울 수 없는 상태였다.

"으르르릉."

"크르릉."

녀석들의 울음소리는 점점 가까이에서 들려왔다.

지금 베스렐이 누워 있는 곳은 조그마한 공지였고 주위에는 유실수들이 많이 자라 있었다.

스윽.

베스렐은 고개를 왼쪽으로 돌려 보았다.

날은 다시 서서히 어두워지고 있었는데 그가 바라보는 저 멀리에서 마침내 녀석들이 보이기 시작했다.

휘이이이잉.

조금은 쌀쌀하다 싶은 그런 늦가을의 바람이 불었다.

그 바람은 베스렐의 냄새를 품고는 저 멀리서 오고 있는 회색 늑대들에게 정보를 안겨 주고 있었다. 저 앞에 사람이 있다는, 너희들의 먹잇감이 있다는 정보를.

'큰일이네. 상승 무공은 아예 사용할 수가 없고 마법은 일주일 뒤부터나 사용할 수가 있는데, 저놈들을 어떻게 물리치지?'

위기감이 슬슬 그의 몸을 감싸 오기 시작했다.

과연 놈들을 무슨 방법으로 쫓아내야 하는 것일까?

그의 양대 힘이라고 할 수 있는 마법과 무공은 모두 봉인된 상태라서 아무리 생각해 봐도 그가 할 수 있는 건 없어 보였다.

시간이 많지 않았다.

무언가 방도를 생각하기는 해야 했다.

처음 300여 미르 앞에서 서성이던 녀석들은 200여 미르 앞에까지 다가왔고 금세 또다시 100여 미르 앞에까지 이르렀다.

"으르르릉."

"크르릉."

무리에서 쫓겨난 열 마리의 회색 늑대.

녀석들의 으르렁거림이 심상치 않았다. 놈들은 눈이 전부 충혈돼서는 붉게 변해 있었고 입가에는 하얀 거품을 물고 있었는데 아무래도 며칠을 굶은 듯했다.

놈들은 바람이 알려 준 장소에 웬 사람이 하나 쓰러져 있음을 보게 되었다. 냄새로는 그 인간이 죽어 있는 건지 아니면 살아 있는 건지 알 수 없었다.

사실 그런 건 그다지 중요한 게 아니었다.

먹을거리가 있다는 게 중요했다. 열 마리의 회색 늑대들은 지금 무척이나 배가 고픈지라 썩은 고기라도 마다하지 않을 상태였던 것이다.

녀석들은 곧장 달려들었다.

"크아아앙!"

"이런, 제기랄……!"

베스렐의 두 눈이 무섭게 가라앉았다.

100미르의 거리는 순식간에 좁혀졌고 놈들은 서로 누워 있는 베스렐을 잡아먹기 위해 그 주둥이를 힘껏 벌리며 날카로운 이빨들을 내세웠다.

"크윽!"

베스렐의 입에서 신음성이 토해졌다.

다리에 두 놈, 허벅지에 두 놈, 배에 하나, 가슴에…….

잘 뜯기지는 않았다.

먹잇감이 입고 있는 걸레와 같은 옷은 날카로운 이빨에 잘게 찢겨 나갔지만 그 안에 있는 살코기만은 너무도 단단하고 또한 질겨서 잘 물어지지가 않았다.

"크아아아앙!"

"으르릉."

신경질이 나는지 녀석들은 크게 울음소리를 토해 내고는 다시 거칠게 달려들었다.

"이, 이 늑대 자식들아, 꺼져라! 안 꺼져! 정녕 너희들이 내 손에 죽고 싶은 것이냐?"

베스렐은 악다구니를 쓰며 늑대들을 물리칠 수 있는 방법을 모조리 동원했다. 물론 그가 동원할 수 있는 건 몸이 아닌 말뿐이었다.

"크윽!"

그의 입에서 다시 한 번 신음성이 흘러나왔다.

왼쪽 허벅지에 마침내 이빨이 살짝 들어가 박힌 것이다.

"크아아앙!"

줄줄 흐르는 붉은 핏물.

"이…… 이 씹어 먹을 개놈들이……!"

꼭지가 도는 베스렐.

드래곤과 싸워서도 전혀 밀리지 않던 자신이 하찮은 늑대 새끼들에게 에워싸여서는 이런 수모를 겪어야 한다니 미칠 것만 같았다.

"우아아아아아아아아―!"

커다란 괴성 소리가 그의 입에서 터져 나왔다.

마령후와 비슷한 그것은 베스렐의 몸을 뜯고 있던 열 마리의 늑대들을 놀래키기에 충분했다.

"깨갱!"

"크릉. 크르릉!"

녀석들은 식겁해서는 재빨리 뒤로 물러섰다.

놈들의 붉은 눈에는 뭔가를 두려워하는 기색이 어렸고 주둥이에는 붉은 핏물이 잔뜩 묻어 있어 왠지 주변을 음산하게 만들었다.

하지만 약했나 보다. 베스렐은 마령후를 생각해 고함을 내질렀지만 고루불사마공의 진기를 상실한지라 마령후는 진실한 위력의 백분지 일도 보여 주지 못했다.

잠시 후, 멀리 떨어져 있던 열 마리의 늑대는 다시 베스렐의 곁으로 조심스레 다가왔다.

녀석들은 너무도 배가 고팠기에 찜찜한 기분이 들면서도 어쩔 수 없이 눈앞에 있는 먹이로 다가가고 있는 것이었다.

배고픔이라고 하는 것은 이성을 상실케 하고 본능을 키우는 힘이 있지 않은가.

"이 자식들이 정말! 내가 누군 줄 알고……!"

악귀처럼 얼굴을 무섭게 일그러트리는 베스렐.

그는 늑대들이 다시 다가오자 또 한 번 마령후를 사용해 볼까 생각했다. 비록 백분지 일도 안 되는 위력이지만 어쨌든 놈들을 물러서게 만들었기 때문이다.

하지만 이내 속으로 고개를 가로저었다.

이번엔 다른 걸 사용해 보기로 했다.

"크아아아앙!"

"으르릉."

놈들은 다시 이빨을 날카롭게 세운 채 먹잇감의 딱딱하면서도 질긴 피부를 물었다. 그리고 그때 베스렐은 어떤 한 가지의 의지를 강하게 일으켰다.

"죽어랏! 죽엇……!"

멈칫!

무슨 일일까? 열 마리의 회색 늑대들의 몸동작이 순간 마법이라도 걸린 듯 그대로 멈추었다.

의형살인이었다.

지금 베스렐은 레드 드래곤과의 싸움에서 보여 주었던 그 의형살인을 열 마리의 회색 늑대 모두에게 내쏘고 있는 것이었다.

부르르르.

몸을 잘게 떠는 녀석들.

"끄르륵."

"크윽."

녀석들의 붉은 눈동자는 잘게 흔들렸고 주둥이에서는 간질병에라도 걸린 듯 하얀 거품이 무섭게 일었다. 이것은 놈들이 의형살인에 당하고 있음을 보여 주는 것이었다.

한데 이상한 일이다.

베스렐은 내공을 잃지 않았던가. 고루불사마공의 진기가 사라진 상태에서 의형살인이라는 절기를 사용하는 것이 가능한 것일까?

결론적으로 말하자면 불가능하다.

의형살인이라고 하는 것은 검술로 보자면 심검의 경지라 할 수 있었는데 이 심검은 하단전에 진기가 없으면 힘을 쓸 수가 없는 것이다. 물론 실질적으로 힘이 발현되어지는 것은 상단전인 정신의 힘이다. 그 힘이 적을 죽이는 것이다. 하지만 의형살인이든 심검이든 하단전이라는 토대 위에서만 상단전의 힘을 사용할 수가 있는 것이다.

그렇다면 하단전이 망가진 베스렐은 지금 어떻게 의형살인을 사용하고 있는 것일까?

"죽어랏! 죽어, 이 늑대 새끼들아! 제발 좀 죽어……!"

간절한 의지다.

제발 그만 죽어 달라는 의지다.

베스렐의 의형살인은 잠시지간 더 그렇게 지속되었고 곧 그의 곁에 있던 회색 늑대 열 마리는 하나 둘씩 차가운 바닥으로 쓰러졌다.

털썩, 털썩, 털썩!

눈, 코, 입 등의 칠공에서 피를 흘린 채 싸늘한 주검이 된 녀석들.

베스렐은 녀석들이 모두 쓰러지자 그제야 안심이 되는 듯 거칠게 숨을 몰아쉬었다.

"헉헉헉헉……!"

힘들었다. 너무도 힘들었다.

그의 전신은 한겨울에 어울리지 않게 땀으로 도배를 이루었고 그의 얼굴은 피곤에 찌들어 누렇게 변해 있었다. 심력의 소모가 장난 아니게 심했던 것이다.

"헉헉헉, 휴우우, 휴우우우우……."

베스렐은 계속해서 숨을 몰아쉬며 방금 자신이 사용한 의형살인에 대해 생각해 보았다. 하단전의 토대 없이는 절대로 사용할 수 없는 그 의형살인을.

"헉헉. 그…… 그건가?"

뭔가를 알고 있는 것 같다.

"휴우우. 맞아, 맞아. 그거야. 방금 그것은 의형살인이 아니라 심즉살이었어. 그래서 이 회색 늑대 녀석들을 죽일 수 있었던 거야."

심즉살(心卽殺)!

이것은 의형살인의 경지보다 위에 있는 것으로 순전히 상단전의 힘만을 사용하는 것이었다.

마음만 먹으면 언제든지 상대를 죽일 수 있는 것, 의형살인처럼 시간을 들이는 게 아니라 즉시 죽음의 세계로 인도하는 것.

그게 바로 심즉살의 경지였다.

'레드 드래곤! 그 녀석과의 싸움이 도움이 된 것인가? 녀석의 파워 워드 킬과 싸우느라 나의 의형살인은 극에 이르도록 발휘되었지. 더할 수 없을 정도로 말이야. 결국 의형살인은 그 파워 워드 킬의 힘에 밀려났지만 그때 내 마음속의 살기는 의형살인을 심즉살의 경지로까지 이르게 만든 거였어.'

분석은 모두 끝났다.

베스렐은 자신이 심즉살의 경지에 들어선 이유를 그 처절했던 정신 싸움에서 찾아냈다. 그거 이외의 다른 이유는 있을 수가 없었다.

'다행이야. 꼼짝도 할 수 없는 상황에서 심즉살을 사용할 수 있게 되었으니. 이제 다른 짐승이나 몬스터가 와도 걱정 없겠어. 하지만…… 하지만 이 심즉살은 이제부터가 시작이야. 심즉살은 의지를 일으켰을 때 끝나야 해. 지금처럼 시간을 끌면 그건 의형살인보다도 못하게 되는 거야.'

베스렐은 앞으로 어찌 수련할지 생각했다.

초입에 들어선 심즉살.

그것을 어떻게 하면 보다 빠르게 경지에 이르게 할지 깊이 있게 생각하는 것이었다. 생각은 꼬리에 꼬리를 물고 이어졌고 어느 순간 그는 잠이 들고 말았다.

참기 힘든 수마가 그의 정신을 뒤덮은 것이다.

"드러러렁. 쿠울……."

평소에 보이지 않던 코 고는 소리.

피곤이 극에 달했던 모양이다. 아무래도 오늘 하루는 이렇게 끝을 맺어야 할 듯싶었다.

＊　　　　＊　　　　＊

"꿀꺽!"

베스렐은 아침부터 주위에 널려 있는 유실수들을 바라보며 침을 삼켰다.

배가 너무도 고팠다.

일주일이 넘도록 아무것도 먹지 못해서인지 배고픔의 고통은 정신을 어질어질하게까지 만들었다.

몸은 경맥들이 많이 상한 상태인지라 거동을 하기에는 아직 무리가 있었고 마법은 3일 정도 더 있어야 돌아올 것 같았다. 그렇게 움직일 수가 없으니 먹을 걸 구하지 못하는 건 당연했다.

"저걸 먹어야 해, 저걸 먹어야 내가 살아."

베스렐은 유실수에 매달려 있는 주먹보다 조금 작은 붉은 과일을 노려보았다. 살기 위해서는 먹어야 했다.

그리고 이미 방도는 생각해 두었다.

그 방도는 심즉살과 비슷한 것으로서 정신의 힘을 사용하는 것이었다. 일명 염력(念力)이라고 하는 그것을.

베스렐은 곧장 의지를 일으켰다.

"와라. 내게 날아와라!"

평소에 주로 쓰던 '죽어라'가 아닌 '와라'다.

베스렐은 그게 많이 어색했지만 이 방법 외에는 유실수에 매달려 있는 과일을 얻을 길이 없어 계속해서 의지를 일으켜 붉은 과일에게 뜻을 보냈다.

흔들흔들.

붉은 과일 하나가 큰 움직임을 보였다. 마치 혼자서 태풍이라도 만난 듯 녀석은 당장이라도 가지에서 떨어져 나갈 듯한 모습을 보였다.

'좋아. 될 것 같군.'

베스렐의 두 눈에 순간 희망의 빛이 보였고 그는 정신을 집중해 더욱 강해진 뜻을 붉은 과일에게 보냈다.

"이 자식아, 빨리 안 와! 죽인다!"

툭!

마지막의 죽인다는 뜻에 붉은 과일은 화들짝 놀라서는 즉시 자신의 부모와도 같은 나무를 버리고 공지에 누워 있는 베스렐에게로 날아갔다.

슈아아아앙.

엄청 빠른 속도였다. 녀석은 곧 베스렐의 입 부위에 가서는 멈추어 섰다.

환한 표정의 베스렐.

성공이었다.

'하하하. 좋았어. 역시 내 생각이 맞았어. 허공섭물이 아니라도 상단전의 힘을 빌리면 충분히 과일을 딸 수가 있었던 거야. 이 힘을 더욱 개발해야 해. 정신수련을 더 쌓아야겠어.'

베스렐은 환한 표정 속에서 입을 크게 벌린 채 붉은 과일을 한입 베어 물었다.

"와삭!"

간만에 입 안에 있는 서른 개에 가까운 이들이 제 역할을 하며 씹히는 느낌을 주인에게 선사해 주었고 그 주인은 혀에 느끼는 달콤한 맛에 황홀한 표정을 지었다.

"와삭와삭! 우물우물."

베스렐은 평소의 식습관대로 붉은 과일을 오십 번 이상씩 꼭꼭 씹어서는 목구멍 속으로 직행시켰다.

허기가 많이 진 상태에서 과일을 먹으니 그 맛이 정말 꿀맛이었다.

'3일만 있으면 마법이 돌아와. 흔들린 마력이 그때쯤에는 안정될 테니 그때는 바로 리커버리 마법을 펼쳐 몸을 치료하는 거야. 그다음엔 멧돼지나 한 마리 잡아서 고기요리를 해 먹자.'

며칠을 굶어서인지 먹는 욕심이 부쩍 늘었다.

"우물우물. 으음, 다 먹었구나."

베스렐은 붉은 과일을 다 먹자 또 한 번 의지를 일으켜서는 유실수에 매달린 붉은 과일을 자신의 입가로 불러들였다.

처음엔 어려웠지만 두 번째는 쉬웠다.

슈아아아앙.

바람처럼 날아와 부동자세로 서는 붉은 과일.

"와삭!"

곧바로 한입 베어 물고는 이번엔 다른 여러 가지 생각들을 떠올려 보았다.

가장 먼저 생각나는 것.

그것은 사람들이었다.

저택의 사람들과 마탑의 사람들, 그리고 기사단 사람들. 아무 얘기도 없이 며칠을 밖에서 보내고 있으니 안 봐도 얼마나 걱정하고 있을지 짐작이 갔다.

'으음⋯⋯.'

인연이 깊은 사람들의 얼굴이 하나하나 떠올랐다.

메드레스 마도사, 블레스 기사단장, 브론나드 집사에 두 부단장, 그리고 그월더와 베로, 마지막의⋯⋯.

마지막 인물에서 생각이 멈추었다.

머릿속에 강한 이미지로 남아 있는 그 인물, 생각하는 것만으로도 기분 좋게 해 주는 그 사람.

'리렌시아⋯⋯.'

고운 금빛 머리에 언제나 입가에 맑은 미소를 짓고 있는 그

녀를 생각하니 베스렐은 마음이 조금 무거워졌다.

어렸을 때부터 거의 붙어 있다시피 한 녀석이라 그런지 정이 많이 갔다. 어쩌면 그 감정은 단순히 정에서 그치는 게 아니라 그 위의 감정일지도 모르겠다.

베스렐은 리렌시아가 걱정되었다.

지금 녀석이 어떤 표정을 짓고 있을지 보지 않아도 알 수 있었다. 소식을 보내야 하는데…… 잘 있다고…… 자신은 무사하다고 알려 주어야 하는데…….

'한번 해 볼까?'

갑자기 어떤 한 가지 생각이 떠올랐다.

베스렐은 골똘히 무언가를 생각하는 표정을 짓더니 곧 생각을 입 밖으로 내뱉었다.

"심즉살, 염력, 이런 것들은 전부 다 순전히 상단전의 힘만을 사용하는 거야. 하단전의 도움 없이도 가능한 것들이지. 이걸로 한번 뜻을 보내 볼까? 6써클의 텔레파시 마법을 의지의 힘으로 사용해 보는 거야."

될지 안 될지 지금은 알 수 없었다.

6써클의 텔레파시 마법은 마나의 힘을 사용하는 것인데 그는 지금 마나의 도움 없이 심즉살처럼 정신의 힘만으로 멀리에 있는 상대에게 뜻을 보내려는 것이니.

"좋아, 해 보자. 되든 안 되든 해 봐서 나쁠 것은 없으니. 오히려 이것은 정신수련을 쌓는 것이나 마찬가지이니 내게 도움이 되는 거야.”

베스렐은 입가에 두둥실 떠 있는, 이름을 알 수 없는 붉은 과일을 한입 또다시 베어 물고는 잠시 후에 두 눈을 감고 호흡을 골랐다.

“후으읍, 휴우우우…….”

깊은 호흡은 마음을 안정시켜 주는 효능이 있다.

그는 서서히 아즈나 차크라라고도 하는, 상중하 세 단전 중 최상위에 있는 상단전을 자극했다.

호흡을 하는 듯 마는 듯 가늘고 길게 하며 정신을 하나로 모아 일념(一念)의 세계로 나아갔다.

그의 정신능력은 고루불사마공을 수련하면서 더할 수 없을 정도로 발전된 상태인지라 일념의 세계는 금세 그의 앞에 나타났다. 그 일념은 조금 더 시간이 지나자 지극한 염원의 세계로 바뀌었다.

베스렐은 그 상태에서 누군가의 이미지를 강하게 떠올렸다.

그 누군가는 당연히 리렌시아였다.

금발의 아름다운 리렌시아는 베스렐의 마음속에서 어두운 얼굴로 나타났고 베스렐은 즉시 이미지로 나타난 그 리렌시아에게 뜻을 보냈다.

“뭐야? 너 왜 그렇게 죽을상이냐? 인상 펴! 나 무사하니까 말이야. 사실 나 며칠 전에 굉장한 자식과 한판 붙었다. 그래

주저리주저리 마음속으로 떠드는 베스렐.

사실 머릿속에 이미지로 나타난 어두운 표정의 리렌시아가 실제로 그렇게 어두운 표정을 짓고 있는지는 알 수 없었다.

하지만 베스렐 자신에게는 그렇게 느껴졌고 걱정을 하고 있는 듯 보이는 리렌시아를 어떻게든 안심시키기 위해 계속해서 염원의 세계에서 뜻을 보냈다.

같은 시각, 다른 장소.

넓은 거실에 세 사람이 모여 있었다.

그들은 리렌시아와 그월더, 그리고 베로였다.

세 사람은 다들 어두운 표정을 한 채 무언가에 대해 얘기를 나누고 있었는데 그 내용은 다른 게 아닌 주군에 관한 것이었다.

"저희들도 리렌시아 님을 따라나서고 싶습니다. 혼자 가시는 것보다는 저희랑 같이 움직이시는 게 더 좋지 않겠습니까. 주군을 찾는 데 있어 좀 더 수월하리라 생각합니다."

베로의 말에 리렌시아는 고개를 좌우로 흔들었다.

"아니에요. 저 혼자 가는 게 좋을 것 같아요. 그리고 두 분은 현재 매우 바쁘시잖아요. 기사단 여러 개가 새로 창설된 걸로 아는데 두 분은 거기서 매우 중요한 역할을 하고 계시다고 들었어요."

"아닙니다, 아니에요."

그월더가 손을 좌우로 급히 흔들었다.

"저희 두 사람은 하나도 바쁘지 않습니다. 그리고 바쁘다고 해도 주군을 찾는 일만큼 중요한 게 어디 있겠습니까? 그일이 가장 중요한 겁니다. 그러니 저희들도 따라갈 수 있게해 주십시오."

그월더와 베로.

이 두 기사는 리렌시아가 오늘부터 주군을 찾기 위해 드래곤 산맥을 비롯해 서대륙으로 길을 나선다는 사실을 우연찮게 알게 되었다. 브론나드 집사가 그 두 사람에게 귀띔을 해준 것이다.

그들은 아침도 거른 채 재빨리 이곳 저택으로 달려와 자신들도 같이 주군을 찾아 나설 수 있게 해 달라 부탁을 하고 있는 것이었다.

"리렌시아 님!"

"부탁합니다. 저희들도 데려가 주십시오."

리렌시아는 간절한 표정으로 자신들도 데려가 달라는 그들을 보며 조금은 곤란한 표정을 지었다.

"으음. 그게……."

사실 그녀는 주인님을 찾는 데 있어 혼자가 편했다.

그녀는 현재 마법이 7써클 대마도사의 경지에 들어선 상태였고 그렇다는 건 공간이동 마법이나 무언가를 찾는 디텍트

기능이 있는 마법을 좀 더 수월히 사용할 수 있다는 말이었
다. 그건 다르게 말하자면 주인님을 찾는 건 혼자서도 충분하
다는 말이었다.

그런데 여기서 불필요한 짐(떨거지) 두 개를 들고 가야 한
다면 그건 정말 시간적으로나 여러 가지 면으로나 낭비라 할
수 있었다.

거절해야 했다.

하지만…… 저 간절한 얼굴로 함께 데려가 달라는 두 사람
에게 거절의 말을 내뱉기란 정말 쉽지 않은 일이었다.

'아아, 이거 어떻게 하지?'

그때 실내에 무언가가 부딪치는 소리가 났다.

쿵쿵쿵.

바닥이 울렸다.

"부탁드립니다. 짐이 되지 않게 노력하겠습니다."

고전적인 방법. 녀석이 뭔가를 부탁할 때 사용하는 방법이
었다.

쿵쿵쿵쿵!

그월더는 자신의 주특기를 살려 거실 바닥에 이마를 박으
며 자신의 뜻을 관철시키기 위해 애썼다. 옆에 있는 베로는
그월더의 그 같은 모습에 고개를 살래살래 흔들었다.

'하여간 저 녀석은 변한 게 없다니까? 그런 방법은 이미 많
이 쓰여 소용이 없는 것인데 말이야.'

베로는 그월더가 하는, 머리로 바닥을 찧는 행위는 리렌시 아에게 소용없을 거라 생각했다. 하지만 그의 그 같은 생각은 틀렸다.

리렌시아는 그월더의 이마에 커다란 혹이 생기자 어쩔 수 없다는 듯이 곧 긍정적인 말을 꺼냈다.

"저는 오늘 떠날 생각인데…… 하지만 두 분은 안 되잖아요? 기사단의 일이 있으니 말이에요."

"아닙니다, 아니에요! 그건 걱정하지 마십시오."

그월더는 머리를 바닥과 부딪치는 그런 미련한 짓을 곧바로 중단하고는 환한 표정으로 말문을 열었다.

"됩니다. 그냥 말만 하면 다 끝납니다. 단장님과 두 부단장님께는 얼마 전부터 저희 두 사람이 어쩌면 떠날지도 모른다는 말을 미리 해 두었거든요."

"예, 맞습니다. 그 일은 염려하지 않으셔도 됩니다."

베로까지 나서며 아무 문제가 없음을 얘기했다. 그냥 각자가 속해 있는 기사단에 가서 떠난다는 말만 하면 모든 게 끝남을 알려 주었다.

리렌시아는 두 기사의 말에 작게 한숨을 내쉬며 할 수 없다는 표정을 지었다.

"휴우우. 그렇다면 할 수 없군요. 두 분이 그렇게 말씀하시니 그럼 같이 점심을 들고 떠나기로 하……."

무슨 일일까? 그녀는 말을 하다 말고는 멈추었다.

멍한 표정을 짓는 리렌시아.

그월더와 베로는 갑자기 그녀가 멍한 표정을 지었다가 곧장 다시 두 눈을 감고 집중하는 모습을 보이자 무슨 일인지 궁금하여 물었다.

"리렌시아 님! 왜 갑자기……!"

"무슨 일……."

"조용, 조용해 주세요!"

리렌시아는 입가에 검지손가락 하나를 붙이고는 조용히 해 달라고 부탁했다. 실내는 순간 침묵의 기운으로 가득 차서 숨소리 하나 들리지 않게 되었다.

리렌시아는 정신을 집중해 방금 머릿속에 들려온, 텔레파시 마법은 아니지만 텔레파시와도 같은 그 마음의 말을 숨죽여 들어 보았다.

"……사실 나 며칠 전에 굉장한 자식과 한판 붙었다. 그래서 지금 내가 약간 다친 상태야. 야야? 듣고 있는 거지? 듣지 못해도 어쩔 수 없다. 내가 현재 움직일 수가 없거든. 어쨌든 내가 하고픈 말은 나 서너 달 정도 여기서 머물 거야. 아아, 맞아. 너 내가 있는 이곳이 어디인지 궁금하겠구나. 안됐지만 그건 나도 모른다. 여기가 어디인지 말이야. 드래곤 산맥에서 내가……."

길게 이어지는 베스렐의 텔레파시.

마치 꿈같은, 자신이 잘못 듣고 있는 게 아닌가 하는 생각이 드는 리렌시아다. 하지만 지금 머릿속에 새겨지는 주인님의 뜻은 절대 꿈같은 것이 아니었다.

리렌시아 그녀는 7써클의 대마도사다.

당연히 지금의 텔레파시와도 같은 주인님의 뜻이 실제로 아주 먼 어디에선가 들려오고 있는 것임을 알 수 있었다.

"하여간 걱정하지 말고 모두에게 말해. 나 여기서 몇 달간 무공수련하고 간다고 말이야. 그리고 으음…… 지금 나의 이 뜻이 너에게 도착했으면 정말 좋겠다. 안 되면 어쩔 수 없는 일이고. 그럼 잘 있어라. 나중에 보자."

곧 베스렐의 상단전 힘을 통한 텔레파시는 끝을 맺었다.

실내에 있는 그월더와 베로는 계속해서 침묵한 채 리렌시아만 지켜보았다.

집중하고 있는 리렌시아를 방해할 수는 없었다. 그러다 감겨져 있던 그녀의 두 눈이 떠지며 듣기에 기분 좋은 환한 음성이 흘러나왔다.

"주인님이에요. 방금 주인님께서 텔레파시와 비슷한 방법으로 뜻을 보내 오셨네요."

"예에, 그게 정말입니까?"

"예, 그래요."

그녀의 환한 표정과 음성을 들어 보니 틀림없어 보였다.

그월더와 베로는 소파에서 벌떡 일어났다.

"하하하하. 내 그럴 줄 알았습니다. 그럼요, 그렇고말고요.

영주님은, 아니 주군은 불사신이라고요. 무적이에요, 무적. 드래곤이라 해도 주군을 어찌할 수는 없는 것입니다.”

그월더의 말에 베로가 맞장구를 쳐 주었다.

“하하. 그래, 네 말이 맞다. 주군은 무적이다.”

“하하하하. 그렇지.”

큰 소리로 웃으며 즐거움을 나타내는 두 사람.

리렌시아 또한 작게 웃음을 지었다.

그녀는 두 사람에게 말했다.

“호호. 두 분은 기사단에 가서서 단장님을 관청으로 모셔 오세요. 저는 마탑에 연락을 넣어야겠네요. 그분들과 관청에 서 회의를 해야겠어요.”

“하하. 알겠습니다.”

“예, 즉시 가 보도록 하겠습니다.”

그월더와 베로는 곧바로 거실의 문을 열고는 밖으로 나갔 다.

탁탁탁.

그들의 발걸음에 경쾌한 소리가 났다. 마치 녀석들의 마음 을 대변하는 듯 그렇게.

리렌시아는 그들의 뒷모습을 보며 입가에 흐뭇한 미소를 지었다. 그러곤 방금 주인님이 보내 온 텔레파시에 담겨 있던 뜻을 생각해 보았다.

‘에다마 지역에서 드래곤과 최후의 일전을 벌이신 후 텔레포트 마법을 펼쳤다고 하셨어. 그럼 근처 어딘가로 이동하셨어야 하는데? 텔레포트 마법의 한계는 50페르(km)이니 말이야. 한데 이상하게…….'

조금 이상했다.

그날 리렌시아와 메드레스 마도사, 그리고 바얀스 마도사는 에다마 지역을 디텍트 마나로 샅샅이 살폈다. 하지만 아무리 돌아다녀 봐도 찾을 수가 없었다.

'혹시 텔레포트 마법을 사용할 때 어떤 문제가 있었던가? 그래서 50페르란 한계를 넘어 더 멀리 어딘가로 이동을 하신 것일까? 듣기로는 주인님이 계신 곳은 여기처럼 겨울이 아니라 가을의 날씨라고 하셨는데, 그렇다면…….'

그녀의 생각은 한동안 계속 이어졌다.

Chapter5

폭스족의 마을

기다렸던 3일이 지나갔다.

베스렐은 이른 아침부터 마나 명상법을 시행했다.

조금 움직일 수 있게 된 양팔을 아랫배에 가져다 대고는 최고의 마나 명상법이라고 할 수 있는 갈루안스 마나 명상법을 몸으로 구현했다.

"후으읍, 휴우우우우……."

호흡이 가늘면서도 길게 이어진다.

편안해진 마음은 곧 베스렐을 마나의 세계로 인도했고 그 순간 베스렐의 심장에 자리한 8개의 써클은 천천히 회전을 하기 시작했다.

위이이이이잉.

열흘간 꼼짝도 하지 않던 써클이 서서히 회전을 일으키니 베스렐은 기분이 새로웠다.

한데 갈루안스 마나 명상법을 행하니 별로 신경을 쓰지 않고 있던 왼쪽 손목에 있는 마력 하트에서도 변화가 일었다.

우우우우웅.

강한 울림이 일었다.

'어라? 뭐야? 이게 무슨 일이지? 마력 하트에 있는 써클이 하나가 아니라 두 개네?'

베스렐의 머릿속에 의문이 떠올랐다.

어떻게 된 일인지는 모르겠으나 마력 하트의 주변을 돌고 있던 하나의 써클이 지금은 두 개가 되어 있었다.

위이이잉.

'아차! 마나 명상법을 행하는 중이었지.'

베스렐은 심장에 자리한 써클들이 움직임을 멈추려 하자 다시 급히 정신을 모아 마나 명상법에 신경을 썼다.

그는 제일 중요한 심장의 마력을 안정시키는 일에 매달렸다. 그것은 빠른 속도로 이루어졌다.

전보다 커진, 불완전했던 그릇이 10일간에 걸쳐 완벽해지자 그 안에 있던 마력이 금세 제자리를 찾고는 안정을 이루는 것이었다. 또한 그 심장의 주위를 회전하고 있던 8개의 써클은 매우 빠른 속도로 움직임을 보였다가 잠시 후에는 서서히 느린 움직임으로 회전을 하였다.

새로 생긴 여덟 번째의 써클.

그것은 기존에 있던 일곱 개의 써클과 잘 어울려 놀았다.

이제 베스렐은 진정한 8써클 현자의 경지에 들어선 것이었다.

'하하하. 이거 좋군.'

뜻밖에 올라선 마법의 경지.

그것은 정말 기분 좋은 일이라 할 수 있는 것이었다.

'그럼 이제는 마력 하트를 알아볼까?'

베스렐은 계속해서 갈루안스 마나 명상법을 행하며 왼쪽 손목에 있는 마력 하트로 정신을 집중했다. 그러곤 마력 하트에 무슨 일이 벌어진 것인지 자세히 알아보았다.

우우우웅.

마력 하트에서 나오는 작은 울림.

착각이 아니었다. 확실히 변해 있었다. 하나가 아닌 두 개의 써클이 마력 하트의 주위를 회전하고 있었다.

'하아, 정말 신기하네. 이건 아무래도 내 심장의 그릇이 커지고 또한 여덟 번째의 써클이 만들어진 것과 관계가 있는 것 같군. 어떤 거대한 힘이 이 심장과 마력 하트 두 가지를 변화시키고 사라진 것이야. 한데 으음…… 마력 하트에서 고루불 사마공의 느낌이 약간 나네? 그 느낌도 시간의 흐름에 따라 점점 옅어져 가고 있어. 이건 다시 말해 하나로 완벽히 동화되고 있다는 말인데. 그렇다면 이건……'

심장 쪽의 그릇에서는 발견하지 못한 단서.

지금 마력 하트에서 발견해 낸 단서.

베스렐은 아무래도 자신의 마법 경지가 상승한 이유가 사라진 고루불사마공의 진기에 있지 않나 하는 의심이 들었다.

그 이외에는 마땅히 생각할 만한 게 없었다.

'고루불사마공의 진기가 11성의 경지에 이르자 영성(靈性)을 지니게 되었던 것일까? 그래서 자신이 드래곤의 파워 워드 킬에 죽음을 맞게 되자 자신의 힘을 마력과 비슷하게 변화시킨 뒤에 산화한 것일까?'

아무래도 그런 것 같았다.

베스렐은 속으로 자신의 짐작이 맞을 거라 생각하고는 다시 마력 하트에 정신을 집중해 보았다. 점점 속도를 더하면서 빠르게 회전을 하는 두 개의 써클.

고루불사마공의 진기. 그것의 느낌은 거의 사라져 약하게 남아 있었는데 그것도 시간이 좀 더 흐르자 더 이상 느껴지지 않게 되었다. 완벽하게 하나가 된 것이다.

'후후후.'

베스렐은 속으로 웃음을 지었다.

'후후. 마력 하트의 써클이 두 개나 되니 앞으로 마법을 사용하는 데 큰 도움을 얻을 수 있게 되었군. 마력의 소모가 빠르게 보충되고 또한 캐스팅 속도를 비롯한 모든 능력이 향상되겠어. 후후후. 그럼 이제 이 마력 하트에 대한 것은 나중에 좀 더 자세히 알아보고 지금부터는 몸을 회복시키자. 그동안

답답해서 혼났으니 말이야.'

그는 감은 두 눈을 떴다. 그러자 그 눈에서 밝은 빛이 일며 혜지(慧智)가 느껴졌다.

스윽.

베스렐은 고개를 들어 하늘을 바라보았다.

맑고도 맑은 하늘.

"흐음, 좋은 날씨군."

이른 아침인 줄 알았건만 하늘의 한가운데에는 어느새 태양이 떠올라 만물을 비춰 주고 있었다. 마나 명상의 시간이 꽤 길게 이어진 것이었다.

그때 베스렐의 배에서 배고픔의 울림이 흘러나왔다.

꼬르륵.

열흘간 제대로 식사를 하지 못해 배가 고팠다. 물론 그제와 어제의 경우는 붉은 과일을 원하는 만큼 먹긴 했지만 그것 하나만 가지고는 어림도 없는 것이었다.

바로 마법을 캐스팅했다.

레드 드래곤과의 싸움으로 입은 심한 내상을 마법의 힘으로 치료해야 했다. 곧 그의 입에서 7써클에 있는 최고의 치료 마법이 시동어로 흘러나왔다.

"리커버리!"

화아아아아악.

포근한 느낌을 갖게 하는 새하얀 빛.

　그것은 바닥에 누워 있는 베스렐의 전신을 감싸서는 그의 몸에 있는 나쁜 기운과 찢어지고 꼬인 상처들을 단숨에 고쳐주었다.

＊　　　＊　　　＊

　부스럭부스럭.

　작은 수풀들이 비명을 지르며 갈라졌다.

　그 갈라진 수풀 사이로 갈색 머리의 아이 세 명과 금발 머리의 아이 두 명이 나타났다. 귀엽게 생긴 아이들. 나이는 십 대 초반으로 보였는데 녀석들은 지금 어딘가를 향해 조심스레 이동 중이었다.

　시간은 천천히 흘러갔고 잠시 후 가장 앞서 걷고 있던 갈색 머리의 아이 하나가 뒤에 있는 금발 머리의 아이에게 말했다.

　"캐티안 대장! 다 왔어. 저 아래에 그놈이 있어. 베어족 같은데 베어족이 아닌 인간이."

　"그래? 정말 베어족이 아니야?"

　"응. 베어족의 냄새가 안 나. 인간이야, 그냥 인간. 자아, 저기 아래에 있으니 한번 봐 봐."

　캐티안이란 이름의 사내 아이는 즉시 걸음을 옮겼다.

　지금 아이들이 서 있는 곳은 얕은 절벽 위.

　녀석들은 지금 그 위에서 밑에 있는 작은 공지를 조심스레

홈쳐보았다.

"으음. 저 사람이구나."

"오빠, 나도 볼래."

가장 뒤처져 걷고 있던 금발 머리의 여자 아이가 앞으로 나섰다.

"그래. 이리 와서 봐라, 도로시."

캐티안은 자신의 옆자리로 동생을 오게 해서는 같이 공지의 한가운데에 앉아 있는 자를 홈쳐보았다.

도로시의 입에서 곧 놀람에 찬 음성이 흘러나왔다.

"우와? 정말 뚱뚱하다. 베어족보다 더한 것 같아, 오빠!"

"그래, 맞아. 정말 많이 뚱뚱한 인간이야."

"어떻게 저렇게 뚱뚱할 수가 있는 거지. 마치 돼지 같아. 꿀꿀이 돼지 말이야. 거기다 입고 있는 옷도 좀 봐 봐. 우리 저택에서 사용하는 걸레도 저 뚱뚱한 사람이 입고 있는 옷보다는 깨끗할 거야."

아이들은 서로 베어족보다 더한, 돼지처럼 뚱뚱한 인간을 흉보기에 바빴다.

"저 거지 같은 인간, 아주 이상해."

처음 아이들을 안내했던 토란이란 이름을 가지고 있는 아이가 공지에 앉아 있는 사내에 대해 설명하기 시작했다.

"한…… 두 달 전부터 여기 공터로 와서는 저렇게 불편하게 양다리를 꼬고는 가만히 있어. 마치 석상처럼 말이야."

"그래? 그럼 전혀 움직이지 않는단 말이야?"

캐티안의 물음에 토란은 고개를 좌우로 저었다.

"그건 아니야."

"그럼?"

"으음. 밥 먹을 때만 조금 움직여. 마법사인지 어쩐지 그 자리에서 연기처럼 사라졌다가 다시 나타나는데 그때 보면 손에 여러 가지가 들려 있어. 물고기랑 과일, 또는 식용으로 먹는 산채들 말이야."

"가만. 마법사 같다고?"

"응. 그런 것 같아."

캐티안은 토란이 말한 마법사란 단어에 관심을 가졌다. 그건 옆에 있는 도로시도 마찬가지였다.

"오빠, 토란의 말을 들으니 아무래도 저 거지꼴을 하고 있는 뚱뚱한 인간은 4써클 이상의 마법사 같다. 그치?"

"으응, 내 생각도 그래. 사라졌다가 다시 나타났다면 4써클의 블링크나 6써클에 있는 텔레포트 마법일 거야."

캐티안과 도로시는 두 눈에 호기심의 빛을 띠웠다.

과연 두 눈을 감고 앉아 있는 저 뚱뚱한 인간이 몇 써클의 마법사일지 궁금했다. 혹시 6써클의 마도사는 아닐까?

아니다. 그건 아닐 것이다.

대개 6써클 이상의 마도사의 경지에 든 자들은 저렇게 뚱뚱하지도 않고 또한 지저분하지도 않다.

그때 토란이 또다시 말문을 열었다.

"저 마법사 같은 인간은 정말 이상해."

"이번엔 왜? 뭐가 이상한데?"

"뭔데, 토란? 빨리 말해 봐."

캐티안과 도로시의 재촉에 토란은 자신이 알고 있는 뚱뚱한 사내의 이상한 점을 알려 주기 시작했다.

"내가 저 인간을 두 달 전 처음 봤을 때의 일이었어. 그때도 지금처럼 꼼짝도 안 하고 저러고 있기에 내가 짱돌을 저 사람 근처에다가 던져 봤었거든?"

"근데?"

"으응, 근데 이상하게도 꼼짝도 안 하는 거야. 그래서 다시 짱돌을 들어 저자의 등을 맞췄어. 한데 그래도 움직이지 않더라고. 이상하다 싶어 나중에 다시 이곳에 와서 몇 번을 그렇게 했는데도 저 인간은 저 상태 그대로 있었어."

토란의 말이 끝나자 캐티안과 도로시는 서로를 바라보며 고개를 갸웃거렸다. 그건 뒤에 있던 다른 갈색 머리의 아이 둘도 마찬가지였다.

짱돌을 던졌는데도 아무런 반응이 없다?

이것은 무얼 의미하는 것일까?

혹시 상대는 바보인 건가? 그래서 돌을 맞고도 가만히 있는 것일까?

아니다. 그럴 리가 없었다.

상대는 마법사로 보이는데 바보는 절대 마법사가 될 수 없었다.

"에에."

캐티안과 도로시의 두 눈에서 서서히 호기심의 빛과 함께 장난기가 담긴 빛이 흘러나오기 시작했다.

녀석들은 아이들인 것이다.

두 달간 이곳 공터에 와서 한 수련은 베스렐에게 매우 만족스러운 결과를 안겨 주었다.

깨어진 단전이, 레드 드래곤에게 부서진 그 단전이 완벽히 치유된 것이었다.

씨앗의 역할을 하는 정토신공.

베스렐은 그 신공을 부서진 단전에 첫날 안착시킨 후, 그다음으로 금황신공을 익혔다. 오행이 서로 상생하는 순서대로 단전에 자리를 잡게 하였다.

금황신공 다음으로는 수류신공, 그다음은 고목신공, 가장 마지막으로 화령신공을 단전에 안착시켰다.

이 다섯 가지의 신공들은 단전에 안착하기가 무섭게 매우 빠른 속도로 단전을 치유하기 시작했고 열흘 전 베스렐은 마침내 부서진 단전을 깨끗이 치유할 수 있게 되었다.

제일 중요한 단전을 복구하는 일이 성공했으니 그다음부터는 탄탄대로였다.

베스렐은 쉬지 않고 계속해서 오행진결을 수련했다.

최대한 빨리 전에 올라서 보았던 그 무공 경지에 이르러야
했고 나중엔 그보다 더 높은 경지에 올라서야 했다.

'으음. 한 3년…… 그래, 3년 정도면 될 것 같아. 그 기간
이면 오행진결을 고루불사마공보다도 더 높은 경지에 이르게
할 수 있을 것 같아. 아쉽군, 아쉬워. 좀 더 빠른 시간 내에 경
지에 이르렀으면 좋겠는데 말이야. 하지만 무의 길에는 왕도
가 없으니 어쩔 수 없지.'

베스렐은 3년을 잡았다.

너무나 긴, 생각하기도 싫은 그런 긴 기간이지만 냉정히 판
단했을 때 그 정도의 기간이 걸릴 것이다.

그리고 사실 3년은 결코 긴 시간이 아니다. 그는 지금 처음
부터 다시 공력을 쌓아 올려야 하지 않은가.

'어쨌든 최대한 빠르게 경지에 이르는 거야.'

베스렐은 마음속으로 강한 다짐의 말을 하고는 곧 또다시
오행진결의 수련에 들어갔다. 마음을 차분히 하고는 대기의
기운을 강력한 의지로 끌어 모아 오행진결이 원하는 길로 주
천을 시킨 뒤 단전으로 인도했다.

그때였다.

무슨 일인지 베스렐의 미간에 자리한 불꽃 모양의 주름이
살짝 이지러졌다.

'저 꼬맹이 녀석이 또 오네?'

그의 기감에 왼쪽에 있는 절벽 저 멀리서부터 다섯 아이들의 기척이 포착되었다. 거리는 2페르 정도 떨어져 있어 얼마 후면 이곳에 도착할 듯싶었다.

베스렐은 오행진결의 수련을 멈추고는 정신의 일부를 떼어와 저절로 발휘되는 기감에 힘을 보탰다. 그러자 다섯 아이들의 생김새라든가 어떤 기운을 지니고 있는지 하는 것들을 보다 자세히 알 수가 있었다.

'으응?'

뭔가 다른 느낌을 풍기는 두 녀석이 오고 있었다.

'요 두 녀석은 다른 세 수인족 아이들과는 조금 다르네? 일반 폭스족이 아니라 이건 마치…….'

순간 베스렐의 머릿속에 누군가 한 사람의 얼굴이 떠올랐다.

두 달 전 상단전의 힘으로 텔레파시를 사용하게끔 만든 그 녀석.

'리렌시아와 비슷하네? 기운이 비슷해. 그럼 저 두 아이도 골드 폭스족인 걸까?'

아무래도 그런 것 같았다.

기감으로 그 능력이 매우 뛰어난 것이라 느꼈다면 거의 틀림이 없는 것이었다. 그리고 저 다섯 아이들로 미루어 보아 이 근처 어딘가에 수인족의 마을이 있는 것 같았다.

베스렐은 두 아이를 좀 더 자세히 살펴보았다.

어떠한 힘을 지니고 있는지 아이들의 몸속을 기감의 눈으로 살폈는데 곧 새로운 정보가 그의 머릿속으로 들어왔다.

'역시 그렇군. 마법을 익히고 있어. 골드 폭스족의 아이라 혹시나 했는데 역시였어. 여자 아이로 보이는 애는 2써클 유저의 경지고 남자 아이는 3써클 비기너의 경지에 들어섰어. 제법이군. 확실히 골드 폭스족이야.'

폭스족 중에서도 그 수가 극히 적다는 골드 폭스족.

그런 골드 폭스족의 아이를 두 명이나 보게 된 베스렐은 기분이 약간 묘했다. 리렌시아와 같은 종족을 이런 곳에서 보게 될 줄은 꿈에도 몰랐던 것이다.

'흐음. 나중에 한번 저 꼬마 녀석들의 마을에나 가 봐야겠구나. 수인족의 마을이 어떠한지 한번 구경을 해 보는 거야. 그리고 여기가 어디인지도 알아보고.'

베스렐은 다가오고 있는 다섯 아이들에 대한 생각을 지우고는 다시 오행진결에 매진했다.

지금 그에게 중요한 것은 무공의 회복이었다.

부단히 노력해야 했다.

잠시 후.

그의 뇌리로 아이들의 대화 소리가 들려왔다.

녀석들은 누가 듣지 못하게 작게 소곤거리고 있었지만 베스렐은 충분히 녀석들의 대화를 들을 수 있었다. 한데 그 대화 중에는 그로서는 이해 못할 말들이 섞여 있었다.

'뭐? 내가 뚱뚱하다고? 꿀꿀이 돼지처럼 보여?'

정말 이해할 수 없는 대화들이었다.

거지 같다는 말은 신경을 쓰지 않았다. 스스로가 생각하기에도 거지꼴을 하고 있으니까.

하지만 두 골드 폭스족의 아이가 자신을 베어족보다 더한 뚱뚱이라고 흉을 보는데 그것만큼은 은근히 신경을 쓰이게 만들었다.

'내가 두 달간 좀 뚱뚱해졌나? 고루불사마공이 깨졌으니 당연히 살이 찌겠지만 그래도 먹는 걸 어렸을 때처럼 많이 줄여 그렇게 쪄 보이지는 않을 텐데…… 정말 이상하군.'

베스렐은 자신이 다시 살이 찔 거란 걸 알고 있었다. 그래서 초저열량의 식이요법을 다시 시작했다.

한데 아이들의 대화를 들어 보니 자신의 몸에 생각하기 싫은 그런 변화가 일어난 모양이었다. 그리고 그런 변화를 베스렐은 미처 감지하지 못했다. 그는 외부(살)가 아닌 오직 내부(오행진결)만을 신경 썼던 것이다.

'아무래도 몸무게를 재 봐야 할 것 같아. 어느 정도나 살이 쪘는지 알아봐야겠어.'

베스렐은 지금 하고 있는 오행진결의 수련을 끝마치고 나면 곧장 몸무게를 잴 수 있는 마법을 펼치기로 결심했다.

그때였다.

한참 오행진결과 몸무게에 대해 생각을 하고 있는 그 순간,
절벽 위에서 돌이 날아왔다.

휘이익, 툭!

짱돌이었다.

그 짱돌은 베스렐의 넓디넓은 등판을 정확히 맞추고는 바
닥으로 떨어져 내렸다.

'저 꼬맹이 녀석들이 또 시작하네?'

한 번이 아니었다.

저 다섯 아이들 중 한 녀석은 두 달 전부터 그에게 짱돌을
던졌었다. 혼내 주려다가 참았었다.

그 이유는 그것도 수련이라 생각하기로 한 것이다.

일명 인내심(忍耐心)이란 이름의 수련을.

휘이익, 탁.

짱돌은 한 번 더 날아와 그의 등을 맞추었다.

'참자. 이것은 수련이다.'

진정 이것은 마음수련이라 할 수 있었다. 외부에서 다가오
는 어떤 짜증스러운 일을 인내로 버티면 마음은 더할 수 없이
단단해지게 되어 있었다.

그때 또 다른 짱돌들이 무더기로 날아와 그의 등을 맞추었
다.

휘이익, 탁. 휘이익, 탁. 휘이익, 탁······!

'참는다. 참아야 한다. 나는, 나는 참을 수 있다.'

끝까지 참기로 결심한 베스렐.

하지만 이번엔 어떨지 모르겠다. 이번엔 조금 커다란 짱돌 하나가 쌩하니 날아와서는 베스렐의 뒤통수를 가격한 것이다.

빠각!

"……."

아무 말 없는 베스렐.

과연 이걸 참아야만 하는 것일까?

한두 번으로 끝나지가 않았다. 녀석들은 계속해서 짱돌을 던지고 있었다.

이렇게 짜증이 치솟는데…… 그냥 확 가서는 두드려 패 버리고 싶은데…… 이러한 마음을 접고 단순히 마음수련이라는 명목 하나만으로 그냥 이렇게 참아야 한다니…….

절대 그럴 수 없었다. 참지 않겠다.

이건 마음수련이 아니라 그냥 스트레스였다. 사람을 열 받게 하는 스트레스.

"블링크!"

그의 입에서 마침내 공간 계열에 속하는 마법의 시동어가 흘러나왔다.

"엉엉엉엉!"

"으아아아아앙!"

베스렐이 거처로 삼고 있는 공지 한가운데에서 다양한 색

깔의 울음소리가 울려 퍼졌다.

"으아앙, 엄마아아……!"

다섯 명의 꼬마 아이들. 녀석들은 하나같이 머리에 손을 얹고는 열심히 비벼 댔는데 자세히 보니 아이들의 머리에는 작은 혹들이 나 있었다. 강력한 꿀밤 세례에 녀석들의 머리는 남아나지가 않은 것이었다.

"그런 나쁜 짓은 어디서 배운 거야? 앙! 내가 약해 빠진 노인이었으면 어쩔 뻔했어?"

크게 소리를 지르는 베스렐.

하지만 그의 얼굴 표정만큼은 밝았다.

꼬맹이들을 상대로 그동안 쌓였던 스트레스를 약간이나마 풀게 돼 기분이 상쾌해진 것이다.

"다음에 또 그런 식으로 어른에게 짱돌을 던지면 이번보다 더 크게 혼날 줄 알아."

"훌쩍훌쩍."

"히끅, 히끅."

그는 서서히 울음을 그치는 아이들에게 간단한 인성교육을 시키고는 곧 자신의 몸을 이리저리 살펴보았다.

아까 아이들의 대화 속에 있었던, 뚱뚱하다는 자신의 몸을 알아보기 위함이었다. 옷은 거의 다 찢겨져 나가 맨살만이 보였는데 레드 드래곤과 싸울 때 그리 된 것이었다. 거지꼴을 면하고 싶어도 옷이 없으니 할 수 없이 계속 그러고 있는 것이다.

“흐흠……”

뭔가 좀 찌기는 많이 찐 것 같았다.

그동안은 다른 여러 가지 문제로 인해 잘 몰랐었는데 이렇게 다리 하나, 팔 하나, 그리고 몸통을 자세히 살피니 전보다 확실히 쪘음을 알 수 있었다.

과연 몸무게는 얼마나 나갈 것인가?

베스렐은 곧장 자신이 만든 2써클의 마법을 펼쳤다.

“바디 웨이트!”

화아아아악.

순간 환한 빛과 함께 그의 발밑에 마법의 체중계가 나타났다.

“자아, 그럼 어디 볼까? 얼마나 살이 쪘는지 말이야.”

체중계의 상단 부위에서 몸무게를 나타내는 하얀 숫자가 0.1부터 빠르게 위로 올라가기 시작했다.

베스렐은 눈 한번 깜박이지 않고 최종적으로 나타날 숫자를 나름대로 예상하며 지켜보았다.

예상하고 있는 몸무게는 140대.

하지만…….

“……”

이상했다. 뭔가가 아주 이상했다.

이게…… 이게 과연 자신의 몸무게란 말인가?

“에에, 203.2크롬(kg)……?”

믿을 수 없는 숫자였다.

베스렐은 자신이 뭔가 잘못 본 게 아닌가 하고는 오른손을 들어 자신의 양 눈을 박박 비벼 보고는 다시 한 번 마법체중계에 나타난 숫자를 읽어 보았다.

하지만 그래도 203.2크롬.

그건 변할 수 없는 숫자였다. 하늘이 두 쪽이 나도 변하지 않는 진실의 진실이었다.

'말도 안 돼, 이건 말도 안 되는 몸무게야……!'

잠시 후, 작은 공지에서는 웬 미친놈의 괴성이 아주 멀리멀리 퍼져 나갔다.

"으아악! 이 개자식, 카스트리온! 기다려라! 언젠가는 네놈을 죽지고 살지도 못하게 해 주겠다. 으아아아아악—!"

*   *   *

넓고도 넓은 알트라스 대륙은 동대륙과 서대륙으로 나뉜다.

드래곤 산맥이라는 넘기 힘든 장애물로 인해 그 두 대륙은 왕래가 거의 없었다. 가끔 고위마법사들이나 이동을 할까 물품을 주고받는 상단의 이동 같은 것은 꿈도 꾸지 못하는 것이다.

그럼 서대륙은 어떠한 곳일까?

서대륙은 열세 개의 나라가 존재하고 있었다. 세 개의 제국과 열 개의 왕국이 있는 것이다. 그리고 그 열세 개의 나라 중 하나는 국가라는 개념보다는 연합체라는 느낌이 강한 곳이었다.

하나가 아닌 세 군데의 종족이 모여 하나를 이룬 연합체.

그곳은 서대륙의 동남부에 위치한 펠린디온 동맹체인데 베스렐이 위치한 곳이 바로 여기 펠린디온이었다.

다섯 아이들은 모두 울음을 그친 상태였다.

마냥 울고만 있기에는 너무 황당한 사건이 벌어진 것이다.

곰 같은 사내, 그는 뭔지 알 수 없는 이상한 마법을 발휘하더니 곧이어 미친놈처럼 괴성을 질렀다. 아이들의 눈에 일어나던 물기는 그에 따라 쏙 하고 들어갔다.

베스렐은 거의 반 시간을 울분에 찬 괴성을 내지른 뒤, 지금은 아이들을 앞세워 녀석들의 마을로 가고 있는 중이었다. 가서 아이들의 부모를 따끔하게 혼을 낸 뒤 거기서 며칠 머무를 생각을 가진 것이다.

'흐흠. 펠린디온에는 수인족뿐만이 아니고 드워프족도 살고 있다고 했지? 드워프라……! 좋아. 잘됐어, 아주 잘됐어.'

저벅저벅.

베스렐은 조금 전 캐티안이 설명해 준, 이곳 펠린디온에 대해 나름대로 생각하며 느릿하게 걸음을 옮겼다. 생각 같아서는 빨리 움직이고 싶었지만 아이들의 걸음이 느려 할 수 없었다.

부스럭.

작은 풀밭이 발에 밟혔다.

"저기가 우리 마을입니다."

가장 앞서 걷고 있던 캐티안이 말문을 열었다. 그 뒤로 녀석의 동생인 도로시가 이어서 말했다.

"우리 마을의 이름은 모라크. 이제 아저씨는 끝장이에요. 우리 아빠가 아저씨를 마구 혼내 줄 거예요. 예쁜 나의 머리를 그렇게 무식한 주먹으로 때렸으니 말이에요."

도로시는 예쁜 두 눈으로 곰보다 더한 덩치를 가진 베스렐을 흘겨보았다. 하지만 베스렐은 그런 아이에게 콧방귀를 뀔 뿐이었다.

"흥! 맞을 짓을 하면 누구나 다 맞는 거다. 네 아빠도 맞을 짓을 하면 맞아."

"뭐라고요? 말도 안 되는 소리 하지 마세요. 우리 아빠는 아주 강한 분이라고요. 아저씨 같은 사람은 우리 아빠가 발휘하는 마법 한 방이면 끝이라고요, 끝!"

"흥! 강하기는 개뿔이……."

또 한 번 콧방귀를 뀌는 베스렐.

"지금 그거 무슨 태도예요? 아저씨, 지금 우리 아빠를 무시하는 거예요?"

"무시 아니다. 그냥 네 아빠가 나보다 강할 거라고 생각지 않기에 그런 것뿐이다."

"뭐예요? 흥! 좋아요. 두고 봐요."

도로시는 기분 나쁘다는 듯이 고개를 '홱' 하고 돌렸다. 더 이상 말하기 싫다는 듯이 그렇게. 베스렐은 그런 도로시를 보며 고개를 살래살래 내저었다.

'하여간 꼬맹이들하고는 뭔가가 안 맞아. 아주 징글징글한 녀석들이야.'

정말 뭔가가 안 맞았다.

현재 베스렐의 생긴 모습이 사나운 곰처럼 보여서 그런지 아니면 아이들과 베스렐 간의 어떤 파장이 맞지 않아서인지 잘 맞지가 않았다. 아이들의 눈에 비친 베스렐은 정말 별로였고 그건 베스렐도 마찬가지였다.

베스렐은 걸음을 옮기며 200여 미르 앞에 있는 수인족의 마을을 바라보았다.

스스스스슷.

기감을 세밀하게 일으켜 마을의 규모와 마을에 살고 있는 사람들의 정체를 알아보았다.

'으음. 순수한 인간은 몇 명 없고 거의 다 수인들뿐이로구나. 그것도 폭스족의 수인들이야. 그리고 수인들의 수는 대충 느껴지는 게 3,000 가까이 되는구나. 흐음. 일개 마을치고는 상당히 큰 편이네?'

아이들의 걸음은 점점 빨라졌다.

마을이 눈앞에 보여서 그런지 방금 전까지 시무룩한 표정을 짓고 있던 녀석들은 그제야 환한 표정을 지어 보였다.

베스렐은 마을 입구에 들어서자 갈색 머리를 하고 있는 세 명의 아이들은 놓아 주었다. 그는 오직 금발 머리의 남매만 붙잡고는 녀석들의 집으로 걸음을 옮겼다.

"호오, 정말 굉장하네? 나는 수인족의 마을이라고 해서 그냥 그런 마을인 줄 알았는데 정말 어느 도시보다도 훌륭하게 잘 만들었구나."

1층으로 된 집보다는 2층으로 된 집들이 많았다. 또한 그 2층 집들은 누가 만들었는지는 몰라도 상당히 크면서도 예쁜 색채로 페인트칠을 해 주위 경관과 잘 어울렸다.

곳곳에 있는 작은 공원들과 깨끗한 거리.

특이한 것은 공원 안에 드워프로 보이는 동상이 하나 서 있다는 것이었다. 그것만 빼면 이곳은 정말 그의 말대로 정비가 잘된 그런 마을이었다.

"지금 그 말, 우리 폭스족을 무시하는 말이죠?"

앞서 걷고 있던 도로시가 고개를 돌려서는 트집을 잡았다.

"내가 뭘 무시했다고 그래?"

"방금 무시했잖아요!"

"내가 언제?"

한 치도 지지 않는 올해 22세의 성인 남자와 11세의 골드 폭스족의 여자 아이다.

"아니, 이제 와서 잡아떼시겠다는 거예요? 방금 아저씨가

혼잣말로 '나는 수인족의 마을이라고 해서 그냥 그런 마을인
줄 알았다' 라고 분명히 말했잖아요."

이거였던가? '나는 수인족의 마을이라고 해서 그냥 그런
마을인 줄 알았다' 가 무시하는 말이었단 말인가?

무시하려는 의도는 전혀 없었다.

그냥 입 밖으로 그렇게 나온 것이다.

"그게 어떻게 무시냐? 그냥 나온 말인데?"

베스렐의 말에 도로시는 어이가 없다는 듯한 표정을 지었다.

"와아. 정말 이 아저씨 웃기네?"

"……."

"안 되겠어. 자신의 잘못을 모르는 이 아저씨, 더 이상 상
대할 가치가 없는 거야. 그냥 아빠한테 다 일러바치면 돼."

도로시는 고개를 다시 '홱' 하고 돌렸다.

베스렐은 그런 도로시를 두 눈에 쌍심지를 켜고 노려보았
다. 하지만 그 두 눈은 이내 힘없이 풀렸다.

"하아아. 상대를 말자. 쥐방울만 한 꼬맹이와 더 이상 무슨
말을 할 수 있겠어? 이건 내가 잘못한 거야. 상대를 아예 말았
어야 해."

"뭐예요?"

도로시의 고개가 다시 돌려졌다.

"이제는 마을로도 모자라 저를 무시하는 건가요?"

베스렐은 아무 대답도 하지 않았다. 해 봤자 쓸데없는 체력

소모로 이어지는 것뿐인지라 그는 고개를 돌려 그의 오른편
에서 걷고 있는 캐티안에게 한마디 했다.

"아직 멀었냐?"

"이제 다 왔습니다. 저 앞에 있는 상가 건물을 돌아서 100
여 미르 정도 가면 저희 집이 나옵니다."

"호오, 그래?"

베스렐의 두 눈이 상가 건물을 지나쳐 아이가 말한 지점을
향했다. 물론 여러 건물이 눈을 방해해 보이지는 않았지만 그
에게는 기감이라는 능력이 있었기에 어렵지 않게 알아볼 수
있었다.

'저건가 보군. 3층으로 된 저택.'

베스렐과 아이들의 걸음은 좀 더 빨라졌다.

상가 건물을 돌자 양쪽에 2층으로 된 저택들이 길게 이어
져 있었고 그 길의 끝에 3층으로 된 멋진 저택이 숲과 함께 나
타났다.

그때였다. 갈색 머리에 순박하게 생긴 이십 대 후반으로 보
이는 사내가 한쪽 길에서 어떤 아가씨와 얘기를 나누다가 베
스렐 곁에 있는 두 아이를 보고는 호들갑스럽게 말했다.

"아이구, 캐티안 도련님과 도로시 아가씨 아니십니까? 어
디 갔다가 이제 오시는 겁니까?"

"응, 프레이구나."

"왜 그래? 무슨 일 있어?"

프레이란 이름을 가진 사내.

그는 아이들이 살고 있는 저택에서 사무 일을 보는 사내로서 아침부터 말도 없이 사라진 두 아이를 찾고 있었다.

"예, 얼른 저택으로 돌아가 보십시오. 아침부터 족장님이 두 분을 찾고 계십니다."

"그래? 무슨 일이시지?"

캐티안의 물음에 프레이는 고개를 가로저었다.

"그건 저도 잘 모르겠습니다. 다만 조금 어두운 표정이었던 걸로 봐서 뭔가 좋지 않은 일이 벌어진 모양입니다."

좋지 않은 일이란다.

도로시는 곁에 있는 오빠에게 물었다.

"무슨 일일까, 오빠?"

"글쎄다. 우리 빨리 가 보자. 아무래도 집에 무슨 일이 벌어진 모양이니까."

오빠의 그 같은 대답에 도로시는 고개를 세차게 끄덕였다.

"응, 좋아."

탁탁탁.

두 아이는 곧바로 집을 향해 빠르게 뜀박질을 했다. 뒤에 있는 베스렐은 내버려 두고 지들끼리 그렇게 뛰어가고 있는 것이다.

어이가 없는 베스렐.

"하아, 정말 웃기는 애들이네. 나한테 짱돌을 던지고 저런 식으로 냅다 도망을 치다니 말이야."

그는 고개를 돌려 작은 키의 프레이를 바라보았다.

"이봐, 프레이."

프레이는 낯선 사내가 자신의 이름을 부르자 조금 황당하다는 표정을 지었다. 그러다 그 상대가 엄청 커다란 체구에 얼굴 표정이 매우 무섭게 생긴 인물임을 알게 되자 곧 기어들어가는 목소리로 대답했다.

"뭐, 뭐요?"

"들어 보니 프레이 너는 저 애들의 집에서 일을 보는 사람 같은데 말이야. 나를 저 저택으로 안내해 주면 좋겠어. 그냥 나 혼자 가기엔 모양새가 안 나니까 말이야."

이상한 요구였다.

"두…… 두 분과는 어떤 사이신데 그러는 거요?"

프레이의 질문에 베스렐은 간단히 대답했다.

"나? 나야 저 두 아이들에게 짱돌을 맞은 사람이지."

Chapter6

카스트리온과 마그나드

무슨 일인지 연락이 되지 않고 있었다.

텔레파시를 이용해 수차례 신호를 보내고 있지만 어찌 된 일인지 응답이 없다.

레드 드래곤인 아스린.

설마 녀석이 다른 어느 누구에게 죽임을 당한 것일까?

절대의 능력을 가진 드래곤이 다른 대단한 능력을 지닌 어떤 이종족에게 혹시 당하기라도 한 것일까?

아니다. 그럴 리가 없었다.

아스린은 마법도 마법이지만 2,300여 년을 살아오면서 수많은 싸움을 해 온 녀석이라 경험이 충분했다. 어떠한 상대라도 같은 드래곤만 아니라면 충분히 격퇴할 수가 있는 것이다.

그럼 녀석은 왜 신호를 받지 않고 있는 것일까?

왜? 무엇 때문에?

모르겠다. 녀석에게 시킬 일이 몇 가지 있는데 이제는 어쩔수 없게 되었다. 다른 나이 어린 드래곤들을 설득해 나의 일에 동참을 하게 만들 수밖에.

세상의 변혁은, 아니 드래곤의 미래를 위해서는 다른 에이션트 드래곤들이 반대를 해도 이제는 그냥 밀고 나가야 했다.

나의 삶이 얼마 남지 않았으니 이제는 끝을 봐야 했다.

*   *   *

조그마한 지하 광장.

직경이 80미르 정도 되는 광장은 빛을 내는 마법 구슬들이 천장에 여러 개 박혀 있어서 그런지 전혀 어둡지 않았다.

이곳은 고룡인 카스트리온이 잠을 잘 때 사용하는 공간인데 오늘은 다른 용도로 쓰여지고 있었다.

그건 바로 회의실이었다.

"……도와주겠다니 정말 잘 생각했다. 고맙다. 너희들로 인해 내 어깨 위에 놓인 짐이 한결 가벼워지는 기분이다."

폴리모프 마법으로 인간의 모습을 하고 있는 카스트리온.

그는 자신처럼 폴리모프 마법을 사용하고 있는 세 드래곤이 자신이 제안한 일을 도와주겠다고 하자 흐뭇한 표정으로 고맙다는 말을 하고 있는 중이었다.

올해 나이가 2,127세가 된 블루 드래곤 아곤, 그다음으로 1,835세의 나이인 그린 드래곤 티라노스, 마지막으로 카스트리온과 같은 블랙 드래곤인 올해 1,019세의 부스타그린.

모두들 인간의 모습들이지만 그 표정 속에는 다들 진지한 눈빛들이 담겨 있었다.

나이가 젊은 편에 속해서 그런지 가슴에 어떤 감동과 같은 게 밀려오고 있었다. 이제껏 전혀 생각지도 않았던 것을 고룡인 카스트리온은 다른 드래곤들보다 오래 고민하고 연구를 해 오고 있었던 것이다.

당연히 도와야 했다. 드래곤의 미래를 위해서라는데 돕지 않을 수 없었다.

"정말 고맙다."

"아닙니다, 카스트리온 님! 고마울 게 뭐가 있겠습니까? 저희들은 정말 몰랐습니다. 카스트리온 님이 저희 드래곤들의 미래를 위해서 그렇게 애쓰고 계셨다는 것을 말입니다."

부스타그린의 눈에서 빛이 일었다.

"아무 걱정 하지 마십시오. 카스트리온 님께서 하시는 그 일에 적극적으로 동참하겠습니다. 무슨 일이든지 시켜만 주십시오."

"호호, 맞아요. 부스타그린의 말대로 저 아곤도 최선을 다해서 돕겠어요."

아름다운 여인으로 변신해 있는 블루 드래곤인 아곤.

그녀는 입가에 손을 올려놓고는 청순한 표정으로 말했다. 며칠 전까지 그녀는 어느 공작가의 공녀로서 지금처럼 청순한 미모를 한 채 수많은 남자들을 휘하에 거느리고 있었다.

"저도 마찬가지입니다."

이번엔 그린 드래곤인 티라노스였다.

그 또한 다른 두 드래곤처럼 두 눈에 뜨거운 열정을 일으키며 말했다.

"새로운 세계를 만드는 일에 저도 한 팔 거들겠습니다."

카스트리온은 세 드래곤이 하는 말에 고개를 끄덕였다.

"좋다. 그럼 바로 일을 시작하자. 나는 너희들이 해 주었으면 하는 일들을 이미 정해 놓았다."

시간을 아끼고 싶었다.

한 차례 실패를 했기에 이제는 좀 더 빠르면서도 신중히 일을 진행시켜야 했다.

"예, 말씀만 하십시오."

"저희들 셋이 돕는다면 빠른 시간 내에 이룰 수 있을 것입니다."

카스트리온은 그들의 말에 한 번 더 고개를 끄덕이더니 곧 세 드래곤이 할 일들을 정해 주기 시작했다.

"먼저 나이가 가장 많은 아곤, 너는 데빌족을 맡아라."

"데빌족이요?"

"그렇다. 그들 데빌족의 수장인 데빌 엠을 네가 할 수 있는 만큼 잡아서 데리고 오너라."

"흐음, 그건 조금 까다롭네요."

아곤의 청순하면서도 깨끗한 느낌의 얼굴이 살짝 찌푸려졌다. 웬만한 사내들, 그들이 아곤의 지금과 같은 모습을 한 번이라도 보고 나면 아마 몸살이 나서 간이라도 빼 줄 듯싶었다. 그만큼 현재 아곤의 모습에는 거부할 수 없는 마력이 담겨 있었다.

"네 말대로 까다로운 건 맞다. 녀석들이 숨어 있는 곳을 찾는 것도 쉽지 않고, 맞서 싸우는 것도 적지 않은 힘을 소비하는 일이니. 하지만 데빌족의 수장은 반드시 필요하니 네가 힘을 써 주기를 바란다."

"으음. 예에, 알겠어요. 제가 그럼 최선을 다해 녀석들을 찾아보겠어요."

아곤은 자신이 큰일을 맡았다 생각했는지 진지한 얼굴로 대답했다. 사실 아곤이 맡은 일은 쉬운 게 아니다.

데빌족은 피 보기를 즐겨 하는 종족이다.

특히나 그들 종족 중 수장인 데빌 엠은 드래곤이 지닌 힘의 절반에 육박할 정도로 대단하다.

물론 그 힘이 절반 정도에 불과하니 싸우면 드래곤이 당연히 이긴다. 하지만 지금 아곤은 그 데빌 엠을 싸워서 죽이는 게 아니라 제압을 해서 데려와야 하는 것이었다.

죽이는 일과 제압하는 일 중 힘든 것은 당연히 제압하는 일이다. 죽이는 일에 비해 수배는 힘든 일이라 할 수 있었다.

카스트리온은 이번엔 시선을 티라노스에게 주었다.

기대감에 찬 티라노스.

녀석은 자신이 어떤 일을 맡을지 궁금했다.

"너는 줄루족을 맡아라."

"……."

"줄루족을 찾아가 그들의 수장과 대장로를 데리고 와야 한다. 만약 여의치 않다 싶으면 장로들만이라도 최대한 많이 잡아 와야 한다."

"줄루족이라……."

티라노스는 팔짱을 낀 채 잠시 무언가를 생각하더니 곧 질문을 던졌다.

"장로들만으로도 괜찮은 겁니까? 수장이나 대장로를 잡지 않아도 계획한 일에 지장이 없는 건지 궁금합니다."

"괜찮다."

천천히 고개를 끄덕이는 카스트리온.

그는 부족한 설명을 이어서 해 주었다.

"줄루족의 수장 한 놈과 대장로 둘은 현재 여유분으로 남아 있다. 저번에 내가 아스린과 대륙을 돌아다닐 때 몇 녀석을 더 잡을 수 있었다. 하지만 모자라지. 지금 내가 가지고 있는 세 녀석 가지고는 조금 모자라."

"아아, 예에. 그랬군요."

  티라노스는 자신이 맡은 일이 아곤이 맡은 일보다 상당히 쉬움을 알 수 있었다. 쉬운 건 재미가 없었다.

  '후후. 너무 쉬우면 그것만큼 재미없는 일도 없지. 아곤은 데빌 엠을 잡는다고 했으니 나도 줄루족의 떨거지들을 잡을 게 아니라 반드시 수장을 잡아야겠어. 그래야 일이 재미있어지는 거야.'

  '후후후후.'

  카스트리온은 티라노스의 속마음을 짐작하기라도 하는 듯 입가의 한쪽 꼬리를 살짝 말아 올렸다. 그러더니 이번엔 시선을 가장 왼쪽에 있는 녀석에게로 주었다.

  자신과 같은 블랙 드래곤인 부스타그린.

  카스트리온은 내심 그에게는 다른 두 녀석보다 쉬운 상대를 맡게 할 생각을 가졌다.

  "부스타그린."

  "예, 말씀하십시오."

  고개를 조금 숙이는 부스타그린.

  그는 카스트리온을 존경한다.

  같은 블랙 드래곤이란 게 자랑스러웠다. 본래 드래곤들은 거칠 것이 없는 존재이고 또한 객체 생활을 하는지라 다른 드래곤을 존경한다거나 하는 것은 없었지만 부스타그린은 달랐다. 녀석은 카스트리온이 하려는 일이 마음에 들었고 그 일은 존경심을 품게까지 만들었다.

"너는 엘프족을 맡아라."

"엘프요?"

"그래. 너는 그 엘프 중에서도 하이 엘프를 잡아 오면 된다. 다른 녀석들은 필요 없이 오직 그 하이 엘프 하나만을 잡아 오면 되는 것이다."

"예, 알겠습니다."

부스타그린은 고개를 숙이며 짧게 대답했다.

하이 엘프를 잡는다는 것.

그 또한 쉬운 일은 아니다. 하지만 다른 두 드래곤이 맡은 일에 비해서는 한결 쉽다고 할 수 있었다. 엘프가 비록 정령술로 인하여 그 능력이 다른 두 종족인 데빌족이나 줄루족과 비교해 별 차이가 없다고는 하지만 엘프들은 싸움을 즐기지 않는다. 자연을 아끼고 평화를 사랑하는 종족인 것이다.

카스트리온은 세 드래곤과 잠시 더 이야기를 나누었다.

언제까지 그들 세 종족을 잡아 오면 좋은지, 또 어떻게 하면 보다 쉽게 그들을 잡을 수 있는지 하는 것에 대한 대화를 나누는 것이었다.

잠시 후.

대화는 모두 끝이 났고 이제는 헤어질 시간이었다.

"그럼 저희들은 이만 가 보겠습니다."

"지금 당장 녀석들을 잡아서 데리고 오겠습니다. 최대한 많이 잡아 오지요."

“호호호. 데빌족을 찾는 일, 쉽지 않겠지만 빠른 시간 내에 잡아 올게요. 그럼 안녕히 계세요.”

세 드래곤이 인사를 하자 카스트리온은 고개를 한번 끄덕여 주고는 바로 지하 광장 안에 설치된 결계를 해제했다. 이곳은 그의 레어로서 함부로 공간이동 마법을 펼쳤다가는 공간의 틈새에 갇혀 죽을 수도 있었다.

곧 세 드래곤의 입에서는 8써클에 자리한 마법의 시동어가 흘러나왔다.

“워프!”

“워프!”

화아아아아아악.

환한 빛과 함께 사라진 세 드래곤.

카스트리온은 녀석들이 워프 마법으로 떠나자 곧 지하 광장에 나 있는 입구로 걸음을 옮겼다.

저벅저벅.

묵직한 발걸음 소리였다.

‘으음. 올해 안으로 끝낼 수 있으면 좋겠는데…….’

어떠한 생각이 일자 그의 두 눈빛이 강렬하게 변해 갔다.

‘얼마 남지 않은 것 같아. 다음 해를 바라보기 힘들어. 그 안에, 내 수명이 다하기 전에 반드시 끝내야 해.’

5,000년…… 반만년이라는 길고 긴 수명이다.

카스트리온은 자신의 수명이 그 반만년에 거의 다다랐음을 알고는 마음이 조금 급해짐을 느낄 수 있었다.

하지만 서둘러서는 안 되었다. 아니, 서두르기는 서둘러야 겠지만 신중히 해야 했다.

실패는 저번에 한 번 한 걸로 충분하다.

이번엔 완벽히 해야 했다.

완벽히…….

*   *   *

동대륙의 남부에 자리한 그론 왕국.

그 왕국의 동남부 지역에는 나리안 산맥이 있었는데 그 산맥에는 아주 오래전부터 드래곤이 한 마리 살고 있었다.

그의 이름은 마그나드.

올해 4,497세를 맞은 골드 드래곤이다.

지금 마그나드는 그의 레어에서 엘프의 모습을 한 채 그의 하나뿐인 자식인 앨마로와 심각한 대화를 나누고 있는 중이었다.

"어허, 그래?"

"예, 그렇습니다, 아버지."

금빛 테이블을 사이에 두고 마주 앉아 있는 두 드래곤은 한참을 얘기했다. 대화는 주로 앨마로가 말을 하면 마그나드가 들어 주는 식으로 진행이 되었다.

시간은 빠르게 흘러갔고 잠시 후 앨마로의 짧지 않은 이야기는 끝을 맺었다.

"흐음……!"

마그나드는 팔짱을 낀 채, 방금 들은 앨마로의 말을 빠르게 정리해 머릿속에 저장해 두었다. 그러곤 천천히 입 밖으로 욕을 내뱉었다.

"하아, 거참. 미친놈이었군. 미친 새끼야, 미친 새끼! 죽을 때가 되니까 별 망상이 다 드는 거야."

"그게 불가능한 건가요, 아버지?"

올해 1,423세인 앨마로.

그는 지금 땅딸보인 드워프의 모습을 하고 있었는데 마그나드의 반응을 보니 아무래도 자신이 모르는 뭔가를 그는 알고 있음을 깨닫게 되었다.

"불가능하다, 앨마로. 그건 절대 이루어질 수가 없는 것이야. 카스트리온처럼 치매가 걸려. 아니, 이건 치매라고 할 수는 없겠구나. 치매는 기억을 잃어버리는 일이니까. 어쨌든 그건 되지도 않는 일이야. 카스트리온처럼 머리가 홱 돌아 미친놈이 되지 않고서는 생각할 수도 없는 일이지."

"어떻게 그렇게 확신하시는 거죠?"

앨마로는 궁금했다. 자신이 생각하기로는 그 일이 전혀 불가능해 보이지만은 않았던 것이다.

앨마로는 며칠 전, 눈앞에 있는 아버지의 부탁으로 카스트리온의 레어에 간 적이 있었다.

　그곳에서 그는 다른 드래곤 몇 명과 함께 카스트리온이 하는 이야기를 들을 수 있었고 그중에 한 드래곤은 그 자리에서 수락했다. 카스트리온의 일을 돕기로 한 것이다. 앨마로도 그렇게 하고는 싶었지만 그는 아버지의 부탁으로 카스트리온의 레어를 방문한 것이라 어쩔 수 없이 거절의 말을 하고 이렇게 다시 돌아온 것이었다.

　"불가능하니까 불가능하다고 하는 거다."

　"그러니까 그게 왜 불가능한 거냐고요? 제가 카스트리온 님께 들은 바로는 충분히 가능할 것 같았는데 말이에요."

　앨마로가 자꾸 이유를 묻자 마그나드는 간단히 대답해 주었다.

　"조화를 깨니까 그렇지."

　"예에? 그게 무슨 말인가요?"

　대화는 점점 깊이 있게 들어가기 시작했다.

　"신이 정한 균형, 아니 신의 균형이라고 말할 수는 없겠구나. 이건, 으음…… 그래, 그거다. 신을 탄생시킨, 세상을 만든 태초의 의지! 그 태초의 의지가 이루어 낸 균형 또는 그가 만든 법칙에서 어긋나는 것이다. 그러니 불가능한 거야."

　"으음. 저는 정말 이해할 수가 없네요."

　앨마로는 고개를 갸웃거렸다. 그는 눈을 감은 채 카스트리온이 자신에게 해 준 이야기를 생각하고는 다시 아버지에게 질문을 던졌다.

"태초의 의지가 이루어 낸 세상의 균형. 그것은 깨졌다고 해도 다시 본래대로 돌아가지 않습니까. 저희가 사용하는 마법도 사실 따지고 보면 균형을 깨서 거기서 나오는 힘으로 사용하는 거잖아요. 그리고 그 깨진 균형은 순식간에 원래대로 돌아가고요."

"이런. 쯧쯧쯧. 넌 어떻게 그런 식으로 생각하냐?"

마그나드는 혀를 찼다.

"그건 균형이 깨지는 게 아니야. 법칙에서 어긋나는 것도 아니고. 내가 말하는 균형은 보다 커다란 균형이고 네가 말하는 그것은 자잘한 것을 말하는 것이다. 그리고 지금 카스트리온 그 미친놈이 계획하고 있는 일은 태초의 의지가 이룬 그 균형을 깨는 말도 안 되는 일로서, 만일 그 일이……."

무슨 일일까?

갑자기 말을 하다 마는 마그나드다.

그는 고개를 삐딱하게 옆으로 세우고는 뭔가를 깊이 있게 생각하는 모습을 취했다.

"으음……."

잠시 후.

뭔가를 골똘히 생각하던 그는 곧 궁금한 표정을 짓고 있는 앨마로에게 물었다.

"그 미친놈이 세 종족을 모으고 있다고 했냐?"

“예.”

앨마로는 고개를 끄덕였다.

“저는 카스트리온 님의 레어에서 금방 나와 자세한 이야기는 듣지 못했지만 같이 간 다른 드래곤에게 들어 보니 카스트리온 님은 엘프족의 하이 엘프와 데빌족의 데빌 엠, 그리고 줄루족의 족장이나 대장로 등이 있으면 새로운 세계를 만드는 게 전혀 불가능하지는 않다고 했답니다.”

마그나드는 앨마로의 말을 듣고는 팔짱을 낀 채 뒤에 있는 금빛 의자에 몸을 깊숙이 뉘었다.

“왠지…… 왠지 가능할 것 같은데?”

골똘히 생각해 보니 정말 말도 안 되는 일이 가능할 것만 같았다.

그는 4,497년이라는 긴 세월을 살며 마법에 관한 많은 연구를 하였고 또한 세상에 관한 연구도 많이 했다. 인간을 비롯한 다른 지성체들에 관한 연구도 물론 했다.

“그들 세 종족의 특성을 보면 뭔가 그림이 그려져. 먼저 줄루족의 힘으로 그걸 한 뒤에 데빌족의 힘을 보태고 나중에 하이 엘프의 힘을 얹어 주는 거야. 세 종족의 힘을 모을 수 있는 마법진 같은 걸 오래도록 연구했다면 제로의 가능성이 조금 많이 올라가겠군. 하지만…….”

마그나드의 눈살이 살짝 찌푸려졌다.

그는 좀 더 깊은 사유의 세계에 빠져서 세상의 이치를, 태초의 의지가 이루어 낸 균형과 법칙에 대해 생각했다.

앨마로는 아버지가 깊은 생각에 빠진 듯하자 아무 소리도 않고 잠자코 그의 모습을 지켜만 보았다.

잠시 후, 열릴 것 같지 않은 마그나드의 입이 벌어지며 조금은 어둡다 싶은 음성이 흘러나왔다.

"하지만 만일…… 만일 그게 성공한다면 그건 정말 큰일이겠구나."

"……."

"균형이 깨져 버려. 법칙이 흔들려. 그렇다면 결과는…… 결과는 잘 모르겠구나. 파멸이든 새로운 세계가 탄생하든 그 둘 중의 하나일 거야. 하지만 내 생각엔 세상의 파멸이 좀 더 가능성이 많겠다 싶구나."

그의 중얼거리는 듯한 말에 앨마로는 크게 놀라서는 되물었다.

"세상의 파멸이라고요? 그 말은 이곳 중간계가 없어진다는 말인가요?"

"그래. 하지만 그건 중간계의 일로만 끝나지는 않을 거야."

"……."

"그 미친놈이 하는 일이 내 생각에는 가능성이 상당히 적다고 보지만, 어쨌든 그게 만약 성공한다면 그건 이곳 중간계를 비롯해 신계와 마계, 정령계, 그리고 사요계까지 영향을 미칠 것이다. 그냥 무너져 사라지는 거야. 확신은 아니지만 새로운 세계가 만들어질 확률보다는 그게 훨씬 클 것이다. 작은 게 아닌, 세상을 둘러싼 큰 균형을 깨고 법칙을 흔들면 아무래도 무너져 사라질 확률이 더 클 수밖에 없는 것이지."

마그나드는 말을 끝내고는 다시 침묵 속으로 들어갔다. 그 앞에 있는 앨마로는 아버지의 말에 약간의 충격을 받고는 카스트리온이 해 준 말을 잠시 떠올려 보았다.

'카스트리온 님은 가능하다고 하셨어. 실험을 몇 번에 걸쳐 해 봤고 거기서 충분한 가능성을 보았다고 했지. 이 일은 드래곤의 미래를 위해, 드래곤의 사후 세계를 위해 꼭 필요한 일이라며 우리 젊은 드래곤들이 힘을 보태야 한다고 했는데……'

앨마로는 고개를 좌우로 흔들었다.

머릿속이 약간 복잡해졌다.

'하지만 그는 긍정적인 쪽으로만 얘기해 주었어. 아버지처럼 긍정의 반대가 되는 부정적인 결과에 대해서는 입도 벙긋하지 않았지. 그럼 이건 무얼 의미하는 것일까? 그가 우리를 속인 것일까?'

점점 더 머릿속이 복잡해졌다.

앨마로는 계속해서 생각을 이어 나갔다.

'아버지는 골드 드래곤으로서 다른 드래곤들에 비해 현명한 분이셔. 나이가 4,000이 넘는 에이션트 드래곤에 머리가 좋다는 골드 드래곤이시니 그건 당연해. 그러니 만약 카스트리온 님이 계획하고 있는 그 일이 성공한다면 그건 아버지의 말씀대로 심각한, 돌이킬 수 없는 결과를 초래할지도 몰라.'

조금씩 어떤 불길한 기운이 몰려오는 기분이었다.

아버지가 하는 이야기를 들으니 그런 기분이 들었다. 몰랐다면 모를까 이렇게 일의 다른 측면을 알게 되니 이대로 있어서는 안 되겠다는 생각까지 들었다.

그때 침묵 속에 잠겨 있던 마그나드가 말을 꺼냈다.

"아무래도 지금 당장 그 미친놈이 있는 곳으로 가 봐야겠구나. 가서 구체적으로 어떤 짓거리를 하고 있는지 알아봐야겠어."

"좋아요, 아버지. 저도 같이 가겠습니다."

"그래. 그렇게 하자."

마그나드와 앨마로는 곧 9써클에 있는 공간이동 마법인 게이트 마법을 펼쳐 환한 빛과 함께 사라졌다.

카스트리온의 레어.

그곳은 드래곤 산맥의 북서부에 위치한 아슈 지역에 있었다.

휘이이이잉.

칼날 같은 차가운 바람이 쉬지 않고 아슈 지역을 강타한다. 때는 2월말인지라 날씨는 추웠고 주위는 온통 새하얀 눈으로 뒤덮여 있었다. 차가운 날씨만 아니라면 절경이라고 해도 부족함이 없는 곳이 이곳 아슈 지역이다.

소복소복.

그때 눈을 밟는 소리와 함께 두 사람이 나타났다.

엘프의 모습을 하고 있는 사내와 드워프의 모습을 하고 있는 그들은 마그나드와 앨마로였다. 그 두 사람의 표정은 약간 어두웠다.

그들의 뒤에는 하나의 봉우리가 보였다. 그 봉우리의 이름은 루다스 봉이었고 그곳 안에는 카스트리온의 레어가 있었는데 지금 그 안에는 아무도 없었다.

"흐음. 이 미친놈이 어디로 간 거지? 내가 텔레파시로 신호를 보내도 받지도 않고 말이야."

"그러게요."

"레어를 절대의 결계로 봉쇄해 버리고 떠나다니…… . 아무래도 다른 곳으로 가서 그것에 대한 준비를 하고 있는 모양이구나."

아버지의 말에 앨마로는 고개를 끄덕였다.

"제 생각도 그래요. 그럼 우리 이제 어쩌죠?"

마그나드는 고개를 돌려 앨마로를 바라보았다.

"그날 네가 갔었을 때 카스트리온의 일을 돕겠다고 한 녀석이 누구였지?

"브로스요."

"브로스? 나이가 이제 갓 1,000살을 넘긴 그 어린 그린 드래곤을 말하는 것이냐?"

"예, 그 녀석입니다."

"하아, 거참."

마그나드는 작게 한숨을 내쉬었다.

"그 미친 카스트리온 놈이 대가리에 피도 안 마른 어린것들을 다 꼬드기는구나. 나이가 좀 있는 녀석들에게는 연락을 안 하고 전부 어린 녀석들로만 꼬드겼어."

짐작이 갔다.

3,000살 이상의 드래곤들이라면 그의 말에 쉽게 속아 넘어가지 않을 것이다. 좋은 면만을, 긍정적인 면만을 말해서 계획한 일이 반드시 성공할 것이라 해도 나이가 있는 드래곤들은 그 일에 대해서 허점을 발견할 것이다. 부정적인, 아니 단순히 부정적인 것에서 끝나지 않고 모든 게 끝장나는 결과를 얻을 수도 있음을 알게 되는 것이다.

"네가 한번 그 브로스를 만나 봐라."

"제가요? 지금 당장 말이에요?"

"그래, 지금 당장. 네가 브로스를 만나서 카스트리온 그 미친놈이 어디에 있는지 알아 가지고 오너라."

"으음. 예에, 알겠습니다."

앨마로는 아버지의 말에 고개를 끄덕였다.

"저는 그럼 이만 가 보겠습니다. 아? 그럼 아버지는 이제부터 어쩌실 겁니까?"

“나? 나야 이제부터 대륙을 돌아다녀 봐야지.”

“카스트리온 님을 찾아보시게요?”

“아니다.”

마그나드는 고개를 좌우로 흔들었다.

“나는 지금부터 다른 드래곤들을 만나 볼 생각이다. 3,000 살 이상의 웜 급 아이들과 나와 같은 4,000살 이상의 에이션 트 급 드래곤들과 같이 카스트리온의 일에 대해 대책을 세워 봐야겠다.”

“아아, 그렇군요. 그게 좋겠어요. 만일 제가 브로스를 찾지 못한다고 해도 다른 드래곤들의 힘을 빌리면 카스트리온 님 을 찾는 것도 한결 수월해지겠군요.”

“뭐, 그렇지. 대책도 세우고 브로스 녀석을 찾지 못하면 다 같이 카스트리온을 찾아봐야지. 이 일은 꽤나 중요하니까.”

“예, 알겠습니다. 그럼 저 먼저 가 보겠습니다.”

“그래라.”

앨마로는 곧바로 8써클에 있는 공간이동 마법을 펼쳐 그 자리에서 빛과 함께 사라졌다.

“워프!”

화아아아아악.

마그나드는 자식이 떠나자 신형을 돌려세워 잠시 카스트리 온의 레어인 루다스 봉을 쳐다보았다.

새하얀 눈에 가려진 루다스 봉.

　깨끗한 느낌의 봉우리지만 마그나드는 왠지 더럽다는 느낌이 강하게 피어났다. 아니, 이건 더럽다는 느낌이라기보다는 찝찝한 느낌이라고 해야 옳았다.

“미친놈……!”

그의 입에서 욕설이 흘러나왔다.

“드래곤의 미래를 위해서라고? 드래곤의 사후 세계를 생각한다면 자신을 도와야 한다고 말했다고? 흥! 다 지 욕심인 거지. 지가 새로운 세계의 신이 되고 싶으니까 말이야.”

안 봐도 훤했다.

그는 오래전 카스트리온과 몇 번에 걸쳐 다툼을 벌였었는데 그때 그가 하는 생각들을 많이 알게 되었다.

“뜻대로 되지는 않을 거다.”

마그나드는 루다스 봉을 한번 노려보더니 곧 앨마로처럼 워프 마법을 펼쳐 사라졌다.

Chapter7

수인맹투력

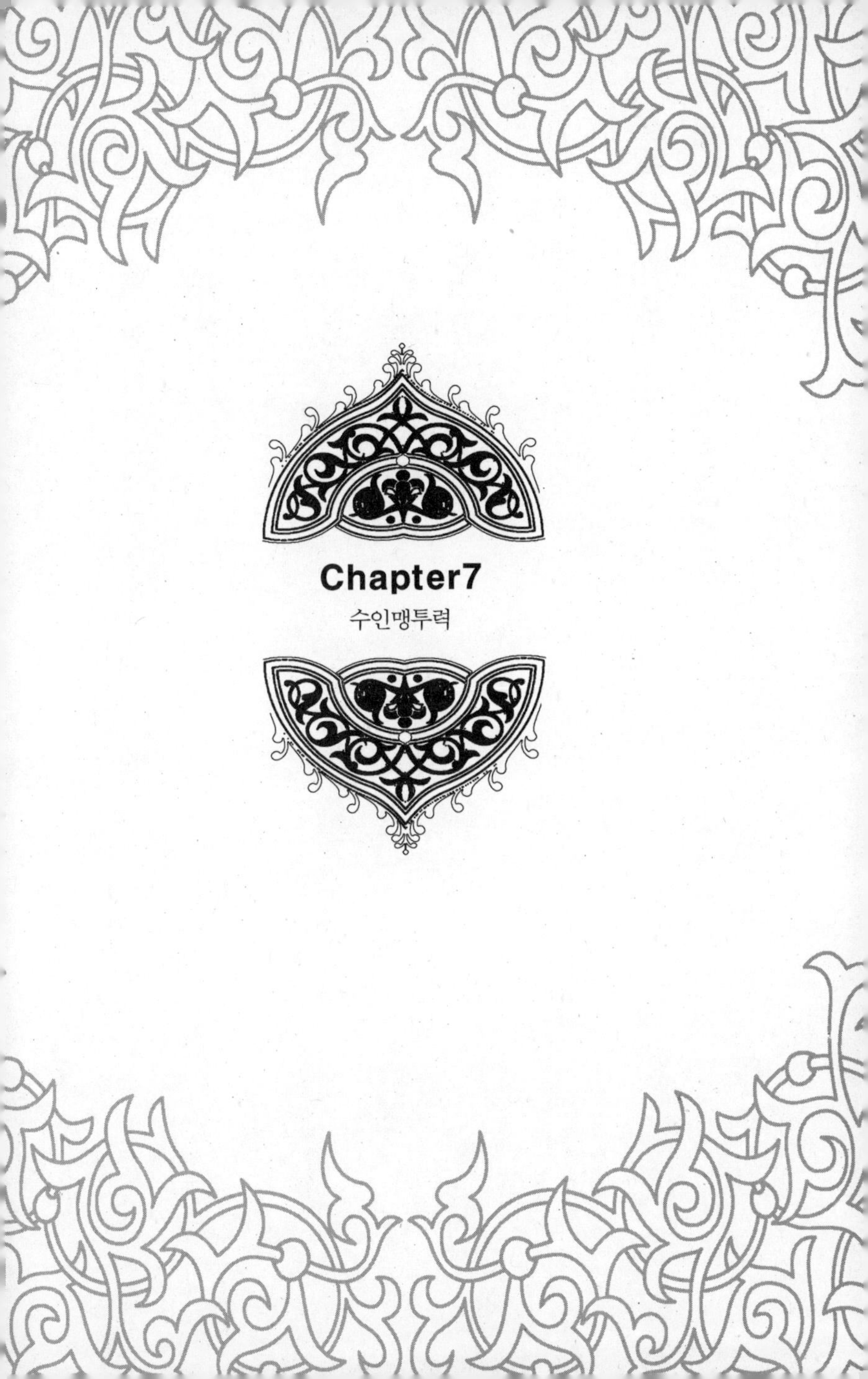

마법사는 마법사를 알아보지 못한다.

상대가 후드에 두터운 로브를 입고 왼쪽 가슴에 자신이 속한 마법사 탑의 문양이 새겨져 있다면 어느 정도는 알아볼 수 있다. 거기에 상대가 짧은 막대기처럼 보이는 마법 스태프를 가지고 있다면 그때는 거의 확실시된다. 그러나 그런 것들이 없고 마법사가 일반 사람들처럼 하고 있으면 알아볼 방도가 없다.

물론 디텍트 마나를 펼치면 보다 쉬우면서도 확실히 알 수는 있지만 그냥은 안 되는 것이다.

하지만 그런 불변의 법칙도 5써클의 마법 경지까지만이다.

6써클 마도사 이상의 경지에 든 사람들은 다르다.

그들은 상대가 어느 수준에 이른 마법사인지 느낌으로 어느 정도 알아볼 수가 있는데 그건 바로 상대의 몸에서 흘러나오는 마력장 때문이었다.

마력장.

이것은 마력이 내뿜는 기세와 같은 것이다. 일반의 마법사들이나 기사들은 느낄 수 없고 오로지 6써클 이상의 마도사의 경지에 든 사람들만이 느낄 수 있는 그것은 상대의 마법 경지가 어디쯤에 이르렀는지 대충이나마 알려 준다.

물론 그것도 한계는 있다. 자신보다 하위에 있는 마법사의 경우는 단번에 그 마법 경지를 알 수 있지만 자신과 비슷하거나 그보다 더 높은 경지에 있는 자는 정확히 어느 수준에 있는 마법사인지 알지 못하는 것이다.

"으음……."

얕은 신음성을 흘리는 이 사내.

금빛 머리에 점잖게 생긴 얼굴이다. 나이는 53세이고 이름은 키노안스라고 하는데 그는 캐티안과 도로시의 아버지로 이곳 모라크 마을의 족장이었다.

그리고 지금 키노안스는 긴장하고 있었다.

저택 1층 로비에 서 있는 낯선 남자.

베어족을 연상케 할 정도로 커다란 체구를 지닌 그 사내를 보니 심장에 자리한 마력이 흔들리며 긴장감을 안겨 주었다.

"……된 거야. 생각해 봐! 가만히 앉아서 수련을 하고 있는 사람의 등 뒤에 짱돌을 던지는 그런 몹쓸 놈들이 이 세상 어디에 있겠어. 이건 전부……."

베스렐 갈루안스.

갈기갈기 찢겨진 옷으로 인해 여전히 거지 같은 모습을 하고 있는 그는 지금 열심히 떠들고 있었다. 자신이 당신네 두 아이에게 어떤 꼴을 당했는지, 그 일을 상세히, 아주 상세히 설명하고 있었다.

하지만 지금 키노안스의 귀에는 베스렐의 말이 들리지 않았다. 그는 자신이 느끼고 있는 상대의 마력에 관해서만 생각했다. 상대가 거지꼴을 하고 있다는 것은 아예 신경조차 쓰지 않고 있었는데 사실 그러한 겉모습은 마법사에게 그리 중요한 게 아니었다.

'마법 경지가 나보다 위에 있는 자야. 적어도 7써클, 어쩌면 8써클 이상의 인물일지도. 아니, 거의 틀림없어. 이자는 믿기 힘들지만 적어도 8써클 이상의 현자 급의 사나이야.'

키노안스의 마법 경지는 6써클 마스터의 경지였다.

4년 전 마스터의 경지에 이른 후, 지금은 그 위의 마법 경지에 이르기 위해 부단히 노력하고 있었다.

'8써클 이상의 마법을 익히는 건 드래곤 이외에는 있을 수 없는 일인데…….'

정말 이상한 일이다.

대륙에서 마법을 펼칠 수 있는 지성체 중 8써클 이상의 마법을 펼칠 수 있는 종족은 드래곤족밖에 없다.

인간이나 엘프, 골드 폭스족, 그리고 데빌족 등은 전부 7써클의 마법이 한계다. 물론 그들의 마법 체계는 조금씩 다르고 또한 위력도 차이가 있지만 드래곤의 마법을 기준으로 비교했을 때 7써클의 마법 정도로 보는 것이다.

"이봐, 이봐! 내 말 듣고 있는 거야?"

베스렐의 목소리가 1층 로비에 쩌렁쩌렁 울렸다.

그는 키노안스가 자신의 얼굴은 보지도 않고 가슴 쪽으로만 신경을 쓰고 있자 그가 딴생각을 하고 있음을 알고는 화를 냈다.

"이거 지금 뭐 하자는 수작이야? 나는 당신 자식들에게 짱돌을 얻어맞아 치료를 받아야 하는데 말이야. 그렇게 멍하니 있으면 어쩌자는 거야?"

그의 쩌렁거리는 소리에 맞추어 주위에서 일을 보고 있던 폭스족의 수인들이 소곤거렸다.

"뭐야? 저 불한당 같은 녀석은?"

"그러게. 감히 여기가 어디라고 저렇게 떠드는 거야? 그냥 생각 같아서는 크게 혼을 내 주고 싶군."

"참아. 덩치를 보아하니 싸움깨나 하는 인간 같은데 말이야. 키노안스 님이 알아서 하시겠지."

베스렐은 그들의 소곤거리는 말소리를 모두 들었다. 하지만 그들의 반응에는 신경 쓰지 않고 오직 눈앞에 있는 키노안스에게만 시선을 주었다.

“자아, 이거 보라고.”

베스렐은 고개를 살짝 돌려 자신의 뒤통수를 키노안스에게 보여 주었다.

멀쩡한 뒤통수다.

하지만 베스렐은 뒤통수의 왼쪽 부분에 마치 큰 부상이라도 당한 것처럼 부풀려서 얘기했다.

“지금은 출혈이 멈췄어. 하지만 눈으로 봐서 알겠지만 많이 부어오른 상태야. 이거 어떻게 책임질 거야? 앙! 이거 어떻게 책임질 거냐고?”

“내가 보기에는 멀쩡하오.”

마침내 닫혀 있던 키노안스의 입에서 말문이 열렸다.

“그리고 설혹 조금 다쳤다고 해도 당신의 마법 실력이면 충분히 치료할 수 있지 않소.”

“뭐야?”

베스렐의 미간이 살짝 찌푸려졌다.

“지금 나하고 장난하자는 거지? 누구는 죽다 살아났는데 뭐, 마법으로 치료하면 돼? 이게 어디서 개수작이야? 내가 당신을 죽도록 패 버린 뒤에 나중에 마법으로 치료해 주면 괜찮은 거겠네? 내가 지금 당장 그렇게 해 줄까?”

“그…… 그게 무…… 무슨 말이오?”

“이해 못해? 말 그대로야. 당신을 패 준 다음에 치료해 주겠다는 거지."

저벅저벅.

베스렐은 기세를 살짝 피우며 느릿한 걸음으로 키노안스를
향해 다가갔다.

그러자 키노안스가 당황의 표정을 지었다.

"이…… 이보시오. 잠시만, 잠시만……."

"나는 피해자야. 당신 자식들에게 아무런 잘못도 하지 않
은 상태에서 짱돌을 수십여 차례나 맞았다고. 그런데 지금 내
게 돌아오는 것은 아무것도 없어. 사과 한마디 받지 못하고
길거리로 쫓겨날 판이지. 자아, 그럼 이제부터 내가 할 수 있
는 게 뭐가 있을까?"

키노안스는 이해했다.

이해하지 않으려 해도 이해가 됐다.

베스렐의 단전에 머물고 있는 오행진결의 진기는 그 양이
적다. 하지만 적은 양이라도 힘을 발휘하기는 충분하다.

스스스스슷.

오행진기는 즉시 상단전에 속하는 심즉살의 힘을 살짝 빌
려와서는 기세를 내뿜었다. 그 기세는 키노안스의 전신을 억
압하며 무언의 뜻을 전했다.

기세는 죽음의 기운.

뭔가를 말하지 않고는 못 배긴다. 상대가 제아무리 6써클
의 경지에 든 마도사라 해도 소용이 없는 것이었다.

“미…… 미안하오, 사과드리겠소. 아…… 아이들이 한 잘못은 내가 책임지겠소.”

급히 사과의 말을 하는 키노안스.

베스렐의 두 눈에 득의의 빛이 떠올랐다.

“어떻게? 어떻게 책임질 건데?”

죽음의 기세는 순식간에 자취를 감추었다.

“…….”

“참고적으로 말하자면 나는 현재 집이 없어. 먹는 문제도 좀 시급하고. 한 달 정도만 어디 조용한 곳에서 수련을 쌓고 싶은데…….”

원하는 걸 돌려서 말했다. 바보가 아니라면 충분히 알아들을 수 있게. 그리고 키노안스는 바보가 아니었다.

그는 곧 떨리는 음성으로 베스렐이 듣고 싶어 하는 대답을 해 주었다.

＊　　　＊　　　＊

펠린디온이란 단어는 세 종족이 연합해 있는 지역의 이름이자 연합체의 이름이다.

유사 인류라 할 수 있는 세 종족.

그들은 북동부의 수인족, 동남부의 드워프족, 그리고 서북부의 엘프족이다. 이들은 서로의 영역으로 자주 이동하거나 하지는 않지만 그 유대감만은 대단하다. 타국이 쳐들어온다거나 하면 즉시 힘을 모아 격퇴하는 것이었다.

현재 베스렐이 있는 모라크 마을은 수인족이 있는 북동부 중에서도 남쪽에 위치하고 있었는데 오늘부터 베스렐은 한 달 정도 폭스족의 족장이 머물고 있는 저택에서 보내기로 했다.

탁탁탁.

이른 아침, 기다란 장방형의 식탁에 음식들이 하나 둘씩 올려졌다.

후각을 강하게 자극하는 좋은 냄새들이 식탁 주변을 가득 에워싸고 있었는데, 베스렐은 자신의 앞에 올려지는 음식들을 무덤덤한 얼굴로 바라보았다.

"흐흠. 땅콩 9알에 체리 3알, 그리고 녹황색의 채소 약간에 사과가 반의 반 조각. 마지막에 호밀 빵이 한 입 정도 먹을 양이군. 흐음, 어렸을 때가 생각나는군. 다이어트를 할 때의 식단하고 똑같아."

기름진 음식을 자주 드는 사람들이 보면 기겁할 만한 식단이다. 거기에 채식주의자들도 고개를 가로저을 정도로 음식의 양이 적었다.

"그거 가지고 되겠소?"

키노안스가 고개를 갸웃거리며 물었다.

"괜찮아. 익숙해. 보기에 불쌍해 보이겠지만 어렸을 때부터 많이 먹어 오던 식단이야."

지금 식탁에는 베스렐의 정면에 키노안스와 그의 부인인 유레이가 앉아 있었다.

유레이는 올해 42살로서 남편과 마찬가지로 골드 폭스족의 여인인데 상당한 미인이었다. 보기에는 이십 대 중반 정도로 보일 정도로 동안인 데다 마법 실력까지 6써클 유저에 이르러 있어 모라크 마을에서는 젊은 청년들 사이에서 알게 모르게 여신처럼 받들어지고 있었다.

그리고 키노안스의 자식들인 캐티안과 도로시는 베스렐의 양편에 앉아 있었다.

녀석들은 지금 음식을 들며 베스렐을 가끔씩 대단하다는 눈빛으로 바라보았다. 어제 이곳 식구들은 베스렐과 많은 대화를 나누었고 그 대화 속에는 베스렐의 마법 경지도 포함되어 있었다.

8써클의 현자.

믿을 수 없는 경지다.

캐티안과 도로시는 그 말을 처음엔 믿지 않았지만 아버지가 사실이라고 말해 주자 그때부터 베스렐을 존경하는 눈빛으로 바라보게 되었다.

한계를 넘어선 자였다.

중간계의 절대자라는 드래곤만이 들어설 수 있는 경지에

순수한 인간이 들어선 것이니.

"뭘 그렇게 훔치듯이 쳐다봐! 사람 기분 나쁘게."

베스렐이 왼쪽에 앉아 있는 도로시에게 시비조로 말을 걸었다. 그러자 도로시는 고개를 갸웃거리며 대답했다.

"믿을 수가 없어서요. 아저씨가 8써클의 현자라니, 도저히 상상이 안 가요."

"왜 상상이 안 가는데?"

"아저씨의 겉모습만 보면 누구나 그렇게 생각하죠. 마법사는 우리 아빠처럼 조금 마른 듯한 사람들이나 하는 거라고요. 한데 아저씨는 베어족처럼 전투를 위해서 태어난 몸 같잖아요. 마치 격투술을 익힌 사람들처럼 보인다고요."

도로시는 베스렐의 팔뚝을 비롯해 몸의 전신을 훑어보았다.

돼지처럼 엄청 뚱뚱해 보이는 체구. 하지만 비곗살은 보이지 않고 온통 근육으로만 채워져 있었다.

진짜 마법사가 아니라 격투가처럼 보였다.

"흥! 나 격투술도 익혔다. 그냥 단순한 격투술이 아니라 마법의 힘을 이길 수 있는 무공이란 것을 익혔어. 그러니 네 말이 꼭 틀린 것도 아니야."

"……"

"……"

식탁에 앉아서 식사를 하고 있는 키노얀스 가족 모두의 시선이 베스렐의 얼굴로 모였다. 그들은 아무 말도 않은 채 방금 베스렐이 한 말 중에 하나를 곱씹어 보았다.

마법의 힘을 이기는 무공?

베스렐의 오른쪽에 앉아 있는 캐티안이 재빨리 입을 열었다.

"아저씨! 소드 마스터세요? 아니, 소드 마스터라도 그럴 수는 없겠네요. 무공이란 말이 검술이나 격투술의 다른 이름 같은데, 그게 어떻게 마법을 이길 수 있다는 말인가요?"

"아아, 이거 또 길어지겠네."

베스렐은 캐티안의 질문에 고개를 가로저었다.

식사는 가볍게 하고 싶었다. 긴 설명이 필요한 대화는 하고 싶지 않았다.

"간단히 말해 주지. 나는 마법보다 싸움을 잘하는 사람이야. 무공으로 누군가를 쳐 죽이는 게 마법으로 죽이는 것보다 편한 사람이지. 일례로 그 무공으로 드래곤까지 죽인 몸이 나라고. 알아들었어?"

"……"

"……"

조용하다. 식당 안에 순간 침묵의 기운이 들어차 키노안스 식구들의 입을 다물게 하였다. 그들은 놀란 눈으로, 믿을 수 없다는 눈빛으로 베스렐을 바라보았다.

"뭐야? 다들 왜 그래?"

기분 나쁘다는 표정을 짓는 베스렐.

그는 모르고 있었다. 그가 방금 말한 것 중에는 도저히 믿을 수 없는 것이 포함되어 있음을 말이다.

키노안스는 심호흡을 한 차례 하고는 물었다.

"흐흠. 제가 잘못 들은 것 같은데. 에에, 방금 베스렐 씨가 드래곤을 죽였다고…… 그게…… 그게 사실입니까?"

"아아, 이런……."

베스렐의 얼굴에 아차 하는 표정이 담겼다. 물론 그건 드래곤을 죽인 사실을 숨겼어야 한다는 그런 것은 아니었다.

"제길! 또 길어지는 대화잖아."

그랬다. 드래곤을 죽였다는 것, 드래곤 슬레이어가 되었다는 것, 그것은 인간의 마법이 8써클의 경지에 올라섰다는 것만큼이나 엄청난 일이었다. 당연히 그런 이야기를 떠들려면 한참의 시간이 필요했다.

"좋아. 이번에도 간단히 얘기해 줄게. 잘 들어."

베스렐은 짧게 설명하기 시작했다.

"그냥 어쩌다가 레드 드래곤과 싸웠어. 그리고 결과는 놈은 뒈졌고 나는 크나큰 부상을 입었지. 그게 끝이야, 끝. 만일 여기서 좀 더 자세한 걸 알고 싶으면 한 사람당 내게 10,000 골드를 가지고 와. 그럼 얘기해 주지."

결국 드래곤과 있었던 이야기는 더 이상은 하지 않겠다는 뜻이다.

곧 도로시가 한소리 했다.

"에이, 거짓말쟁이."

오른쪽에 앉아서 식사를 하고 있는 캐티안도 마찬가지다.

녀석의 표정도 믿지 못하겠다는 표정이었다. 드래곤을 인간의 힘으로 죽였다니, 말도 안 되는 소리다.

하지만 아이들의 부모인 키노안스와 유레이는 달랐다.

그들은 베스렐의 말이 사실임을 알았다. 마법의 경지가 6써클 이상의 상승 경지에 있는 자들은 입에 함부로 거짓말을 담지 않는다.

진리를 좇는 학문이 마법이다. 한데 그런 진리를 좇는 일을 업으로 살아가는 사람들이 거짓말을 자주 하게 되면 마법의 힘이 약해져 버린다. 돌려서 말을 하든가, 아니면 말을 아예 하지 않든지 간에 마법사들은 함부로 거짓을 입 밖에 내지 않는 것이다.

"우물우물. 으음, 참으로 맛없군."

베스렐은 양념이 쳐져 있지 않은 녹황색 채소를 맛없게 먹었다. 그렇게 맛없는 식사를 하면서 자신을 이상한 눈으로 쳐다보고 있는 키노안스에게 질문을 던졌다.

"그 자식들이 내일 온다고?"

뜬금없는 질문. 하지만 키노안스는 그가 하는 질문이 뭔지 단번에 알아들었다. 어제 나누었던 대화 중에 포함된 것이기 때문이다.

키노안스은 더듬거리는 음성으로 대답했다.

"그…… 그렇소."

"으음, 내가 처리해 줄까?"

"그, 그게 무슨 소리요?"

"에이. 수인족 중 라이언족과 타이거족이 온다며? 그놈들이 자꾸 귀찮게 한다며? 거기다……."

"우물우물."

"냠냠, 맛있다. 역시 엄마가 해 주는 것은 뭐든 다 맛있어."

베스렐은 맛있게 식사를 하고 있는 캐티안과 도로시를 한 번씩 쳐다보고는 이어 말했다.

"거기다 그 자식들이 요 쥐방울만 한 것들이 나중에 커서 마법의 경지가 4써클에 이르면 그때 자신들의 도시가 있는 곳으로 데리고 가고 싶다 했다며? 내가 그걸 해결해 주겠다는 거야."

"……."

"후후. 그런 표정 짓지 마. 내가 깔끔하게 해결해 줄게. 단번에 목을 분질러 버리는 거야. 쥐도 새도 모르게 죽이는 거지. 어때, 구미가 당겨? 내가 해결해 줄까?"

베스렐의 호의에 찬 말은 그렇게 끝이 났다.

그리고 키노안스는 그의 말에 고개를 살래살래 내저으며 작게 한숨을 내쉬었다.

"휴우우……."

"뭐야? 사람 기분 나쁘게 웬 한숨 소리야?"

"그게 그렇게 간단한 문제가 아니오."

키노안스는 어제 나누었던 많은 대화 중에서 하나를 꺼내서는 짧게 보충 설명에 들어갔다.

"라이언족과 타이거족은 우리 수인족에게 있어 상당한 전력이 되는 부족이오. 그들이 있음으로 해서 펠린디온은 좀 더 강한 연합체가 될 수 있는 것이란 말이오. 한데 여기서, 그들 부족의 수장이 죽어 버리면 어떤 결과가 나오겠소?"

"으음. 그래, 그래. 듣고 보니 그렇군."

베스렐은 키노안스의 말을 더 이상 듣지 않았다. 듣지 않아도 미루어 짐작할 수가 있는 것이었다.

'맞아. 이곳 펠린디온은 세 종족의 연합체라고 했어. 엘프와 드워프, 그리고 수인들의 연합체라고. 그리고 수인족 중 라이언족과 타이거족은 펠린디온에서 무력 쪽으로 상당한 역할을 해 준다고 했지. 타국의 인간 녀석들이 전쟁을 일으키면 그때 라이언족과 타이거족이 가장 앞에 서서 싸운다고 했어.'

"우물우물. 과일은 역시 채소보다 맛있어."

베스렐은 음식을 들며 계속해서 생각을 이어 나갔다.

'으음. 그럼 어떻게 하지? 녀석들이 원하는 것은 눈앞에 있는 키노안스나 유레이야. 이들의 마법과 머리를 빌려 자신들의 힘을 키우고 싶은 거지. 서로 지기 싫어하는 라이언족과 타이거족은 상대를 누르고 자신들이 수인족의 지도자가 되고

싶어 해. 거참 쉽지 않네? 그냥 간단히 죽여 버리면 끝나는 일
인데 이건 그렇게 할 수가 없으니 말이야. 키노안스에게 한
가지 부탁을 해야 하는데…….'

그때 키노안스가 베스렐의 생각을 멈추게 했다.

"됐소. 그 일은 그만 신경 쓰시오. 내가 알아서 하겠소."

"뭘 알아서 해? 내가 도와주겠다는데 말이야. 잠시만 기다
려 봐, 금방 좋은 생각을 떠올려 볼 테니까."

"이건 당신이 끼어들 문제가 아니오."

"뭐? 와아, 이거 정말 섭섭하네?"

베스렐의 얼굴에 진정 섭섭하다는 표정이 담겼다. 그는 키
노안스에게 자신의 뒤통수를 보여 주며 말했다.

"이봐? 여기 한번 봐 봐. 여기 혹이 나 있지? 그래, 나 여기
있는 얘들한테 짱돌을 맞은 사람이야. 이게 어디 보통 인연인
줄 알아? 세상천지에 짱돌을 맞은 피해자가 가해자 집에서 음
식을 들고 거기에 또 뭔가 어려운 일을 해결해 주겠다며 나서
는 인간이 얼마나 있겠어? 당신 그러면 안 되는 거야. 상대가,
피해자가 도와주겠다고 나서면 그저 감사하다는 마음을 가지
면 되는 거지, 그렇게 매몰차게 말하면 안 되는 거라고. 어쨌
든 기다려 봐. 그 녀석들을 어찌 상대할지 오늘 내로 생각해
볼 테니까."

베스렐은 자신의 할 말만 끝마치고는 다시 식사에 집중하
기 시작했다. 그리고 그런 베스렐을 키노안스와 유레이는 멍

하니 바라만 봐야 했다.

광오한 자라고 해야 할까?

세상에 그 어떠한 적도 없는 사람 같다. 하고자 하는 일은 무슨 일이든 관철시키는 그런 자 같았다.

키노안스는 생각했다.

'드래곤을 죽였다고 했어. 그렇다면 세상의 그 무엇도 거칠 것이 없다고 봐야겠지. 세상일이란 게 힘이 강하다고 해서 뜻대로 되는 것은 아니지만 이자라면 가능할 듯싶군. 이자라면 말이야.'

"여보, 식사하세요."

유레이가 멍하니 생각에 잠겨 있는 키노안스의 생각을 깨웠다.

"아, 알았소."

키노안스는 다시 식사에 들어갔고 그 뒤, 식탁에는 사소한 이야기들로 대화가 진행되었다.

그날 저녁.

베스렐은 3층 저택의 객실 방에서 창문을 열고는 그림처럼 펼쳐져 있는 바깥의 풍경을 바라보고 있었다.

"흐음. 멋진 풍경이군."

가을의 선선한 느낌이 그의 마음을 움직였다. 하늘엔 둥근 보름달이 떠올라 느릿한 움직임으로 자신의 길을 걷고 있었고 그 주위로는 많은 별들이 떠올라 달빛에 취해서는 자신들도 반짝이는 빛을 발산하고 있었다.

'방법은 그것밖에 없겠어.'

30여 분 정도 골똘히 생각하니 하나의 방법이 떠올랐다.

'라단 영주 대리가, 아니 이제 총리가 될 그가 말했던 여러 가지 정치 체계. 그리고 내가 전생의 무림에서 신의로 활동했을 당시를 떠올리면 답이 나와. 라이언족과 타이거족, 요 두 부족은 서로 지는 것을 싫어하니 방법은 하나야.'

스윽.

베스렐은 신형을 돌려세웠다.

그러자 이곳 저택의 주인인 키노안스가 보였다.

그는 지금 객실의 왼쪽에 있는 소파에 앉아서 베스렐이 무슨 말을 꺼낼지를 기다리고 있었다.

"좋은 방법이 떠올랐어."

베스렐은 걸음을 옮겨 키노안스가 있는 곳으로 다가가 그의 앞에 놓여 있는 특대 소파에 가서는 앉았다.

"무슨 방법이오?"

그의 물음에 베스렐은 자신이 생각하고 있는 바를 간결하게 설명하기 시작했다.

"간단해. 그놈들은 서로 수인족의 지도자가 되기를 원한다고 했잖아? 그리고 녀석들의 세력이나 무력 같은 것은 우열을 가리기 힘들다고 했고."

“그렇소.”

“그럼 방법은 하나야. 돌아가면서 하는 거지.”

“…….”

“이해가 안 가? 그 라이언족과 타이거족은 자존심도 강하고 실력도 강하고 하니까, 당신이 어느 한쪽만 편들면 반드시 사단이 나게 되어 있잖아. 그러니까 그놈들이 몇 년씩 돌아가며 서로 지도자가 되게 하는 거야. 한 5년에서 10년 정도씩 돌아가며 수인족을 이끄는 것이지.”

“아아……!”

키노안스의 표정이 대번에 밝아졌다.

생각해 보니 그랬다.

베스렐의 말대로 서로 돌아가며 지도자가 되면 다툴 일도 없고 또한 자신도 어느 한쪽을 편들 필요가 없어지게 된다.

베스렐은 그의 표정을 읽고는 흐뭇한 미소를 지었다.

‘후후. 전생의 무림맹이 지금의 경우에 딱 알맞은 체계군. 무림맹도 맹주를 뽑을 때 보통 구대문파의 아홉 수장들 중에서 주로 뽑았으니까 말이야. 뭐, 내가 있을 당시에는 거의 소림과 무당, 그 두 문파에서 맹주가 나왔었지만 말이야. 여기도 그렇게 하면 돼. 무림맹처럼 서로 번갈아 가며 라이언족과 타이거족의 수장이 맹주가 되면 되는 거야.’

베스렐은 기분 좋은 음성으로 물었다.

“어때? 괜찮은 생각이지?”

"괜찮은 생각이오. 그렇게 하면 모두가……."

키노안스는 말을 잇다가 갑자기 멈추었다. 뭔가 걸리는 것이 하나 생각났다.

"흐음. 한데 그들이 베스렐 씨가 말한 그것을 받아들일지 모르겠소. 그 두 부족은 보통 자존심이 강한 부족이 아니니 말이오."

"그건 걱정하지 마."

"……."

"내일 그놈들이 오면 당신이 먼저 그 얘기를 꺼내. 문서를 만들어 그 자리에서 사인을 하게 해. 물론 놈들이 바로 사인을 하지는 않을 거야. 그때는 내게 맡기라고. 내가 알아서 그놈들을 쥐어 팬 다음에 사인을 하게 만들어 주지. 합법적인 폭력으로 말이야."

베스렐은 물 흐르듯이 내일 있을 일에 대해 설명했다.

앞에 있는 키노안스 또한 그의 설명에 맞추어 자신의 생각을 넣어서는 서로 의견을 조율해 나갔다.

빠른 진행, 신기했다.

키노안스는 자신이 몇 달을 고민했던 일이 이렇게 손쉽게 해결될 듯 보이자 신기한 기분이 들었다. 베스렐의 거침없는 기질이 자신에게도 영향을 미치는 듯했다.

"에에, 그리고 이것 좀 부탁하고 싶은데 말이야."

스윽.

베스렐은 내일 있을 일에 관한 이야기가 모두 끝나자 곧 품에서 잘 접혀진 종이 두 장을 꺼내서는 앞에 있는 테이블 위에 올려놓고는 말했다.

"그것 좀 봐 봐."

"이게 뭐요?"

베스렐은 이제는 껄끄러운 게 없어졌다는 듯이 당당히 말했다.

"그거 병기도면이야. 내가 사용하는 두 자루의 병기도면인데 그것 좀 부탁해."

베스렐은 지옥도법을 펼칠 때 반드시 필요한 일곱 개의 구멍이 나 있는 그레이트 소드와 단월도를 키노안스가 구해 주기를 원하고 있었다.

그리고 지금 그가 키노안스 집안의 일을 발 벗고 나서서 도와주려는 의도는 거기에 있었다. 받기만 하는 것을 싫어하는 베스렐로서는 자신이 먼저 키노안스를 돕고 그 후에 그에게서 필요한 것을 얻으려는 것이었다.

"으음. 우리 모라크 마을에도 큰 공방은 있으니 만들어 주는 것은 별문제가 없지만……."

"아니야, 아니야."

베스렐은 고개를 가로저었다.

"내가 원하는 것은 드워프야. 그들이 내 병기를 만들어 주었으면 하는 거지. 이곳 펠린디온은 드워프족도 한 축을 형성

하고 있다며? 나는 당신이 드워프들에게 부탁해 최고의 병기를 만들어 주었으면 해."

"아아, 그런 거였소? 흐음……."

키노안스는 베스렐의 그 같은 부탁의 말에 잠시 고민하는 표정을 지었다.

"왜 그래? 내가 무리한 부탁을 한 거야?"

베스렐의 미간에 자리한 주름이 살짝 찌푸려졌다.

혹시 드워프가 아닌 그냥 모라크 마을의 공방에서 병기를 만들어야 하는 게 아닌가 하는 생각이 들었다. 그건 베스렐이 원하는 게 아니었다.

"좋소. 5일 뒤에 우리 마을에 정기적으로 오는 드워프들이 있는데 그들에게 말해 보겠소. 아마 내가 부탁하면 그들은 두 말 않고 들어줄 것이오."

"오오, 그래?"

"그렇소."

"하하하. 정말 잘됐군. 좋아, 아주 좋아. 오늘 그대와 나는 서로 유익한 시간을 보냈군. 만사가 이제 술술 풀리는 기분이야. 한동안 고생했는데 이제부터는 잘되려는가 봐."

베스렐은 기분 좋은 웃음을 터트렸다.

"하하하하……."

이제부터가 시작이었다.

병기도 드워프가 만든 최고로 좋은 것을 얻고, 거기에 최고라 할 수 있는 오행진결도 본격적으로 수련을 하고, 이제 남은 건 최대한 빠른 시일 내에 누구도 넘볼 수 없는 강자만 되면 되는 것이었다.

＊　　　　＊　　　　＊

예상한 대로였다.

다음 날 모라크 마을에 온 일단의 수인들.

라이언족의 족장과 타이거족의 족장은 베스렐의 예상대로 사인하는 것을 거부했다.

그들은 5년이나 10년 정도를 주기로 서로 돌아가며 지도자가 되는 것을 거부하고 전처럼 자신들 부족이 무조건 수인족의 지도자가 되어야 한다며 키노안스 저택의 후원으로 나갔다.

그들이 밖으로 나간 이유는 간단했다.

키노안스가 그 두 족장에게 대련을 펼치라고 한 것이다.

대련에서 이긴 사람에게 자신이 앞으로 힘을 보태 준다고 하니 그들 두 부족장은 나가지 않을 수 없었다.

검은 머리에 키가 192다르(cm) 정도 되는 사내. 부리부리한 두 눈에 전신이 근육질로 이루어진 그는 타이거족의 수장인 드라크였다.

　그리고 그의 앞 15미르 지점에 서 있는 금발머리에 키가 187다르 정도 되는 사납게 생긴 사내는 라이언족의 족장인 라오였다.

　드라크와 라오.

　지금 이 두 명의 수인은 대련을 펼치기 위해 서서히 기세를 끌어올리고 있는 중이었다. 주위에는 그들을 호위하기 위해 같이 온 부족원들 스무 명과 저택의 식구들인 키노안스 가족과 일을 보는 폭스족 일원 몇 명이 그들의 대련을 지켜보기 위해 나와 있었다.

　"흐음. 수인족의 전투기술의 이름이 수인맹투력이라고 했던가?"

　베스렐은 키노안스의 저택 지붕 위에 앉아 있었다. 그곳에서 두 수인의 대련을 지켜보려는 것이었다.

　"수인맹투력은 데빌족의 마투력과 비슷한 것으로서 베어족과 타이거족, 그리고 라이언족의 수인맹투력이 가장 강하다고 알려졌지. 이거 조금 아쉬운데? 베어족도 여기에 나섰으면 좋았을 텐데 그들은 조금 게으른 부족이라 밖으로 잘 돌아다니지 않는다니 말이야."

　수인맹투력.

　이것은 가히 수인들만의 고유 격투술로서 상승 경지에 이르도록 수련하면 인간의 소드 마스터와 충분히 자웅을 겨룰 수 있을 정도로 대단한 것이었다.

쉬이이익.

그때 공기를 가르는 듯한 소음과 함께 뭔가가 부딪치는 폭음 소리가 연이어 들려왔다.

퍼퍼펑!

"으음. 이제 시작하는군."

베스렐의 두 눈에 호기심의 빛이 떠올랐다.

한 번도 본 적이 없는 수인족의 싸움 기술인 수인맹투력.

그 수인맹투력도 일반 수인족이 아닌, 라이언족과 타이거족의 것이다. 당연히 그것은 충분히 볼 만한 것이라 할 수 있는 것이었다.

"이 자식, 라오! 죽어랏!"

타이거족의 드라크가 몸을 살짝 띄우며 뒤돌려 차기를 했다.

"뭘 죽어, 이 건방진 놈아!"

라오는 두 팔을 엑스자로 만들며 수인력을 끌어올렸다.

파팡! 파파팡!

드라크의 발은 라오의 팔을 다섯 번 연달아 걷어찼고 라오는 부드러운 동작으로 뒤로 물러섰다.

흘리는 기술이었다.

라오는 상대의 공격을 뒤로 물러서며 흘렸는데 이것은 그만큼 그의 수인맹투력이 상당한 경지에 있다는 말이었다.

그들은 기세를 점점 더 끌어올렸다.

우우우우웅.

몸은 강철처럼 단단해지며 팔과 다리에서는 강력한 기운이 피어올라 닿는 것은 무엇이든 부술 듯했다.

휘이익, 휘이익.

빠른 속도.

그들은 서로 신형을 날려 부딪쳐 갔다.

손과 손이 닿았고 발과 발이 맞부딪치며 큰 폭음 소리가 들렸다.

퍼펑! 퍼퍼퍼퍼펑!

그들은 자리를 점점 넓게 이용했다. 후원의 뒤쪽에 있는 숲으로 이동을 하기 시작한 것이었다.

"이런……!"

무슨 일인지 키노안스의 얼굴 표정이 살짝 구겨졌다.

후화아아아악.

라오의 다리가 눈에 보이지 않는 빠른 속도로 돌아갔고 드라크는 왼쪽으로 재빨리 몸을 피했다. 그러자 그 다리는 한 아름이 넘는 사과나무를 그대로 부수어 놓았다.

콰지직!

무서운 힘. 발차기의 힘이 장난이 아니었다.

일반 사람이 그 발차기에 맞았으면 지금의 사과나무처럼 그대로 몸통이 두 동강이 나고 말 터였다.

"이런. 결국 저렇게 되고 말았군. 내가 몇 년 동안 가꾸고 있는 사과나무 숲이 다 망가지게 생겼어.”

키노안스의 얼굴은 시간의 흐름에 따라 점점 굳어져 갔다.

실수였다. 대련을 여기서 펼치게 하는 게 아니었다. 마을의 중앙광장에 가서 그곳에서 대련을 펼치게 했어야 했다.

스윽.

그는 고개를 들어 저택의 지붕 위를 바라보았다.

그러자 사납게 생긴 곰의 얼굴이 보였다. 그 곰은 베스렐이었고 그는 바로 메시지 마법을 펼쳤다.

“이제 내려갈게.”

그 말을 끝으로 베스렐은 곧장 블링크 마법을 펼쳤다.

*　　　*　　　*

휘이이잉.

선선한 바람이 계속해서 불어왔다. 장소를 널찍한 곳으로 옮겨서 그런지 바람은 그칠 줄을 몰랐다.

키노안스는 저택의 후원이 더 이상 망가지는 것을 볼 수 없어 일행을 데리고 모두 마을의 광장으로 갔다. 너무 많은 사람들이 몰려올까 봐 주위를 치안대에서 경비를 서게 해, 일반 사람들이 다가오지 못하게 하였다.

이제부터가 시작이었다.

이제는 베스렐이 나서서 두 부족의 족장들을 굴복시키기만 하면 되는 것이었다.

쿠웅.

땅이 들썩이며 소리를 냈다. 베스렐은 오른발로 진각을 밟고는 건방진 말투로 말했다.

"자아, 이제 덤벼 봐! 둘이 함께 덤벼도 상관은 없어."

"……."

"……."

아무 말 없이 서 있는 두 사람.

드라크와 라오는 어이가 없다는 반응을 보였다.

갑자기 난데없는 경쟁자가 생겼다.

베어족처럼 커다란 덩치를 가진 놈이 앞으로 수인족을 이끌겠다고 나선 것이다. 그리고 그러한 경쟁자를 키노안스는 인정했고 둘 중의 어느 누구라도 베스렐이란 이름의 사내를 꺾기만 하면 자신의 힘을 보태 주겠다고 하였다. 물론 베스렐이 이기면 그에게 힘을 보태 준다고 하였다.

"킁킁!"

"뭔가 조금 이상하군."

드라크와 라오는 베스렐의 냄새를 맡아 보고는 고개를 갸웃거렸다. 베스렐의 덩치는 베어족과 비슷했지만 그 냄새는 이상하게 순수한 사람 같았던 것이다. 정확히는 베어족의 냄새도 났지만 그건 미약하게 맡아져 조금은 알쏭달쏭한 느낌을 주는 사내였다.

'후후. 이상한가 보군. 내가 베어족인지 아닌지 말이야. 아침에 키노안스가 내 몸에 뿌린 그 마법의 약품이 효과가 있긴 있나 봐. 저런 이상한 표정들을 짓는 걸 보니.'

베스렐의 몸에선 수인족의 냄새가 미약하게나마 나고 있었다. 드라크와 라오에게 베스렐이 타 지역에서 온 수인족인 것처럼 꾸며 대련에 끼어들게 하기 위해 어쩔 수 없이 마법의 약품을 사용한 것이었다.

"안 덤벼? 나한테 겁먹은 거야?"

베스렐이 도발하자 드라크와 라오가 발끈했다.

"뭐라고? 이런 건방진 놈을 봤나?"

"죽고 싶은 모양이구나. 네가 딴 동네에서는 힘 좀 썼을지 몰라도 이곳에서는 어림없다."

스윽 척.

먼저 라오가 앞으로 나섰다.

"내가 먼저 끝장을 내 주지."

"아니, 내가 저놈을 먼저 혼내 주겠다."

드라크 또한 지지 않고 앞으로 나섰다.

"내가 먼저다."

"너는 좀 빠지지. 내가 끝장낸다."

또다시 먼저 싸우겠다고 다투는 두 사람.

베스렐은 그런 두 사람의 행동을 보고는 고개를 살래살래

내젓더니 곧바로 마력 하트에 저장되어 있는 마법의 시동어를 외쳤다.

"조심해라, 라이트닝 필드!"

파지지지직.

전격 계열의 마법이 드라크와 라오의 발밑으로 날아가 오렌지색의 전류를 만들었다. 하지만 어느새인지 드라크와 라오는 라이트닝 필드가 펼쳐진 지역에서 좌우로 벗어나 있었다.

"뭐, 뭐야?"

"어…… 어떻게 마법을……?"

놀란 얼굴을 하고 있는 두 사람.

그들의 얼굴엔 식은땀이 잔뜩 만들어져 있었다.

전격 계열의 마법이 펼쳐졌을 때 혼신의 힘을 다해 신형을 옆으로 날렸던 것이다. 조금만 늦었어도 상당한 피해를 봤을 뻔했다.

"너…… 너는 누구냐? 어디의 베어족이냐?"

"폭스족이 아닌 베어족이 마법을 펼치다니? 이건…… 이건 있을 수가 없는 일인데?"

진정 믿기 힘든 일이 벌어졌다.

마법은 수인족 중에서도 극소수만이 익힐 수 있는 것으로서 대부분의 수인 마법사는 폭스족에서 나온다. 그 폭스족 중에서도 일부만 재능을 보이는 게 마법인데 그러한 마법을 베어족으로 느껴지는 자가 익히고 있으니 놀랄 수밖에 없는 것이었다.

그리고 그들에 못지않게 광장의 외곽에 있던 키노안스와 유레이도 상당히 놀란 눈을 하고 있었다.

"여, 여보! 방금 그거 봤어요? 마법을 캐스팅도 안 하고 사용했어요."

유레이의 물음에 키노안스는 고개를 끄덕이며 대답했다.

"으음, 봤소. 정말 놀랄 만한 것들을 계속해서 보여 주는 사내이구려. 마법이 그 불가능하다는 8써클의 경지에 들어선 것도 모자라 마법을 캐스팅 없이 사용하다니 말이오."

"맞아요. 정말 알면 알수록 놀라워요. 시동어만으로 마법을 펼칠 수 있는 종족은 드래곤밖에 없는데 말이에요."

그 두 사람은 아직 베스렐의 왼쪽 손목과 하나가 되어 있는 마력 하트를 모른다. 마법을 저장할 수 있는, 마법사를 한층 강하게 만들어 준 그것을 말이다.

저벅저벅.

"뭘 그렇게들 놀래? 이제 시작인데 말이야. 이것만 기억해 두라고. 나를 이기지 못하면 수인족의 지도자가 될 수 없다는 그 사실을 말이야."

베스렐은 걸음을 앞으로 옮기며 이번에도 마력 하트에 저장되어 있는 마법의 시동어를 외쳤다.

"라이트닝 볼트!"

콰르릉.

짧은 굉음 소리와 함께 작은 번개 하나가 생성돼서는 오른쪽으로 피해 있는 드라크에게로 날아갔다.

퍼—퍼펑!

"크윽!"

몸통을 잔뜩 숙이며 팔을 엑스자로 만들고 있었던 드라크는 그 순간 뒤로 멀리 날아가고 말았다. 그리고 그때 왼쪽에 있던 라오가 정신을 차리고는 재빨리 베스렐을 향해 달려들었다.

휘이익.

가히 번개와도 같은 움직임이었다.

하지만 마법은 그 순간에도 또 한 번 발휘되었다.

"라이트닝 볼트!"

드라크에게 사용한 마법과 같은 것이었다.

베스렐 그가 전격 계열의 마법을 연속해서 사용한 이유는 드라크와 라오는 몸이 빨라 다른 마법을 펼치면 피할 수 있었기 때문이다.

파지지지직.

"크윽!"

라오는 드라크처럼 신음성을 흘리며 뒤로 멀리 날아가고 말았다. 작은 번개에 맞은 후유증 때문인지 그들의 몸에서는 허연 연기가 약하게 피어올랐다.

푸스스스스.

보통 사람들 같으면 당장 죽어도 이상할 게 없는 공격이었지만 그들은 확실히 라이언족과 타이거족의 족장으로서 금세 다시 자리에서 일어설 수 있었다.

화가 잔뜩 나 있는 표정.

그들의 입에서 곧 험악한 말들이 튀어나왔다.

"이놈! 죽여 버리겠다!"

"갈아 마셔 주마."

그들은 베스렐을 무서운 눈으로 노려보더니 곧바로 몸을 변화시키기 시작했다. 몸속에 잠들어 있는 수인의 유전자를 깨워 한층 강력해진 몸으로 탈바꿈하는 것이다.

"호오. 저런 거로구나? 나는 그동안 한 번도 수인족이 몸을 변화시키는 것을 보지 못했는데 저런 거였어."

찌직. 찌지지직.

상체방어 갑옷인 레더 아머를 비롯해 그 위에 입고 있는 가벼운 외투, 그리고 속옷과 바지는 부풀어 오르는 몸체에 더 이상 견디지 못하고 순식간에 찢겨 나갔고 그 사이로 털이 나 있는 괴물 같은 근육질들이 나타났다.

드라크와 라오는 전과는 비교할 수 없이 커다란 320다르에 이르는 큰 키를 지니게 되었다.

자세는 이족보행의 자세였고 몸에서는 강력한 투기가 무섭게 치솟아 올랐으며 팔다리에서는 40다르에 가까운 발톱들이 튀어나왔다. 또한 그들은 각자의 특성에 맞게 드라크는 얼굴에 줄무늬가 있었고 라오는 금빛의 갈기를 얼굴 주위에 만들었다.

진정 멋진 모습이었다.

일반 사람들이 보기에는 무서울 수도 있겠지만 베스렐이 보기에는 전정 감탄할 만큼 아름다운 모습이라 할 수 있었다.

그리고 지금 베스렐의 마음속에는 저 멋지고 아름다운 모습을 망치라는 그런 악마의 속삭임이 들려왔다.

"흐흐흐."

베스렐은 음침한 웃음을 한번 흘리고는 이제부터는 본격적으로 힘을 써 볼 생각인지 마음속으로 상대와의 무력을 가늠해 보았다.

'지금 나의 무력은 전에 비해 많이 약해. 오행진결은 이제 3성의 경지에 이르렀어. 이 상태로 저놈들과 싸우는 것은 바보 같은 짓이지만 나는 그동안 적지 않은 강자들과의 싸움으로 많은 경험을 축적했으니 충분히 싸울 수 있을 거야. 무엇보다 내게는 아직 미약하기는 하지만 심즉살의 힘이 있으니 충분히 무공만으로도 제압할 수 있어.'

그는 이번엔 마법의 사용을 자제하고 무공만으로 싸울 결심을 했다. 그리고 충분히 무공만으로도 제압할 수 있다고 생각했다.

그때 드라크가 날카로운 이를 보이며 말했다.

“크르릉. 이놈! 너도 빨리 수인체로 변신해라!”

“흐흐흐. 나는 괜찮다. 너희 정도는 그냥 이 손가락 하나만 있으면 충분하거든.”

베스렐은 오른손 검지손가락 하나를 내보이며 놀리듯이 말했고 그 모습을 본 드라크와 라오는 머리에 불길이 치솟아 올랐다.

“크르릉. 네놈이 화를 자초하는구나!”

“크아아앙! 이놈 죽여 버린다!”

드라크와 라오는 양쪽에서 빛살처럼 신형을 날려서는 베스렐을 향해 달려들었다.

휘이익, 휘이익.

변신을 하기 전보다 훨씬 빨랐다. 아니, 이건 훨씬 빠른 게 아니라 비교할 수 없을 정도로 빠른 것이었다.

베스렐은 녀석들이 지척에까지 다가오자 즉시 유령비의 신법을 펼쳤다.

스스스스스슷.

흐느적거리는 움직임.

약했다. 유령비는 예전의 환상적이고도 유령과도 같은 모습을 보이지 못했다. 하지만 경험이, 강자들과의 그 치열했던 싸움이 유령비의 약화된 능력을 벌충해 주었다.

쉬이익, 쉬이이익.

드라크의 오른 손가락에 이어진 손톱과 라오의 왼 손가락

에 이어진 손톱들이 날카로운 기운을 뿜으며 베스렐의 흐느
적거리는 몸을 스쳐 지나갔다.

바로 그 순간, 베스렐의 눈에서 빛이 일었다.

찰나의 순간이지만 녀석들의 가슴이 비어 있음을 보았고
그는 바로 정타를 날려 주었다.

퍼벅! 퍼벅!

두 번 연속 작은 격타음이 들려왔다.

드라크와 라오 두 수인은 놀란 눈으로 재빨리 뒤로 물러섰
는데 고개를 숙이고 보니 어느새 그들의 가슴은 붉은 장인(掌
印)이 약하게 새겨져 있었다.

"으윽!"

"크르릉. 조금 아프네?"

뒤늦게 아픔이 찾아왔다.

"호호호."

베스렐은 가슴에 새겨진 손자국에 당황한 표정을 짓고 있
는 녀석들에게 음침한 웃음을 한번 흘려 주고는 곧 자신의 양
손을 들어 바라보았다.

'좋아, 나쁘지 않아. 수강이나 장풍은 현재의 내공으로는
불가능해. 그래서 발경의 하나인 전사경을 사용해 봤는데 이
게 꽤 만족할 만한 위력을 보여 주는군.'

전사경(纏絲勁).

이것은 실이 실타래에 감겨지는 모습처럼 온몸을 회전시켜

최종적으로 주먹에 그 회전력을 실어 적을 치는 것이었다. 지금처럼 내공을 크게 사용할 수 없는 베스렐로서는 안성맞춤인 공격이라 할 수 있었다.

'그럼 이번엔 침투경을 사용해 볼까? 그게 저 녀석들에게는 더 강한 충격을 줄 수 있을 테니 말이야.'

침투경(浸透勁).

이 침투경이란 것은 전사경과는 다르게 기를 이용하는 것으로서 상대의 내부를 공격하는 것이다. 발경의 기술 중에서도 고급기술에 속하는 것이었는데 이 침투경은 내가중수법(內家中手法)의 시작이었다.

스윽.

베스렐은 고개를 들어 가슴을 만지작거리고 있는 두 녀석을 바라보았다. 그들은 어느새 들끓어 오른 마음을 가라앉히고 신중한 모습을 보이고 있었다.

"크르르릉. 좋다. 어디서 왔는지는 모르겠다만 일단 네놈이 강하다는 것은 인정해 주마. 하지만 이제부터는 조심해야할 것이다. 지금부터는 전력을 다해 공격할 테니까."

"크르릉. 나도 마찬가지다."

드라크의 말을 라오가 받았다. 하지만 그의 말은 짧았고 대신 그의 신형은 드라크보다 먼저 베스렐을 향해 날아갔다.

가슴에 느껴지는 조금은 뜨겁다 싶은 아픔.

라오는 그 아픔을 되갚아 주기로 결심했다. 바로 자신의 양손을 이용해서.

쉬이이익.

빠르다. 라오의 양손에 있는 손톱들이 은근한 금빛을 발하며 앞으로 나아갔고 베스렐은 그 순간 유령비의 신법으로 옆으로 피하며 그의 손을 발로 쳐 냈다.

콰앙!

발과 손이 부딪치자 커다란 폭음 소리가 일었다. 그리고 그러한 폭음 소리는 한 번으로 그치는 게 아니라 계속해서 일어났다.

콰앙! 콰앙! 콰앙……!

'으윽!'

베스렐의 미간이 살짝 찌푸려졌다.

'제길. 너무 빠르군.'

침투경을 사용하려 했다. 하지만 라오의 신형이 너무 빨라 제대로 기회를 잡지 못해 할 수 없이 손과 발로 녀석의 양손을 가격했는데, 아무래도 내력에서 많이 딸리다 보니 조금 손해를 보고 말았다.

베스렐은 상대의 공격을 맞받아치기가 힘들어지자 유령비의 보법으로 재빨리 옆으로 피했다. 하지만 그의 뒤에서는 또 다른 공격이 이어지고 있었다.

슈아아아악.

바람을 가르는 소리.

드라크의 양다리가 회전을 하며 베스렐의 몸통을 향해 다가오고 있었는데 그는 라오가 자신보다 먼저 베스렐을 처치할까 두려워 급히 자신이 낼 수 있는 힘을 풀 파워로 발휘해 공격을 가하고 있는 것이었다.

"이런……!"

슈아아아아아악.

어지럽게 다가오는 수십여 개의 다리들.

살벌한 공격이다. 제대로 맞았다가는 뼈도 못 추릴 공격이었다.

베스렐은 환영의 모습을 일으키는 드라크의 다리 공격에 급히 유령비의 환상결을 일으켜 자리를 피했다.

하지만…….

사각! 사각!

무언가 갈라지는 소리와 함께 허공에 붉은 피가 살짝 피어올랐다가 금세 다시 사라졌다. 아니, 그것은 사라진 게 아니라 광장의 바닥에 뿌려진 것이었다.

그의 피였다.

다른 자의 것이 아닌 베스렐 그의 피인 것이다.

녀석의 공격이 너무나 빠르고 강력해 스치듯 맞았지만 오른팔과 왼쪽 어깨가 칼날에 베인 것처럼 조금 벌어지고 만 것이다.

"……."

아무 말이 없는 베스렐.

너무 방심했나 보다. 드래곤과 싸워 이겼으니 다른 녀석들의 무력은 아무것도 아니라 생각해 최선을 다하지 않았다.

스윽.

베스렐은 왼쪽 어깨에 흐르고 있는 피를 손으로 조금 찍어서는 입에 가져다 대더니 그걸 그대로 빨았다.

"쪽쪽. 흐음, 맛있군. 좋아, 좋아. 피를 보니 가슴에 불이 붙는 기분이야. 이런 기분을 그대로 이어서 이제부터는 내가 먼저 공격해 주지."

"으응?

드라크와 라오는 다시 베스렐을 공격하려다가 멈추었다.

스스스스슷.

상대의 전신에서 갑자기 이상한 기운이 피어오르기 시작하더니 그 기운이 자신들의 몸을 잔뜩 위축시켰다.

"크르릉. 뭐…… 뭐야?"

"이건…… 이건 살기와 비슷한 것 같은데……."

그들은 갑자기 불길한 기분이 들었다.

수인족의 타고난 위기감각 능력이 이 순간 극도로 발휘되며 자리를 피할 것을 요구하고 있었다. 그리고 그러한 감각은 시간이 지날수록 더욱 강하게 느껴졌다.

베스렐은 입가의 한쪽 꼬리를 말아 올리고는 말했다.

"호호호. 이건 단순한 살기가 아니야. 지금 너희들은 심즉살의 초입 경지를 맛보고 있는 거라고.”

휘이익.

말을 끝마치기가 무섭게 재빨리 신형을 앞으로 날리는 베
스렐.

“우선 너부터!”

먼저 드라크였다.

피를 보게 만든 그가 우선순위였다.

“크르르룽!”

드라크는 급히 수인력을 끌어올려서 상대의 공격에 대비했
다.

한데 이게 어찐 된 일일까?

무슨 일인지 드라크는 몸속에 있는 수인력이 제대로 끌어
올려지지가 않았다. 거기에 더해 그의 정신은 급속도로 흐려
지며 붕괴가 되려는 듯 어질어질하기까지 했다.

“죽어랏! 죽어랏! 죽어랏……!”

베스렐은 지금 마음속으로 드라크에게 심즉살을 쏘아 보내
고 있는 것이었다.

“크르룽! 으아아악!”

머리를 감싸 쥐며 몸을 부르르 떠는 드라크.

원래 심즉살이라고 하는 것은 발휘되는 즉시 상대를 죽여
야 하는 것이다. 한데 지금처럼 드라크를 바로 죽이지 못하고
있는 이유는 베스렐이 심즉살의 경지에 갓 들어선 때문이었

다. 정확히는 의형살인의 경지와 심즉살의 경지가 어중간하
게 걸쳐져 있어 그런 것이었다.

베스렐은 상대가 방어불능의 상태에 빠지자 즉시 오른손에
오행진결의 내공을 일으켜 드라크의 가슴을 침투경을 이용해
가격했다.

퍼펑!

한 치의 어긋남도 없는 정타.

오행진결의 진기는 드라크의 몸 내부의 균형을 무너트렸고
베스렐은 기우뚱거리며 쓰러지려는 그를 몸을 살짝 띄워서는
무림에서 흔히 사용되어지는 원앙각(鴛鴦脚)의 각법을 사용
해 날려 버렸다.

뻐억! 뻐억! 뻐억……!

듣기에도 무척이나 아플 것 같은 타격음이 수십 번 연속해
서 들렸고 곧 드라크는 힘없이 바닥으로 쓰러졌다.

털썩.

녀석의 얼굴은 내력이 실린 발차기에 맞아서는 퉁퉁 부어
올랐는데 그 모습이 그렇게 불쌍해 보일 수가 없었다.

뽀글뽀글.

입가에 일어나는 하얀 거품. 그 거품 사이에는 날카로운 이
빨이 몇 개 부러져서 밖으로 나와 있었다.

"크르르릉."

한편, 근처에 있는 라오는 긴장한 모습을 한 채 베스렐을

어떻게 공격할지 생각했다. 처음엔 드라크보다 먼저 베스렐을 공격하려고 했는데 드라크가 당하는 모습을 보고는 화들짝 놀라서는 잠시 어찌할지를 생각하고 있는 것이었다.

스윽.

베스렐은 신형을 돌려세웠다.

그러자 사자의 눈과 괴물의 눈이 만났다.

스스스스슷.

베스렐의 몸에서 다시 어떠한 기운이 피어나 라오의 전신을 억누르기 시작했다. 이번에도 심즉살이었다.

"죽어랏! 죽어랏! 죽어랏……!"

어중간한 경지에 있는 심즉살.

하지만 그것만으로도 라오의 정신을 혼돈으로 몰고 가기에는 충분했다.

"끄륵, 끄르륵."

장내에는 다시 조금 전과 같은 광경이 펼쳐졌다.

라오는 드라크가 당한 것과 똑같이 침투경과 원앙각에 당해 입에 거품을 물고는 차가운 바닥으로 쓰러졌다.

# Chapter8

원 마나

심즉살은 무서운 절기다.

비록 그 심즉살이 어중간한 경지에 있어 진정한 힘을 발휘할 수가 없다고 해도 상대방에게는 충분한 타격을 줄 수 있는 것이었다.

그 예가 바로 드라크와 라오다.

인간의 소드 마스터와 비견되는, 어쩌면 그보다 더 강할 수도 있는 그 두 사람은 5일 전 베스렐에게 심즉살의 절기에 타격을 받고는 내내 앓아누웠다. 침투경이나 원앙각에 맞은 부위는 자체 치유 능력으로 금세 다시 회복할 수 있었지만 정신은 그렇지가 못했다.

키노안스는 혹시 그 두 사람이 그대로 죽어 버리는 게 아닌지 걱정을 하게 되었고 베스렐은 할 수 없이 그들을 7써클에 있는 리커버리 마법을 이용해 치료해 주었다. 아니, 리커버리 마법으로도 완전히 치유가 되지 않자 나중에는 어쩔 수 없이 오행진기의 힘까지 빌려 그들의 정신을 치료해야 했다.

그 뒤로 베스렐은 자신의 심즉살이 비록 완전한 형태의 것은 아지만 진정 대단한 것임을 깨달았다. 함부로 써서는 안 되는 것임을 알게 된 것이다.

"잘해."

"아아…… 예에, 알겠습니다."

"무…… 물론입니다."

이른 아침, 키노안스의 저택 1층 로비에 여러 사람이 모여 헤어짐의 시간을 가지고 있었다.

떠나는 자는 타이거족과 라이언족 일행이었고 그들을 마중하는 사람들은 베스렐을 비롯한 저택의 사람들이었다. 그리고 그들 중 베스렐은 눈을 작게 해서 드라크와 라오를 째려보고는 간단한 설교를 해 주고 있었다.

"자기들 부족만이 최고라 여겨 가지고 나중에 어떤 분란을 일으키면 그때는 내가 가만 안 둔다. 어젯밤 얘기한 대로 10년에 한 번씩 지도자의 자리를 번갈아 가며 해. 키노안스와 잘 의논해서 좀 더 좋은 체제를 만들어 볼 수 있도록 노력하라고. 알았지?"

"예에. 거…… 걱정 마십시오."

"야…… 약속한 일은 무슨 일이 있더라도 지키겠습니다."

드라크와 라오의 두 눈은 잘게 떨리고 있었다.

심즉살에 당한 정신의 이상은 모두 치료됐지만 그 심즉살을 사용한 사람에 대해서는 두려운 마음이 가득해 말 한마디, 한마디가 조심스러웠다. 거부할 수 없는, 그가 하는 말은 무조건 따라야 한다는 마음만이 가득했다.

이것이 심즉살의 무서운 점이다.

심즉살에 죽지 않고 살아난다고 해도 그걸 사용한 당사자에게는 복종을 하게 만드니.

"그럼 이제 다들 나가 봐. 아침은 미안하지만 다른 동네에 가서 직접 돈 주고 사서 먹고."

"예, 알겠습니다. 아침은 괜찮으니 그만 나오십시오."

"가겠습니다. 나오지 마십시오."

베스렐은 저택의 주인인 양 행세하며 두 사람을 배웅했다.

원래 키노안스는 그 두 사람과 아침 식사를 같이 한 뒤 나중에 보내려 했지만 베스렐이 먼저 그들을 내쫓아 버리고 있는 것이었다.

잠시 후.

저택 안의 사람들은 멀뚱한 눈으로 열려진 문의 앞에 서 있는 베스렐을 바라보았다.

진정 그가 주인인 것 같았다.

어디선가 굴러온 돌이 박혀 있는 돌을 밀어내고 자신이 주인인 양 행세하고 있는 것이다.

베스렐은 타이거족과 라이언족이 길가를 따라 멀리 사라지자 그제야 신형을 돌려세우고는 환한 얼굴로 키노안스에게 말을 걸었다.

"하하. 키노안스, 다 갔어. 귀찮은 놈들이 갔으니 우리 이제 아침이나 들자고."

베스렐은 그저께부터 키노안스를 부를 때 그의 이름을 불렀다. 그것은 상당히 무례한 것이었지만 키노안스는 아무렇지도 않다는 반응을 보였는데 그 이유는 키노안스나 그의 부인인 유레이가 이제는 베스렐이 어떠한 사람인지 잘 알게 되었기 때문이다.

드라크와 라오가 앓아누운 5일간, 베스렐은 키노안스 가족과 좀 더 친밀해졌고 그사이 자신이 어떠한 사람인지를 대부분 알려 주었다. 드래곤 산맥 너머의 동대륙. 그 동대륙의 신생 왕국인 마무왕국의 국왕으로 곧 등극할 것임을 알려 준 것이다.

"뭐 해? 빨리 식당으로 가자고."

베스렐은 멍하니 서 있는 키노안스와 그의 부인을 재촉하며 걸음을 옮겼다.

"아, 알겠습니다. 그럼 지금 식사를 하러 가지요."

"준비는 다 되어 있어요."

"아아, 편하게 말해."

베스렐은 조금은 어색한 표정을 짓고 있는 두 사람에게 최대한 부드러운 음성으로 말했다.

"그냥 처음처럼 대하면 되는 거야. 내가 한 나라의 국왕이 되든 말든 그게 무슨 상관이 있겠어? 같은 마도의 길을 사람들끼리 말이야. 안 그래?"

"아…… 알겠소."

어색한 표정을 최대한 원래대로 돌려놓는 키노안스와 유레이다.

"하하. 그래, 그거야."

베스렐은 웃는 얼굴로 빠르게 식당이 있는 2층으로 향했고 얼마 후 그들은 커다란 식탁에 앉을 수 있게 되었다.

식탁엔 키노안스 가족이 모두 앉았는데 자리 배치는 처음 베스렐이 이곳에 와서 식사를 할 때와 같았다. 그의 앞에는 키노안스와 유레이가, 옆에는 아이들이 앉아 있는 것이다.

캐티안과 도로시는 첫날처럼 다시 베스렐을 대단하다는 눈빛으로 바라보고 있었다.

"그만 처다봐라! 얼굴 닳아진다."

베스렐은 아이들이 식사는 안 하고 자신의 얼굴만 쳐다보자 한소리 했다.

"아쉬워요."

도로시의 뜬금없는 말에 베스렐이 물었다.

"뭐가?"

"그날 광장에서 펼쳐졌던 대련이 대단했다고 들었는데 오빠와 나는 보지 못했잖아요. 그래서 오늘……."

말을 끝맺지 않고 길게 늘이는 도로시.

"오늘 뭐?"

"우웅. 오늘 저는 다시 볼 수 있을 줄 알았단 말이에요. 아저씨하고 그 무서운 드라크 족장님이나 라오 족장님과의 대련을요."

정말 아이들로서는 아쉬운 일이었다.

녀석들이 알기로 드라크와 라오는 베어족의 족장과 함께 무력 쪽에선 최고인 사람들이었다.

한데 그런 두 사람을 옆에서 음식 같지 않은 음식을 들고 있는 사람이 마법인 아닌 순수한 격투술로서 이겼다고 하니 과연 어떤 식으로 대련이 펼쳐졌을지 궁금증이 일 수밖에 없는 것이었다.

"난 또 뭔가 했네. 그게 뭐 대단한 거라고."

베스렐은 별거 아니란 듯한 반응을 보였다. 아이들로서는 호기심이 들 만한 것이었지만 베스렐로서는 정말 사소한 일이니 당연했다.

"우웅. 정말 보고 싶었는데……."

"나도 그래, 도로시."

도로시는 음식을 깨작깨작 들며 계속해서 아쉬운 표정을 지었고 그건 캐티안도 마찬가지였다.

"나중에 또 뭔가 일이 생기면 볼 수 있겠지. 하지만 지금은 아니다. 나는 일이 있는 사람이니."

베스렐은 아이들에게는 신경을 끊고는 이번엔 시선을 돌려 키노안스를 바라보았다.

"이봐, 키노안스."

"말하시오."

"나 내일쯤에 거기에 가고 싶은데 말이야."

고개를 갸웃거리는 키노안스.

"거기가 어디오?"

"거기 있잖아. 드워프들이 살고 있는 지역. 나의 독문병기를 만들고 있다는 그 해머 드워프족이 있는 마을에 갔으면 해. 가서 어찌 만드나 구경 좀 하고 또 그들과 마법 무구를 만드는 일에 관해 상의할 수 있으면 해서 말이야."

"마법 무구요?"

"그래. 내가 전에 드래곤 한 마리를 때려잡았다고 했잖아. 그 녀석을 가지고 어떻게 괜찮은 마법 무구나 몇 개 만들어 볼까 생각 중이거든."

"아아, 드래곤……!"

키노안스의 눈에서 강렬한 빛이 일었다. 그건 옆에 있는 유레이도 마찬가지였는데 그 두 사람은 다 6써클 마도사의 경지에 있는 사람들이라 마법 물품이나 마법 무구를 만들 수 있었다. 당연히 드래곤의 사체를 이용해 마법 무구를 만들어 보겠다는 베스렐의 말에 호기심이 들 수밖에 없는 것이었다.

드래곤은 보물이지 않은가.

살아 있는 드래곤은 무서운 존재이지만 죽어 있는 드래곤은 모든 사람들에게 최고의 보물로 취급당한다. 특히나 6써클 이상의 마도사들은 더하다.

최고의 보물인 드래곤 하트를 제외하고서라도 드래곤 스케일이나 드래곤 본만이라도 최고의 마법 무구를 만들 수 있었다.

스윽.

키노안스와 유레이의 시선이 마주쳤고 그들은 곧 무언의 대화를 나눈 뒤, 천천히 고개를 끄덕였다.

"내가 같이 가 주겠소. 나랑 내일 같이 해머 드워프가 있는 곳으로 갑시다."

"그래? 바쁘지 않아? 다른 사람을 길잡이로 붙여 줘도 상관은 없는데?"

베스렐은 뜻밖이라는 반응을 보였다.

"아니오. 전혀 바쁘지 않소. 그리고 내일 가게 되면 마차로 가지 말고 텔레포트 마법을 사용해서 갑시다."

"저도 가겠어요."

유레이까지 따라나서겠다고 한다.

"어? 당신도?"

"예, 저도 같이 가고 싶네요."

베스렐은 두 사람의 모습을 찬찬히 살펴보고는 곧 뭔가를 짐작했다는 듯이 입가에 미소를 지었다.

"후후, 좋아. 그럼 내일 같이 가기로 해. 거기서 일이 잘되면 나중에 다 같이 드래곤 산맥으로 가 보자고. 내가 잡은 그 레드 드래곤의 사체를 보여 주지."

"저도요. 저도 보러 가요."

"저도 그 드래곤을 보고 싶습니다!"

캐티안과 도로시까지 덩달아 드래곤을 보고 싶다고 했다. 기대에 찬 눈빛들. 하지만 베스렐의 입에서는 부정적인 말이 흘러나왔다.

"애들은 집에서 공부나 하는 것이다."

*　　　*　　　*

'뭐지?'

이상한 기분이 들었다.

베스렐은 키노안스와 유레이 두 사람과 함께 해머 드워프 족이 있는 곳을 향해 가고 있는 중이었다. 텔레포트 마법을 다섯 번 사용하면 도착할 수 있는 곳이 그 해머 드워프족이 있는 곳인데, 세 번째 텔레포트 마법을 사용한 뒤, 베스렐은 더 이상 마법을 사용하지 않고 물끄러미 어딘가를 바라보았다.

이상한 생각에 키노안스가 물었다.

"무슨 일이오?"

그의 물음에 베스렐은 손짓을 하며 저 멀리 어딘가를 가리켰다.

콰콰콰콰콰콰.

계곡의 폭포수가 세차게 쏟아 부어지고 있는 곳 너머, 커다란 산의 산봉우리가 어렴풋이 보였는데 그곳은 온통 새하얀 안개로 가득 차 있었다. 그 산봉우리도 베스렐의 눈이 워낙에 좋아 볼 수가 있는 것이었다.

"저 산…… 저 산이 뭔가 조금 이상한데?"

"아아, 저곳 말이오."

키노안스는 베스렐이 가리키는 산을 보고는 뭔지 알겠다는 눈빛으로 바로 설명해 주었다.

"저곳은 금역이오. 아무도 들어갈 수 없는, 심지어 마도사인 나도 들어갈 수가 없는 곳이오."

"뭐? 키노안스 당신도?"

"그렇소."

"왜 못 가는데?"

정말 궁금해지는 베스렐이다. 마도사가 들어가지 못하는 금역이 존재하고 있다니, 설마 저곳에 그 죽일 놈의 드래곤이라도 살고 있다는 말인가?

"저곳은……."

키노안스는 잠시 말끝을 흐렸다. 그러다 궁금해 하는 눈빛을 잔뜩 내보이고 있는 베스렐을 보고는 곧 이어서 말했다.

"저곳은 이곳 사람들이 안개의 산이라고 부르는데 다른 말로는 죽음의 산이라고도 하오."

"……"

"저곳이 죽음의 산이라고도 불리는 이유는 저곳에 들른 사람들 모두가 죽음을 맞이했기 때문이오. 아무도 살아 나오지 못했소. 골드 폭스족의 선조들이 저곳에 들어갔다가 두 분이 살아 나오시지 못했고 나와 유레이 또한 오래전에 저 죽음의 산에 들어가 보려고 시도를 했었는데 그때 하마터면 죽을 뻔했소."

6써클의 마도사란 대단한 경지에 든 자가 산에 오르는 것만으로도 죽을 뻔했다고 한다. 정말 갈수록 궁금해지는 일이 아닐 수가 없었다. 베스렐은 그가 하는 말을 하나도 빠짐없이 집중해서 들었다.

"마법을 쓸 수가 없었소. 저곳은 마법사의 마력을 흩어지게 만드는 힘이 있었고 또한 사람의 몸에 자리한 기운을 엉키게 해 죽음에 이르게 만드오. 마치…… 마치 더러운 것은 싫고 깨끗한 것만 이 안에 머물 수 있다는 듯이 말이오. 나 또한 마도사인지라 그러한 현상이 왜 일어나는지 유레이와 함께 연구해 봤지만 소용이 없었소. 그리고 이건 내 생각인데 저곳은 어쩌면 절대자라는 드래곤이라고 해도 함부로 들어갈 수 없을 듯하오."

"으음. 그래? 드래곤도 들어가지 못할 것 같다고?"

"그렇소."

베스렐은 키노안스의 설명을 모두 듣고는 고개를 조금 갸웃거렸다. 드래곤도 들어가지 못할 것 같다니? 과연 그럴 수 있을까? 그는 팔짱을 낀 채 시선을 돌려 안개의 산, 또는 죽음의 산이라 불리는 곳을 바라보았다.

짙은 안개로 가득한 산.

"……"

뭔가가 느껴졌다.

이건 찝찝한 기분인 것일까? 아니면 더러운 기분인 것일까?

아니다. 그 두 가지 모두 아니다.

지금 베스렐이 느끼고 있는 것은 그런 부정적인 기분들이 아니라 긍정적인 것이었다.

차크라 수련법에 있는 아즈나 차크라를 어느 정도의 경지에까지 이르도록 수련한 베스렐은 볼 수 없는 것을 볼 수 있었고 느낄 수 없는 것을 느낄 수 있었으며 또한 좋은 느낌과 나쁜 느낌을 정확히 구별해 냈다.

지금 죽음의 산이라고도 하는 저 안개의 산은 베스렐에게 좋은 느낌으로 다가오고 있었다. 물론 좋지 않은 느낌이 강하게 피어오르고 있다고 해도 상관은 없었다. 마법사란 사람들은 이해하지 못할 현상에 대해서는 강한 호기심을 느끼니. 그리고 현재 베스렐은 8써클의 현자다.

"으음. 되게 끌리네."

베스렐은 지금 당장 저곳으로 가고 싶었다. 해머 드워프족이 있는 곳으로 가는 것은 잠시 뒤로 미루고 지금은 저 산으로 가 봐야겠다는 생각이 그의 마음을 가득 채웠다.

"나 아무래도 지금 저기로 가 봐야 할 것 같은데?"

베스렐의 그 같은 말에 키노안스와 유레이가 놀란 눈을 하였다.

"아니, 방금 내가 한 말을 허투루 들었소? 저기는 죽음의 산이라고 분명히 말했잖소, 가면 죽는다고. 나도 초입에 들어서는 것만으로도 마력이 흩어지고 기운이 엉켜 죽음 직전에까지 갔건만……."

"아니, 괜찮아. 나는 안 죽어."

"……."

"……."

아무 말도 못하는 키노안스와 유레이.

자신은 안 죽는다는 저러한 자신감은 도대체 어디서 나오는 것일까?

안 되는 것은 안 되는 것이다.

골드 폭스족의 마도사들이 오래도록 연구했지만 결국은 아무것도 알아내지 못했고 결국은 절대금역이란 이름으로 누구도 들어갈 수 없는 장소가 되었다. 한데도 저렇게 자신은 안 죽는다고 자신을 가지니 이해할 수가 없었다.

"나는 카스트리온 그 개자식을 죽일 때까지는 안 죽어. 아니, 안 죽는 게 아니라 못 죽어. 절대로!"

베스렐의 눈빛이 카스트리온이란 이름이 나오자 강렬해졌다.

"그리고 저곳은 왠지 내게 좋은 느낌을 가지게 해. 그 느낌은 으음…… 그래, 그건 맛있는 느낌이야. 쓴맛이 아닌 달콤한 느낌."

베스렐은 키노안스 부부에게 말했다.

"해머 드워프족이 있는 곳은 나중에 가. 나는 일단 저곳에 뭐가 있는지, 왜 모두들 들어가면 죽는지 그 이유를 알아보러 가야겠으니까 말이야."

휘이익.

"아니……."

"거기는 위험한……."

키노안스와 유레이의 말은 끝까지 이어지지 못했다.

베스렐은 그들의 말을 다 듣지도 않고 곧장 유령비의 섬전결을 펼쳐서는 빠르게 안개의 산으로 향한 것이다.

휘스스스슷.

안개의 산은 이름 그대로 온통 뿌연 안개로 가득 차 있었다. 베스렐은 이곳이 왜 죽음의 산이란 또 다른 이름을 가지

게 되었는지, 그리고 왜 금역이 되었는지 얼마 지나지 않아
알 수 있었다.

부스럭.

풀잎들이 밟혀지며 그 사이로 낯선 자가 나타났다. 베어족
이 연상될 정도로 커다란 덩치를 가지고 있는 그 낯선 자는
베스렐이었다.

"으음, 좋지 않군."

산의 안쪽으로 깊이 들어갈수록 그의 얼굴은 흙빛이 되어
갔다. 이제 초입인데 키노안스의 말대로 심장에 자리한 마력
들이 흩어지려 하고 있었다.

"아무래도 지금부터 본격적으로 알아봐야겠어."

베스렐은 기감이 뛰어난 사람이다.

그는 이 산의 정체를 알아보기 위해 곧장 기감을 크고 세밀
하게 일으켜 마력이 흩어지는 이유와 함께 몸에 일어나고 있
는 간질간질한 느낌에 대해 알아보았다.

오래 걸리지는 않았다.

기감은 상단전의 힘을 빌려 쓰는 것이고 상단전은 아즈나
차크라와 연결되어 있는 것이며 이미 그것들은 오랜 수련으
로 상당한 경지에 이르러 있어 베스렐에게 주위의 정보를 빠
르게 전달해 주었다.

'이 산은 마나의 느낌이 엄청나게 강렬하군. 그리고 너무
도 깨끗해. 그 깨끗함이 도를 지나쳐 영성(靈性)까지는 아니

지만 그와 비슷하게 바뀌었어.'

진정 요상한 산이었다.

주위의 안개는 기운이 뭉쳐 하나의 생명체처럼 느껴졌는데 베스렐은 그게 사람들을 죽음으로 몰아갔음을 알 수 있었다. 그리고 그게 왜 마력을 흩어지게 하는지도 알 수 있었다.

'이곳은 탁한 기운은 받아들이지 않아. 자신처럼 깨끗하고 순수한 기운만을 받아들이는 거야. 마나 이전의 마나를 원 마나라고 한다면 이곳 산은 원 마나가 모인 장소라 할 수 있어. 그래서 마력을 흩어지게 하는 거야. 마력은 마법을 발휘케 하는 힘이지만 그것은 탁기라고도 할 수 있는 것이니까. 인간의 기운을 엉키게 하는 것도 그 기운들이 탁하기 때문이야. 원 마나는 그런 탁기를 싫어해. 그런 탁한 기운을 만나게 되면 흩어지게 해. 그러곤 자신의 힘으로 삼는 거지.'

부스럭부스럭.

베스렐은 위험한 안개의 산을 계속해서 걸었다. 그러면서 한편으로는 계속해서 생각을 이어 나갔다.

'그럼 나는 어떨까? 사람은 어머니의 배 속에 있을 때는 괜찮지만 세상 밖으로 나오면 그때부터 화식(火食)을 접하게 되고 거기에 탁한 기운 속에 노출이 되어 있어. 그러니 원 마나에게 잡아먹혀 죽는 거야. 그렇다면 나도 원 마나에게 잡아먹히는 걸까? 이제는 끝나는 걸까? 아니야. 나는 안 죽어.'

베스렐은 고개를 좌우로 흔들었다.

지금 그는 심장에 자리한 마력이 산의 안쪽으로 걸어 들어갈수록 점점 더 심하게 소진되고 있었다. 사용하지도 않았는데 저절로 흩어지고 있는 것이다. 한데도 그는 자신은 죽지 않을 거라 믿고 있었다.

'원 마나는 태초의 기운. 그러니 나는 안 죽어. 내가 지금 익히고 있는 오행진결은 그 궁극이 무극(無極)으로 가는 것이야. 무극은 태초 이전의 세계이고 그것은 모든 것을 포함하고 있는 것이야. 원 마나라고 하는 것도 무극의 세계에 속한 것이니 나는 절대로 죽을 일이 없어. 하지만…… 하지만 이대로는 안 되겠지.'

스윽, 척.

베스렐은 발걸음을 멈추었다.

더 이상 안쪽으로 가는 것은 마력에 심각한 타격을 줄 수 있는 일이라 지금 여기서 어떤 해결책을 만들어야 했다.

"한번 해 보자."

일단은 자리에 가부좌의 자세로 앉았다. 그러곤 오행진결을 일으켜 주위에 있는 기운들을 끌어 모아 단전에 안착시켜 보았다.

쉽게 되었다.

원 마나는 오행진결의 운행경로에 맞춰 빠르게 베스렐의 단전에 안착해서는 진기가 되었다. 일반의 다른 무공 같았으면 어림도 없는 일이었다. 전에 익혔던 고루불사마공으로 운

기행공을 했으면 원 마나는 강력히 거부했을 것이다. 아니, 어쩌면 고루불사마공에 있는 역성결에 의해 그 기운이 바뀌었을 수도 있었다.

'으음. 역시 내 생각이 맞았어. 나의 오행진결 수련을 위해 이곳은 최적의 장소야. 요마 줄루족의 마을처럼 나의 오행진결도 이곳과 파장이 맞다 할 수 있어.'

이제는 다른 시도를 해 봐야 했다.

오행진결이 이곳의 원 마나와 맞다 해도 마력까지 그런 것은 아니기 때문이다. 잘못하면 8써클의 경지에까지 이른 마법이 손도 써 보지 못하고 날아가 버릴 수 있었다. 산의 안쪽으로 더 들어가 보고 싶다고 해서 마법을 버릴 수는 없는 일이었다.

'어떻게 하지?'

베스렐은 생각했다. 그리고 고민을 했다.

어떻게 하면 마력을 원 마나의 힘으로부터 보호할 수 있는지 그것을 생각했다.

'마력을 원 마나로 키울 수는 없어. 그건 불가능한 일이야. 그렇게 하려면 기존의 마법 체계를 완전히 바꾸어야 해. 이건, 이건 나중에 좀 더 생각을 해 봐야겠어. 일단 지금은 마력을 보호할 방법을…… 으음, 그렇다면 남은 방법은 단 하나뿐인데……. 원 마나가 나의 마력을 눈치 채지 못하게 해야 해, 그수밖에 없어.'

뭔가가 떠오를 듯 말 듯했다.

조금만 더 생각하면 될 듯해 베스렐은 머리를 쥐어짰고 마침내 하나의 가능성을 발견할 수 있게 되었다.

'한번 그렇게 해 볼까?'

지금 이 순간, 베스렐은 마력을 보존할 수 있는 방법은 방금 머릿속에 떠오른 그것밖에 없다는 생각이 강하게 들었다.

'그래, 해 보자. 오행진결의 기운을 마력이 자리한 곳으로 보내서는 감싸게 하는 거야. 8개의 써클을 통으로 감싸 안는 거지. 그렇게 하면 이곳에 있는 원 마나가 눈치 채지 못할 수도 있어.'

베스렐이 가진 장점 중의 하나는 어떤 가능성을 발견하면 지체하지 않고 바로 해 본다는 것이었다. 물론 충분한 가능성을 염두에 두고 하는 것이었다.

그는 곧장 단전에 자리한 오행진결의 힘을 가슴으로 이동시켰다. 진기를 가지고 마력을 둘러싸는 것.

이런 일은 처음으로 해 보는 일인지라 베스렐은 신중에 신중을 기했다.

'오행진기는 다섯 가지의 기운이 서로 모여서 조화를 이루고 있는 것이야. 진정한 조화는 아니지만 어쨌든 이 기운을 원래의 다섯 가지 기운으로 분리해서 마력을 감싸고 나중에 다시 조화를 이루게 하면 될 것 같아.'

헤어지기가 싫은 것일까?

오행진지가 작게 진동을 일으켰다.

우우우우웅.

오행진기는 곧 정토신공, 고목신공, 금황신공, 수류신공, 화령신공의 고유 진기로 분리가 되었고 그것들은 곧 심장의 주위를 돌고 있는 8개의 써클의 외곽에 자리를 잡았다.

지이잉. 지이이잉.

자리를 잡기가 쉽지 않은지 진기들은 계속해서 이리저리 움직이며 작게 진동을 일으켰다.

'이것 참 되게 안 되네……'

베스렐은 이마에 땀방울을 조금씩 흘리며 마력과 8개의 써클을 원 마나의 침입으로부터 막아 내기 위해 애썼다. 원 마나는 지금도 계속해서 마력을 소모시키고 있었다.

'할 수 있어. 충분히 가능해.'

스스로에게 할 수 있다는 최면을 거는 베스렐.

잠시 후, 애쓴 보람이 있는 것인지 다섯 진기로 나뉜 오행진기는 자리를 완전히 잡았다.

물샐 틈이 없다고 할까? 아니면 마력이 샐 틈이 없다고 해야 할까?

완벽했다.

서로 떨어져 있는 다섯 진기는 상생의 길로 서로에게 힘을 전달해 주며 완벽한 하나의 진기가 되어 버렸다. 그리고 그때부터 더 이상 마력은 흩어지지 않게 되었다.

주위에 있는 원 마나는 베스렐의 몸을 더 이상 탁기가 있는 것으로 보지 않고 오히려 자신의 보금자리인 양 그의 몸을 이리저리 돌아다녔다.

'후후후. 됐군. 성공이야.'

속으로 웃음 짓는 베스렐.

원 마나로부터 마력을 지킬 수 있게 되어 더할 수 없이 기뻤다. 베스렐은 잠시 더 원 마나가 자신의 몸에 미치는 영향을 느껴 보았다.

'큰 경맥뿐만 아니라 자잘한 세맥들까지 잘도 돌아다니는군. 여기서 수련하면 진정 오래지 않아 큰 경지에 이를 수 있겠어.'

가만히 있어도 수련이 되었다.

원 마나가 움직임을 보이니 단전에 있는 오행진기들까지 작게 움직임을 보였는데 이것은 마치 서로가 서로를 알아보고는 반가운 친구를 대하듯 하는 모습이라 할 수 있었다.

베스렐은 곧 감겨진 두 눈을 떴다.

"후후후후."

그의 입에서 흐뭇한 웃음이 흘러나왔다.

안심해도 좋았다. 이제는 죽지 않게 되었다.

다른 마도사들처럼 마력이 흩어지고 기운이 꼬여 죽을 일은 이제 없어지게 된 것이다.

스윽.

베스렐은 자리에서 일어났다.

"이제 저곳으로 가 보는 일만 남은 것인가?"

그가 바라보고 있는 곳.

여전히 안개가 가득해 아무것도 보이지 않는다. 하지만 베스렐의 눈에는 보였다. 아니, 정확히는 눈이라기보다는 기감의 눈이라고 해야 옳았다.

"원 마나의 느낌이 강하게 풍겨 오는 저곳. 후후후, 어쩌면 저곳이 나의 수련장소가 될 수 있을지도 모르겠군."

부스럭.

베스렐은 걸음을 다시 느릿하게 옮겨 기감이 가리키는 방향으로 향했다.

보다 빠르게 경지에 오를 수 있는 장소.

그 장소가 지금 베스렐을 부르고 있었다.

Chapter9

바람의 엘프족

"아저씨!"

거치적거리는 녀석이다.

베스렐은 3층 객실에서 짐을 정리하고 있었다.

안개의 산에서 발견한 그 동굴 속으로 수련을 하기 위해 떠나야 했던 것이다. 현재 그는 빨리 그곳으로 가서 수련을 쌓고 싶은 마음뿐이었는데 그 일을 조금 방해하는 녀석이 있었다.

"아저씨! 그러지 말고 약속해 줘요."

도로시는 베스렐의 커다란 허벅지를 붙잡아서는 떼를 쓰고 있었는데 그 모습이 마치 고목나무에 붙은 매미와 같아 매우 웃기게 보였다.

"뭐야? 비켜라, 나 바쁘다."

"저도 나중에 거기로 데려가 줘요. 저도 드래곤을 보고 싶단 말이에요."

"안 돼! 애들은 어른들 일에 끼는 거 아니다."

베스렐은 녀석의 부탁을 매몰차게 거절하며 바로 마법의 시동어를 외쳤다.

"아공간 오픈!"

지이이이잉.

침대 위에 검은 공간이 하나 생겨났다.

베스렐은 그 공간 속으로 방금 정리해 놓은 그의 속옷과 외출복을 꼼꼼히 챙겨서 넣었고 다시 자리를 옮겨 이번엔 실내의 한쪽에 있는 테이블이 있는 곳으로 걸음을 옮겼다.

테이블 근처에는 또 다른 녀석이 있었다.

"부탁입니다, 아저씨! 저도 드래곤을 볼 수 있게 해 주세요. 정말 보고 싶습니다."

캐티안이었다. 녀석도 지금 허벅지에 달라붙어 있는 도로시와 마찬가지로 베스렐이 잡았다는 그 레드 드래곤을 구경하고 싶은 것이었다.

"아저씨, 아저씨! 말 잘들을게요. 그러니 나중에 꼭 데려가 줘요. 예에, 베스렐 아저씨이이……!"

도로시는 정말 찰거머리 같은 녀석이었다.

"넌 좀 떨어져 있어야겠다."

베스렐은 녀석을 한 손으로 들어 올려서는 창가가 있는 곳에 내려놓고는 다시 테이블이 있는 곳으로 갔다. 그러자 도로시는 다시 잽싸게 뛰어와 베스렐의 허벅지를 붙잡고 또 칭얼거리기 시작했다.

"아저씨이이…… 베스렐 아저씨이이……!"

"꼭 보고 싶습니다. 소원에요, 소원! 드래곤의 모습을 가까이에서 보는 게 평생의 소원입니다."

쌍으로 귀찮게 구는 캐티안과 도로시.

베스렐의 입에서 작게 한숨이 흘러나왔다.

"하아아아. 뭐 이런 놈들이 다 있지? 내 얼굴을 보면 웬만한 애들은 다 겁을 집어먹는데 말이야."

정말 이해할 수가 없었다.

베스렐은 아이들이 자기를 왜 무서워하지 않는지 이해가 가지 않았다. 현재 그의 모습은 예전보다 훨씬 뚱뚱한 모습에 얼굴은 불곰이 영역싸움을 할 때의 그것처럼 무척이나 사납게 생겼던 것이다. 살이 빠졌을 때는 잘생긴 얼굴이었지만 지금은 무서운 얼굴인 것이다.

사실 아이들이 베스렐을 무서워하지 않는 데에는 다 그만한 이유가 있었다.

캐티안과 도로시는 골드 폭스족이다.

그리고 이 골드 폭스족은 감이 좋은 종족으로서 타인이 자신에게 해를 끼칠지 아닐지 그런 것을 본능적으로 알 수 있었다. 이것은 다르게 말해 아이들은 현재 베스렐이 자신들을 해

치지 않을 거란 걸 알고 있다는 말이었다.

　저번에 아이들이 베스렐에게 짱돌을 뭉텅이로 던질 수 있었던 이유도 자신들이 다칠 거란 생각이 들지 않았기 때문이다. 물론 그날 아이들은 생각한 것과는 다르게 꿀밤 세례를 맞기는 했다.

"아저씨이이…… 잘할게요. 앞으론 귀찮게 안 할게요."

"부탁입니다. 꼭 보고 싶습니다."

간절한 바람이다. 드래곤을 보고 싶다는…….

사실 아이들로서는 당연한 것이다.

드래곤이라는 생명체가 어떠한 존재이던가?

　이곳 중간계의 절대자인 그들은 인간 세상에 잘 나오지 않는다. 아니, 나오긴 나오지만 그때는 타 종족으로 폴리모프를 한 뒤에 나타나는 것이다. 그리고 본체로 변신해 인간 세상에 나타나면 그때는 재앙이 발생한다.

　아이들은 그런 무서운 드래곤을 말로만 들었지 한 번도 본 적이 없었다. 당연히 보고 싶은 것이었다.

"베스렐 아저씨이이……!"

"부탁입니다."

"하아아. 정말 끈덕진 녀석들이네."

　베스렐은 테이블 위에 놓인 한 달 치의 식량을 아공간에 집어넣고는 고개를 돌려 아이들의 얼굴을 쳐다보았다.

　초롱초롱 빛나는 눈빛들.

똑똑해 보이는 게 확실히 골드 폭스족의 아이들다웠다. 또한 아이들의 모습을 보니 갈루안스 성에 있을 리렌시아가 떠올랐다. 착하고 아름다운 그녀.

'리렌시아…… 잘 있나 모르겠군.'

베스렐은 고개를 좌우로 흔들었다.

지금은 리렌시아를 생각할 때가 아니었다. 생각은 나지만 그걸 계속해서 생각하면 심난해지고, 그렇게 되면 수련을 하는 데 있어 방해가 된다. 조금 보고 싶기는 하지만 지금은 참아야 했다.

그는 아이들에게 말했다.

"좋다. 내가 수련을 끝내고 나오면 그때 같이 가도록 하마. 물론 그것은 너희들이 부모님께 허락을 받아야 한다는 전제 하에서다."

"저…… 정말이요?"

"정말로 허락을…… 그 허락을 받기만 하면 저희도 데려가 주시는 겁니까?"

방금 한 말이 믿기지가 않는 것일까? 두 녀석 모두 눈을 동그랗게 뜨고는 기대에 찬 표정을 지었다.

"그래."

"와아아아아!"

"감사합니다. 정말 감사합니다."

아이들은 베스렐이 고개를 끄덕이며 허락하자 그제야 환한 얼굴이 되어서는 밖으로 뛰쳐나갔다. 지금 당장 부모님께 허락을 받기 위해서다.

베스렐은 그런 아이들을 바라보며 흐뭇한 표정을 지었다.

그냥 처음부터 허락할 것을 그랬나 보다. 저렇게까지 아이들이 기뻐할 줄은 몰랐다.

"그럼 이제 준비는 모두 끝났으니 가 봐야겠군. 키노안스도 아이들처럼 귀찮게 할지 모르니 그냥 먼저 가 봐야겠어."

마음이 점점 급해졌다.

안개의 산 지하에서 발견한 그곳.

베스렐은 자신이 오행수련동이라 이름 붙인 그곳에서 빨리 수련을 쌓고 싶었다.

우우우우웅.

세상에 잠들어 있는 마나가 흔들린다.

베스렐은 공간이동 마법을 캐스팅했고 곧 그의 입에서는 마법의 시동어가 흘러나왔다.

"워프!"

화아아아아악.

눈부신 빛, 그것은 텔레포트 마법을 사용할 때보다도 훨씬 밝은 빛이었다.

잠시 후.

덜컹!

　방금 공간이동 마법으로 사라진 베스렐의 방으로 누군가가 급히 문을 열고 안으로 들어왔다. 그들은 이곳 저택의 주인인 키노안스와 유레이였다.

　"이런, 조금 늦고 말았군. 잠시만 보자 했더니 그냥 가 버리고 말았어."

　"아래층에서 기다리는 게 아니었어요."

　아쉽다는 표정을 짓는 두 사람.

　"정말 궁금했는데 말이야."

　"그러게요."

　"과연 어떠한 방법을 써서 그 안개의 산을 출입할 수 있었나 몰라."

　키노안스는 미간을 살짝 찌푸렸다.

　그건 유레이도 마찬가지였다.

　그들은 도저히 이해할 수가 없었는데 그것은 도대체 베스렐이란 인간이 어떻게 그 안개의 산에서 살아 돌아올 수 있었느냐 하는 것이다.

　처음엔 그가 안개의 산에 들어가려 했을 때 말리려 했던 두 사람이었다. 한데 베스렐은 키노안스 부부의 말을 다 듣지도 않고 신법을 펼쳐 횡하니 그곳으로 가 버리고 말았다.

　급히 베스렐의 뒤를 따른 그들은 안개의 산 근처에서 서성이게 되었다. 더 이상 안으로 들어갈 수가 없었던 것이다.

　할 수 없이 그들은 베스렐이 나오기를 기다려 보았고 1시간이 지나도 나오지 않자 결국 키노안스와 유레이는 그가 죽었다고 결론을 지었다.

안개의 산은 생명체의 출입을 금하는 곳, 설혹 드래곤이라 해도 그 안에서는 1시간 이상 버티지 못할 것이라고 그들은 생각했다.

정말 허무했다. 강인한 사람이, 인간으로서 8써클의 경지에 들어선 현자가 허무하게 마나의 품으로 돌아가고 말았으니…….

키노안스 부부는 어두운 얼굴에 무거운 발걸음으로 다시 저택으로 돌아가야 했다.

그리고 그들은 저택에서 놀랍게도 베스렐을 볼 수 있었다. 그들이 느린 걸음으로 저택으로 돌아가는 동안 베스렐은 워프 마법으로 한 번에 저택으로 돌아와 있었던 것이다.

그들은 궁금한 것이 너무나 많았다.

안개의 산에서 어떻게 살아 돌아올 수 있었는지, 또한 안개의 산에는 뭐가 있는지 그 모든 게 궁금했고 즉시 베스렐에게 묻게 되었다. 하지만 베스렐은 그 모든 질문에 짤막하게만 대답할 뿐이었다.

자신은 안 죽는다고, 그리고 자신은 이제부터 안개의 산에서 두 달이나 석 달간 무공수련에 들어가야 한다며 짐을 싸겠다고 했다. 옷가지와 음식을 준비해서 지금 당장 안개의 산으로 출발하겠다고 한 것이다.

"정말 아쉬워요. 안개의 산의 비밀을 알 수 있었는데 말이에요."

"나도 그렇게 생각해."

키노안스는 두 눈을 빛내며 말했다.

"일반 사람들은, 아니 살아 있는 모든 것들은 그 안개의 산을 출입하는 게 불가능해. 하지만 그는 죽음의 산에 들어갔다가 다시 나오는 데에 성공했어. 그렇다는 건 베스렐 그 사람은 안개의 산의 비밀을 풀었다는 말이고……. 하지만 그래도 이해할 수가 없군."

키노안스는 말을 하다가 곧 고개를 갸웃거렸다.

유레이가 이어서 말했다.

"맞아요. 이해할 수 없는 일이에요. 안개의 산은 마력을 흩어지게 만드는 힘이 있어요. 예전에 저희는 여러 가지 방법들을 동원하여 흩어지려는 마력을 어떻게든 막아 보려 했지만 결국은 실패했어요. 거기다 안개의 산은 몸속의 기운들을 마력과 마찬가지로 흩어지게 해, 만일 10분 이상 그곳에 머물게 되면 그때는 죽을 수밖에 없게 돼요. 베스렐 씨가 안개의 산의 비밀을 풀었다고 해도·그건 절대로 해결할 수가 없는 거였어요."

"으음, 그래. 그래서 우리는 드래곤도 그 안개의 산에서는 오래 버틸 수 없을 거라고 판단한 거야. 그곳은 마력이나 그 밖의 다른 모든 기운들을 용납하지 않으니까."

정말 생각하면 할수록 신기한 일이다.

과연 베스렐이란 인간 같지 않은 인간은 어떻게 그 안개의 산을 출입할 수가 있었던 것일까?

"으음……."

"할 수 없네요. 나중에 그가 수련을 끝내고 나오면 그때에나 물어볼 수밖에요."

결국은 그 수밖에 없었다.

유레이의 말처럼 베스렐이 수련을 끝내고 나와 모든 걸 애기해 주어야지만 지금의 궁금증을 풀 수가 있는 것이었다.

*　　　*　　　*

블랙 드래곤인 부스타그린은 올해 1,019세로 드래곤들 중에서도 상당히 어린 축에 속했다. 나이로만 보자면 인간으로서는 상상도 못할 정도로 오래 살았지만 드래곤을 기준으로 보자면 이제 갓 어른이 된 녀석이었다.

부스타그린은 요새 바빴다.

얼마 전에 있었던 카스트리온의 부탁으로 한 가지 일을 해야 했던 것이다.

그 일은 다른 두 드래곤이 맡은 일에 비해 쉽다고 할 수 있는 것으로 하이 엘프를 잡아 오는 일이었다. 한데 생각지도 못하게 그 일이 실패하고 말았다.

동대륙의 하루크 왕국, 그곳에 있는 숲의 엘프족을 찾아갔지만 그들 중에는 하이 엘프가 없었던 것이다.

그래서 부스타그린은 다른 곳으로 갔다.

남부에 있는 이시아스 왕국에도 엘프족은 있었고 거기에는 하이 엘프가 있었던 것이다. 한데 그곳에서도 실패하게 되었는데 그 이유는 그곳의 하이 엘프가 싸움을 하는 와중에 다른 엘프들의 도움으로 도망을 쳤던 것이다.

처음엔 쉬울 줄 알았던 일이 이렇게 실패를 거듭하자 부스타그린은 점점 초조해지기 시작했다.

다른 드래곤들에 비해 쉬운 일을 맡았는데 이렇게 자꾸 실패하게 되면 드래곤 사회에서 자신의 입지가 어떻게 되겠는가. 부스타그린은 능력 없는 드래곤으로 낙인찍히지 않을까 하는 걱정이 들었다.

그래서 녀석은 결심했다.

이번엔 확실히 하기로 마음먹었다.

동대륙이 아닌 서대륙으로 넘어가 그곳에서 계획을 잘 세워 확실히 잡기로 결심한 것이다.

땅땅땅. 쿵쿵쿵.

쇳소리를 비롯한 다양한 소리가 요란하게도 들려왔다.

이곳은 해머 드워프족이 있는 마을이었고 시간은 점심시간이 지난 오후인지라 다시 마을에는 드워프다운 일이 시작되고 있었다.

마을에는 커다란 공방과 작은 공방이 여러 군데 있었다.

그리고 그 공방 안에서는 각종 농기구를 만드는 일에서부터 무기를 만드는 일, 그리고 생활에 필요한 모든 것이 예술적인 손놀림으로 만들어지고 있었다. 그들이 만드는 것은 진정 하찮은 곡괭이라도 예술품이었다. 쓰기에 아까운.

하지만 이들 드워프족은 농기구 같은 것들은 언제나 만드는 것들인지라 대충 만들어서 북동부에 있는 수인족들에게 팔거나 아니면 펠린디온으로 장사를 하러 오는 인간들에게 싼값에 내다 판다.

"뭐라고?"

마을의 중심부에 있는 한 공방.

그 앞에서 몇 개의 농기구를 만들고 있던 무크란 이름의 드워프가 낯선 드워프가 물어 오는 질문에 다시 한 번 물었다.

"하이 엘프가 어디 사는지 알고 있냐고 물었다."

무크보다도 조금 큰, 160다르(cm) 가까이 되어 보이는 드워프의 이름은 드라판이다. 하지만 그의 진실 된 정체는 드워프가 아닌 블랙 드래곤인 부스타그린이었다.

"하이 엘프는 왜 찾는데?"

무크는 조금은 의심스럽다는 눈빛으로 부스타그린을 쳐다보았다. 낯선 드워프가 잘 찾지 않는 하이 엘프를 찾으니 이상한 생각이 든 것이다.

　부스타그린은 무크의 질문을 예상하기라도 한 듯 거침없이
대답했다.

　“우리 마을에 있는 족장이 아파서 말이야.”

　“어디가 아픈데 그러지? 그냥 아프면 이곳 펠린디온에 있
는 마법사들에게 치유마법을 펼쳐 달라고 하면 되잖아. 아니,
그보다 너는 어디서 온 거지?”

　“나는 드래곤 산맥에서 내려왔다.”

　“산맥 어디?”

　“드래곤 산맥의 남부에 있는 토리온 지역이다. 며칠 전, 우
리 부족의 족장이 포이즌 플라워에게 당해 지금 목숨이 왔다
갔다 하고 있다. 그래서 내가 대표로 급히 이곳 펠린디온으로
온 것이다.”

　그의 설명에 무크는 고개를 끄덕였다.

　“으음. 포이즌 플라워의 독에 당했다면 일반 마법사는 소
용없겠군. 7써클 이상의 경지에 있는 대마도사나 치료할 수
있겠어.”

　“그렇다. 그래서 하이 엘프를 찾으려는 거다. 하이 엘프가
발휘하는 정령의 힘이라면 충분히 포이즌 플라워의 독을 해
독할 수 있으니까.”

　“으음. 시간이 많지 않겠군.”

　“나는 빨리 하이 엘프를 만났으면 한다. 지금 족장은 예전
에 대마도사가 주고 간 몇 알의 해독제로 간신히 버티고 있는

중이니까."

시간이 그다지 많지 않음을 보여 주려는지 부스타그린의 얼굴은 극히 어두웠다. 그것은 완벽한 연기라 할 수 있는 것이었다.

"좋다, 알려 주겠다. 하지만 그냥 가기에는 너무 먼 곳이다. 너는 먼저 모라크 마을에 들르는 게 좋을 것이다. 그곳에 있는 폭스족 족장은 6써클 마스터의 경지에 있는 자라 너를 하이 엘프가 있는 곳으로 빠르게 데려다 줄 것이다."

"알겠다. 하지만 먼저 나에게 하이 엘프가 어디에 사는지 알려 주었으면 한다. 일이 어찌 될지 모르니."

"으음, 알겠다."

무크는 부스타그린의 그 같은 요구에 모라크 마을의 위치에 앞서 그가 알고 있는 하이 엘프인 메리언스가 어디에 살고 있는지 큰 지명부터 시작해서 작은 지명의 이름을 대며 가는 방법을 자세히 알려 주었다.

그때 공방 안에서 두 사람이 밖으로 나왔다.

짜리몽땅한 키에 두툼한 어깨. 드워프였다.

"이거 조금 무겁군. 한 손으로 들기가 힘들어. 이런 흉하게 생긴 검을 주문하다니 참 이상한 인간인가 봐."

"그러게. 내가 만든 것은 그래도 가볍기는 한데 자네가 만든 것처럼 모양이 이상해. 이것도 흉하다면 흉하다고 할 수 있는 거지. 도신이 두터우면서도 초승달처럼 둥글게 휘었으니 말이야. 거기에 자네가 만든 그레이트 소드처럼 이것도 도신에다가 일곱 개의 구멍을 만들었잖아. 그래도 어쨌든 다행이야. 키노안스가 부탁한 것을 잘 만들었으니."

"맞아. 내가 생각해도 우리가 만든 이 병기는 정말 잘 만들어진 것 같아."

"뭐, 내 입으로 말하긴 그렇지만 우린 최고야."

"그래, 내 생각도 그래."

부스타그린의 시선이 스스로를 최고라 여기는 그 두 드워프에게로 향했다.

'으응?'

그의 두 눈에 이채가 띠었다.

드워프들이 들고 있는 병기에 시선이 갔다.

180다르가 넘는 그레이트 소드와 단도 크기만 한 기형 병기.

정말 특이한 병기다. 검신에 흉하게도 일곱 개의 구멍을 뚫어 놓다니, 저런 걸 누가 사용하려고 주문했는지 이해가 가지 않았다.

'근데 기분이 조금 묘하네?'

부스타그린은 속으로 고개를 갸웃거렸다.

'저 기형 병기들을 보니 왠지…… 왠지 몸이 좀 으슬으슬하잖아? 저걸 보니 마치 나의 몸이 갈가리 찢겨 나가는 듯한 기분이 들어.'

기분 탓인 것일까? 하이 엘프를 빨리 잡아야 한다는 초조함이 기분을 이상하게 만들고 있는 것일까?

그럴 것이다. 특이한 병기를 봤다고 해서 절대자인 드래곤의 마음이 흔들릴 리는 없는 것이다.

부스타그린은 잠시 그 흉하게 생긴 병기들을 곁눈질로 보다가 무크가 모라크 마을이 있는 위치까지 모두 다 설명을 해주자 곧 고맙다는 인사를 하고는 빠른 걸음으로 해머 드워프 족의 마을을 빠져나갔다.

서두르지는 않았다.

그는 침착하게 앞으로의 일을 생각했다.

'서북부의 라넬 지역. 그곳에 메리언스란 이름의 하이 엘프가 살고 있단 말이지?'

부스타그린은 알트라스 대륙에서도 주로 동대륙에서만 활동했다. 서대륙으로는 다른 종족으로 폴리모프를 해서 유희를 즐기러 떠난 적이 단 한 번도 없었다. 그래서 지리를 잘 모른다.

'무크란 이름의 드워프가 설명을 잘해 줘서 나 혼자서도 어렵지 않게 갈 수는 있을 듯해. 하지만 문제는 그 하이 엘프를 어떻게 잡느냐는 거야.'

그냥 잡혀 주면 좋을 것이다. 그게 제일 편하다.

하지만 엘프들이 바보도 아니고 그럴 리는 없으니 싸워야 하는데 혹시 저번처럼 하이 엘프가 싸우다가 도망을 치지 않을까 하는 걱정이 들었다.

엘프는 인질을 잡아도 소용이 없었다.

그들은 인간과는 달라서 혈육의 정이나 친구 간의 정 같은 게 조금 약해서 인질을 잡아 협박을 해도 정말 아니다 싶으면 그냥 도망을 친다. 이성이 감성보다 앞서는 종족인 것이다.

'일단은 라넬 지역으로 가서 그곳의 지리를 살펴봐야겠어. 정령들의 감시를 피해 잠입한 뒤, 디텍트 마나로 하이 엘프가 있는 곳을 찾은 뒤에 바로 급습하는 거야.'

지금 생각하고 있는 방법은 저번에 동대륙에서 하이 엘프를 잡으려고 했을 때 써먹은 방법이다.

하지만 그때는 실패했다.

'이번에는 조금 강력하게 공격해 보는 거야. 저번에는 사로잡으려고 약하게 공격해 하이 엘프가 도망친 것이니 말이야.'

부스타그린의 머릿속은 지금 이 순간 맹렬히 돌아갔다. 놈을 어떠한 방식으로 공격해서 잡을지 머릿속으로 영상을 만들어 생각했다.

이번에는 반드시 잡아야 했다. 놓쳐서는 안 된다. 이번에도 실패하면 다음에는 정말 자신이 없었다.

"이제는 그만 가 봐야겠군."

그는 머릿속의 복잡한 생각을 지우고 곧 어딘가의 좌표를 떠올리고는 바로 마법의 시동어를 외쳤다.

"텔레포트!"

화아아아악.

*　　　*　　　*

안개의 산 중턱에는 동굴이 하나 나 있었다.

사람 하나가 간신히 들어갈 수 있을 정도로 작은 그 동굴은 길이 꾸불꾸불했으며 점점 밑으로 향해 있었다. 길을 따라 계속해서 지하로 향하다 보면 작은 광장이 하나 나타나는데 정말 아름다운 곳이었다.

천장에는 다양한 빛깔을 내는 종유석들이 보였고 바닥은 대리석처럼 하얗고 반들반들했으며 벽은 어떤 금속인지는 모르겠지만 금빛을 띠고 있었다.

이곳이, 이 장소가 바로 안개의 산의 핵심이었다.

원 마나의 힘이 가장 크게 뭉쳐져 있는 장소가 여기인 것이다. 베스렐은 이곳을 발견하고는 곧 오행수련동(五行修錬洞)이란 이름을 붙였다.

저벅저벅.

경쾌한 발걸음 소리.

다시 시작이었다. 베스렐은 방금 전 밖에서 간단한 음식을 들고 다시 이곳 수련동으로 수련을 하기 위해 들어왔다.

"꺼억! 끄어억……!"

그의 입에서 트림 소리가 거하게도 들려온다.

그 트림에는 좋지 않은, 마치 무언가가 썩는 것 같은 냄새가 섞여 나왔는데 그 이유는 방금 밖에서 먹은 음식 중에 입 냄새를 심하게 일으키는 루크라는 이름의 약재가 있었기 때문이었다.

"으음. 루크는 몸의 기를 북돋아 주는 데에는 좋지만 확실히 맛이 없어. 하지만 여기서 수련을 하는 동안은 계속 루크를 먹어야겠지. 루크는 몸의 나쁜 독소를 해독하는 역할도 하니까 말이야."

전생에 신의였던 베스렐.

그는 이곳의 약재 지식을 살려 자신의 몸을 최대한 좋게 만들고 있었다. 수련이라고 하는 것은 마음도 마음이지만 몸도 최상의 상태를 유지하게 되면 보다 빠른 시간 내에 높은 경지에 오를 수 있었다.

베스렐은 반질반질 윤기가 나는 바닥에 가부좌의 자세로 앉고는 바로 두 눈을 감았다. 이제는 다시 수련을 할 시간이었다.

벌써 이곳에서의 수련이 한 달 하고도 보름이 넘어갔다. 시간이 꽤나 지났지만 베스렐은 시간의 흐름을 제대로 느끼지 못하고 그동안 수련에 푹 빠져 살았다.

"후으읍, 휴우우우……."

전신에 스며 있던 탁기가 한 번의 호흡으로 빠져나갔다. 그 탁기는 오행수련동을 채우고 있는 원 마나에 의해 정화되어 사라졌다.

'후후후.'

베스렐은 속으로 웃음을 지었다.

'후후. 한 번의 호흡만으로도 탁기가 빠져나가다니, 역시 이곳은 나와 궁합이 맞아. 이제 몇 달 정도만 더 수련하면 예전에 이루었던 경지를 능가하는 전혀 다른 세상에 들어설 수 있을 듯해.'

찰떡궁합이었다. 최고의 궁합이었다.

이곳 오행수련동에서 한 달 하고 보름 정도 수련을 했을 뿐이지만 그사이 베스렐은 고루불사마공이 이루었던 경지에 상당 부분 근접하게 내공을 쌓을 수 있게 되었다.

단전이 깨지기 전의 능력을 10으로 봤을 때 지금 그의 능력은 거의 8에 이르렀던 것이다.

이것은 정말 믿기 힘든 일이라 할 수 있는 것이었다.

단전이 깨져 처음부터 다시 시작해야 하는 사람이 단 한 달 하고도 보름의 수련으로 예전의 무공 경지에 거의 근접했으니 말이다. 원래 그는 이곳을 발견하기 전까지만 해도 3년을 무공 회복의 기간으로 잡지 않았던가.

'진정 이곳은 오행진결을 수련하는 데 있어 최고의 장소라 할 수 있어. 기운도 기운이지만 집중이 잘돼. 공력을 쌓는다

는 것은 오직 하나의 집중된 마음으로 기를 받아들여야 할 수
있는 일인데 이곳은 마음을 편안하게 하는 힘이 있어서 집중
이 더 잘돼. 아마 이곳 오행수련동이 순수해서 그런 걸 거야.
순수한 기운은 깨끗한 마음을 부르고 그 깨끗한 마음은 집중
력을 키워 주니 말이야.'

  수련을 한다 함은 잡생각을 하지 않는 상태에서 해야 하는
것이다. 하지만 지금 베스렐은 너무나 즐거운 마음에 저도 모
르게 머릿속으로 몇 가지의 상상을 떠올렸다.

  빠른 시간 내에 오행진결의 경지를 높여 나중에 이곳을 벗
어나 드래곤을 찾아가는 상상. 물론 그 드래곤은 고룡인 카스
트리온이다. 그 원수 놈을, 그 죽일 놈을 끝장낸다는 생각을
하는 것만으로도 베스렐은 즐거웠다.

  그때 베스렐의 내부에서 들리지 않는 울음소리가 만들어졌
다.

  우우우웅.

  '아아, 지금은 수련 중이지.'

  베스렐은 다시 정신을 집중했다.

  단전에 자리한 오행진기는 주인이 수련은 않고 정신을 다
른 곳에 팔고 있자 주의를 주었다. 하려면 제대로 하라는 그
런.

  우우우우우웅.

  계속되는 진기의 울음소리.

마치 칭얼거리는 아기 같다.

‘후후. 짜식이 보채기는……. 알았다, 알았어. 지금 바로 본격적인 수련에 들어가 주마.’

베스렐은 속으로 한번 웃고는 곧장 단전에 자리한 오행진기를 의념의 눈으로 바라보았다.

오행진기.

이것은 이름 그대로 다섯 가지의 진기가 서로 모여 조화를 이루고 있는 것이다. 의념의 눈으로 보자면 단전이라는 집에 각자 자리를 잡아 안착해 있음을 알 수 있었다.

가장 먼저 집의 한가운데에는 황금색을 띠는 정토진기가 자리를 잡아서는 전체의 중심을 잡아 주고 있었다. 그리고 위층 방에는 붉은색을 띠는 화령진기가 낮잠을 자고 있었으며 정토진기가 있는 곳의 아래층에서는 검은색을 띠는 수류진기가 가벼운 목욕을 하고 있었다.

또한 왼쪽 방에서는 푸른색을 띠는 고목진기가 두터운 살과 싸움을 벌이고 있었고 오른쪽 방에서는 흰색을 띠는 금황진기가 자신의 몸을 단련하고 있었다.

베스렐이 의념의 눈으로 보기에 녀석들은 자신들의 방에서 홀로 수련을 하기도 했으며 또한 옆방에 있는 친구에게 놀러가 힘을 주기도 했다.

베스렐은 그들을 움직였다.

고목진기, 화령진기, 정토진기, 금황진기, 수류진기.

오행진결의 법문을 떠올리며 그들을 하나하나 순서대로 전신주천에 들게 하였다.

'상극이 아닌 상생! 목, 화, 토, 금, 수!'

우우우우웅.

전신에 활기가 느껴지기 시작했다.

외부의 원 마나를 오행진결의 법문을 통해 흡수한 베스렐은 그 원 마나를 자신의 몸에서 뛰어놀게 하였다. 원 마나는 곧장 나뉘어졌고 다섯 가지의 오행진기 중 친구를 하고 싶은 진기에게로 달려가 그와 하나가 되었다.

베스렐은 오행진결의 다음 법문을 떠올렸다.

'첫 번째, 목생화(木生火)! 나무는 불을 성하게 한다!'

고목진기는 원 마나의 힘을 흡수해 자신의 힘을 키우는 것과 동시에 앞에서 내달리고 있는 화령진기에게 힘을 보태 주었다. 그러자 화령진기가 고맙다고 인사를 했고 녀석은 자신도 누군가에게 도움을 주기로 했다.

'두 번째, 화생토(火生土)! 불은 대지를 성하게 한다!'

화령진기는 베스렐의 의지에 따라 곧장 자신의 앞에서 느릿하게 걸어가고 있는 정토진기를 밀어 주었다. 그러자 정토진기는 보다 빠른 걸음을 할 수 있었고 주위의 원 마나를 보다 손쉽게 받아들일 수 있었다.

정토진기는 다른 친구들에 비해 어려운 시절을 보냈다.

왜냐하면 그는 어렸을 때 스스로의 힘으로 부서진 집을 고쳐야 했던 것이다. 비록 다른 친구들이 도움을 주었다고는 하지만 그래도 자신의 힘이 가장 크게 사용되어 많이 약해져 버렸다. 한데 뒤에서 이렇게 친구가 밀어 주니 걷는 게 힘이 덜 들어 원 마나를 흡수하는 일에 보다 집중할 수 있게 되었다. 집중을 하니 힘은 빠르게 불어났고 정토진기는 자신도 힘을 전해 주어야겠다고 결심했다.

'세 번째, 토생금(土生金)! 대지는 쇠를 성하게 한다!'

우우우우웅.

정토진기는 낮게 울음소리를 내고는 눈앞에 있는 금황진기에게 약하게나마 힘을 보태 주었다.

그것만으로도 고마웠다.

그것만으로도 충분했다.

금황진기는 정토진기가 전해 준 힘을 받아들여 자신의 힘을 키웠고 자신도 작은 힘이나마 저 앞에서 헤엄을 치며 나아가고 있는 친구에게 전해 주어야 함을 깨달았다.

'네 번째, 금생수(金生水)! 쇠는 물을 성하게 한다!'

금황진기의 힘이 전해졌다.

수류진기는 뒤에서 느껴지는, 지쳐 가는 자신의 몸에 활기를 불어넣는 힘을 전해 받고는 더욱 빠르게 앞으로 헤엄쳐 나아갔다.

이제는 자신이 해 줄 차례다.

가장 먼저 힘을 전해 주었고 또한 요즈음 매우 힘들어하고 있는 고목진기에게로 힘을 전해 주어야 했다.

'다섯 번째, 수생목(水生木)! 물은 나무를 성하게 한다!'

우우우우우웅.

메마른 사막에 한 줄기 단비와도 같은 힘이었다.

고목진기는 다른 네 친구들에 비해 요즈음 매우 힘들게 살고 있었다.

그 이유는 바로 무한비만증 때문이었다.

고목신공은 주인의 몸을 비쩍 마르게 해야 하는 의무가 있는 녀석인데 이 무한비만증으로 인해 그러한 의무를 제대로 수행하지 못하고 있었던 것이다. 하지만 뒤에 있는 친구가 도움을 주니 고목진기는 힘이 났고 자신도 또 다른 친구를 도와야겠다는 생각을 가졌다. 방금 전에 한 번 도움을 주었던 녀석에게 다시 힘을 전해 주고 싶었다.

'됐군! 이제 자리를 잡았어.'

베스렐은 집중된 마음을 조금 풀었다.

'내가 크게 신경을 쓰지 않아도 이제는 오행진기가 알아서 전신주천을 할 거야. 서로가 도움을 주는 상생결(相生結)! 이 것은 오행진결의 중요한 구결 중 하나로 경지에 이르면 의념을 크게 싣지 않아도 운기행공을 하는 동안에는 자기들끼리 알아서 전신주천을 하지.'

정말 오행진결은 대단한 무공이다.

보통 내공을 운기하는 동안에는 잡념이 일체 배제된 상태에서 해야만 하는데 오행진결은 경지에 어느 정도 이르면 스스로 알아서 전신주천을 행하니 말이다.

'한데 이곳은 어떻게 해서 생긴 것일까?'

문득 이곳 오행수련동에 대해 생각이 미쳤다.

'정말 신기해. 이 세상에 원 마나를 품고 있는 대지가 있다니. 이 원 마나라고 하는 것은 무극의 세계에 있던 것이고 세상이 열릴 때, 그러니까 태초의 의지에 의해 세상이 만들어질 때 사라지고 없어졌을 텐데 말이야.'

속으로 고개를 갸웃거리는 베스렐.

'혹시 이곳은 찌꺼기 같은 장소인 건가? 태초의 의지가 원 마나를 재료로 해서 세상을 빚을 때 남은 찌꺼기. 으음, 그럴 수도 있겠군. 세상을 만들고 나니 원 마나가 조금 남았고 그걸 이곳 중간계에 남겨 놓은 거야. 아니, 남겨 놓았다기보다는 미처 신경을 쓰지 못한 것일 수도 있겠어.'

그럴듯한 가정이다.

원 마나는 세상에 존재하지 않는다.

그것은 존재해서는 안 되는 것이다.

원 마나는 순수 그 자체인지라 마법의 마력이나 기사의 오러로 사용할 수가 없다. 아니, 이건 사용하고 말고의 문제가 아니라 생과 사의 문제라 할 수 있는 것이다. 왜냐하면 살아 있는 생명체가 원 마나가 있는 곳에 있게 되면 죽음을 맞기 때문이다. 당연히 태초의 의지가 세상을 빚고 난 다음, 이 원 마나를 어떻게든 해결을 했어야 했다. 다른 차원의 틈새에 봉인을 하든가 하는 식으로 말이다.

한데 그렇게 하지 않고 이곳 펠린디온 지역에 남겨 두었다는 것은 이 원 마나가 생명체에게는 아주 위험한 것이라는 생각을 미처 하지 못하고 그냥 다시 돌아간 것이라 할 수 있었다.

'으음. 다시 생각해 봐도 그럴듯한 가정이군. 그래, 이제 됐어. 그럼 이제부터는……'

베스렐은 원 마나와 태초의 의지에 관한 생각을 접고는 다른 것에 신경을 쓰기 시작했다.

'이제부터는 무공을 생각해 보자. 가장 먼저 지옥도법을, 아니 그보다는 먼저 유령비를 생각해 보는 거야. 지금은 유령비를 12성 대성 경지에 이를 수 있게 노력해야 해.'

베스렐은 오행진결을 운기행공하면서 한편으로는 유령비의 무공에 대해 참오에 들어갔는데 이 같은 일은 요즈음 들어서 행하는 수련법이었다. 내공을 쌓는 일과 무공에 관한 깊이 있는 고찰을 함께하는 것이다.

＊　　　＊　　　＊

라넬 지역에 사는 엘프족은 바람의 일족이다.

그들은 바람 계열의 정령을 다른 정령들보다 더 능숙하게 잘 부린다. 정령과 계약을 맺을 때도 바람 위주의 정령들과 주로 계약을 맺고 소수의 엘프들만이 불이나 물, 대지 계열의 정령들과 계약을 맺는다. 물론 한 종류의 정령뿐만이 아니고 여러 정령들과 계약을 맺는 녀석들도 있다.

평화로운 마을.

10여 년 전, 인간들과 전쟁을 벌인 후, 라넬 지역에 사는 바람의 엘프족은 한동안 평화에 심취해 있었다. 물론 평화롭다고 해서 긴장을 풀지는 않는다.

인간은 엘프와는 다르게 탐욕스러운 본능을 선천적으로 지니고 태어나는지라 언제 또다시 전쟁을 일으킬지 모른다.

펠린디온은 세 종족의 연합체였고 그중 엘프족은 전투도 전투지만 그보다는 주변의 인간 나라들을 감시하는 역할을 한다.

바람의 엘프족은 자신들이 살고 있는 지역뿐만이 아니라 인간과 국경을 맺고 있는 지역에도 엘프들을 파견해 바람의 정령을 이용 항시 주위를 살피고 있었다.

그리고 오늘 그 바람의 정령들에게서 전시체제를 갖추라는 신호가 왔다.

위험한, 너무도 위험한 적이 지척에까지 다가왔음을 엘프들에게 알린 것이다.

"크아아아아아아아앙!"

후드드득.

산천이 크게 흔들렸다. 공포를 부르는 드래곤의 피어가 평화롭던 바람의 엘프족의 마을을 뒤덮었다.

검은 빛깔에 20미르 정도의 작은 덩치를 가진 드래곤은 바로 부스타그린이었고 그는 지금 화가 난 상태였다.

"크르릉. 제기랄! 최상급 바람의 정령인 실레스틴이 감시를 하고 있었을 줄이야."

방심했다. 아니, 방심한 것은 아닌데 상황이 그렇게 됐다.

아주 멀리서 디텍트 마나를 사용하려는 순간, 거대한 여신의 모습을 하고 있는 바람이 순식간에 나타나서는 부스타그린의 모습을 보고는 화들짝 놀라서는, 재빨리 바람의 엘프족이 있는 곳으로 돌아가 드래곤이 나타났음을 알린 것이다.

부스타그린은 피어를 발산한 뒤에 바로 녀석을 찾았다.

"메리언스란 이름의 하이 엘프는 나와라! 당장 나와라! 안 나오면 이곳을 불바다로 만들 것이다! 너희들의 터전을 없애 버릴 것이다!"

협박을 해 보았다. 하지만 돌아온 대답은 바람의 공격과 화살의 공격이었다.

퍼펑! 퍼퍼퍼펑!

팅! 팅팅팅!

중급 바람의 정령인 실라페가 날카로운 창의 모습이 되어 부스타그린의 몸을 두드렸고 화살은 상대의 눈이나 입속을 공략해 들어갔다.

"아얏!"

따끔한 벌침에 쏘인 기분이랄까?

부스타그린은 녀석들의 공격에 몸이 따가웠다. 할 수 없이 바로 8써클에 자리한 방어 마법을 펼쳤다.

"배리어!"

녀석의 입에서 시동어가 흘러나오자 투명한 막 하나가 곧 생성되어 그의 몸을 감쌌다. 그렇게 마법을 펼치고 나니 몸에 이는 따끔함은 곧바로 사라졌다.

퍼펑! 퍼퍼펑!

팅팅팅!

바람과 화살은 모두 배리어에 팅겨져 나가 상대에게 아무런 타격을 주지 못했고 엘프들은 다급한 표정으로 누군가를 찾았다. 그들이 찾고 있는 이는 바람 일족의 수장인 하이 엘프였다.

"이놈들, 말이 통하지 않는구나!"

그때 화가 난 부스타그린의 입에서 마법의 시동어가 흘러나왔다.

"어스 퀘이크!"

그가 발휘한 마법은 7써클에 자리한 대지 계열의 마법이었고 곧 지상에는 지진이 일어나 바람 일족의 마을을 덮쳤다.

쩌저저저저저적.

"모…… 모두 피해라!"

"지진이다. 결계가 설치되어 있는 곳으로 물러나라!"

쿠웅! 쿠쿠쿠쿵!

나무와 집들이 무너졌다.

"어서 뒤로 물러나라!"

바람 일족의 장로들이 화급한 목소리로 앞에서 드래곤에게 맞서고 있는 엘프들을 뒤로 물렸다. 하지만 드래곤의 마법은 거기서 끝난 게 아니었다. 이제 시작이었다.

"이놈들! 나를 화나게 만들다니, 이곳을 블리자드 마법으로 초토화시켜 주마!"

부스타그린은 이번엔 8써클에 자리한 블리자드 마법을 펼치기 위해 캐스팅에 들어갔다. 이 블리자드는 반경 1페르(km) 정도를 견디기 힘든 강추위와 폭설로 덮쳐 버리기에 오래도록 그 안에 갇혀 있으면 죽게 되어 있었다.

이것은 대량살상이 가능한 마법이기에 마법이 펼쳐지면 지체하지 않고 피해야 했다.

그때였다.

부스타그린이 막 블리자드 마법의 시동어를 외치려 할 때 거대한 무언가가 그의 머리를 내려쳤다.

"블리……!"

콰쾅! 콰콰콰콰콰콰쾅!

부스타그린은 커다란 충격에 마법의 시동어를 끝까지 내뱉지 못하고 뒤로 물러섰다.

‘크윽!’

녀석은 속으로 신음성을 토해 냈다.

8써클의 방어 마법은 어느새인가 깨어져 사라졌고 녀석의 입에서는 미약한 핏물이 흘러나왔는데 이것은 드래곤으로서는 수치스러운 일이라 할 수 있었다.

‘제길. 최상급 바람의 정령인 실레스틴이구나.’

녀석의 눈이 200미르 앞에 있는 작은 동산 위로 향했다.

그곳엔 윤기 나는 은발을 멋지게 기르고 있는 한 엘프가 서 있었는데 부스타그린은 그 엘프가 자신이 찾던 하이 엘프임을 단번에 알아보았고 또한 그가 방금 자신에게 실레스틴으로 공격을 가하게 만든 장본임을 알 수 있었다.

“크르르르룽.”

‘이거 완전히 개망신이군. 하이 엘프에게 맞아서 피를 흘리다니. 다른 드래곤이 이 사실을 알면 나를 놀리겠어.’

부스타그린은 마음속에서 서서히 살기가 치밀어 오름을 느꼈다. 당장 저 하이 엘프를 포이즌 브레스로 녹여 버리고 싶었다. 하지만 참아야 했다. 그 자신은 하이 엘프를 제압하기 위해 이곳에 온 것이지 죽이기 위해 온 것은 아니기 때문이다.

‘죽이기 힘들다면 무착별적인 공격으로 힘이 빠지게 해 주지. 그 뒤 제압해 버리는 거야.’

부스타그린은 바로 마법을 준비했다. 그것은 공격 마법이 아닌 방어 마법으로 9써클에 자리한 것이었다.

이제 하이 엘프가 나섰으니 몸에다 강력한 방어 마법을 펼친 상태에서 녀석을 잡아야 했다.

곧 그의 입에서 마법의 시동어가 흘러나왔다.

"앱솔루트 배리어!"

쿠앙! 쿠앙! 콰콰쾅!

커다란 굉음이 쉬지 않고 울려 퍼졌다.

갈라지는 대지, 무너지는 대지.

우우우우웅.

대기는 다시 한 번 불안한 모습을 보였다.

"기가 파이어 스톰!"

마법의 시동어가 녀석의 입에서 흘러나오자 곧 허공에는 거대한 불의 폭풍이 일어나 주변을 휩쓸었고 그에 맞서 주위에서는 중급 물의 정령인 운다인과 상급 물의 정령인 엔다이론이 불의 폭풍에 몸을 부딪쳐 갔다.

콰앙! 콰콰콰콰콰콰콰콰쾅!

바람 엘프족의 마을은 서서히 초토화되고 있었다.

50여 명의 엘프가 부스타그린의 마법에 의해 죽음을 맞이했고 지금도 하나 둘씩 쓰러지고 있었다. 일족의 장로들과 수장은 드래곤에 맞서 열심히 싸우고 있지만 패배는 그다지 멀지 않아 보였다.

다 죽을 수는 없었다.

현재 일족의 미래를 위해 어린 엘프들을 드래곤이 알지 못하는 장소로 피신을 시키고 있는 상황이었다. 그들이 다 피할 때까지는 저 드래곤과 대치를 하고 있어야 했다.

"유나 님."

푸른 머리를 하고 있는 늙은 엘프가 마을의 외곽에서 누군가에게 말을 걸었다. 그 상대는 여인으로 저 멀리서 드래곤과 싸우고 있는 수장과 똑같은 은발의 머리를 하고 있었다.

하늘거리는 푸른빛의 원피스를 입고 있는 그녀는 유나란 이름을 가진 하이 엘프로 메리언스의 아내이기도 했다.

"예, 말해 보세요."

"아무래도 수인족의 마을에 있다는 그자에게 도움을 요청하는 게 나을 듯싶습니다."

"수인족의 마을이요?"

"예, 그렇습니다. 얼마 전 모라크 마을에 있는 폭스족 족장이 자신들의 마을에 드래곤 슬레이어가 머물고 있다 하지 않았습니까?"

"아, 맞아요. 그랬어요."

어둡던 유나의 아름다운 얼굴이 조금은 밝아졌다.

장로의 얘기를 들으니 바람 일족의 마을에 희망이 보이는 듯했다.

처음엔 믿지 않았다.

아니, 아니다. 그 말도 안 되는 이야기를 처음 들었을 때부터 믿기는 믿었다. 믿지 않을 수가 없는 게 하이 엘프는 진실의 눈이 있어 상대가 하는 말이 거짓인지 아닌지 알 수가 있었던 것이다. 그래서 메리언스와 유나는 폭스족의 족장인 키노안스가 자신들의 마을에 드래곤을 혼자의 힘으로 죽인 인간이 있다고 했을 때는 많이 놀랐었다.

청소년기의 드래곤도 아니고 성인이 된 레드 드래곤을 죽일 수 있는 인간이 있다니…….

"그자는 마법이 8써클의 경지에 다다라 있으며 검술은 소드 마스터의 경지를 우습게 여길 정도라 했습니다. 충분히 드래곤과 자웅을 겨룰 수 있는 자이지요."

"그래요. 그자라면 저 드래곤을 물리칠 수 있을 거예요."

유나는 장로의 말에 고개를 끄덕였다.

그때 후방에 있던 엘프가 비명을 내질렀다.

"드래곤은 물러가라! 크악!"

막을 수 없었다. 애초에 드래곤과 맞서 싸운다는 것이 잘못된 것이었다.

쿠웅! 콰지직!

"크아악!"

부스타그린은 곁에서 알짱거리는 엘프들을 발로 밟아서 죽였다. 드래곤들은 싸움에 임할 때 마법도 마법이지만 그 커다란 덩치로 인해 발을 자주 사용한다.

"크아아아아앙! 꺼져라, 이 벌레들아!"

커다란 발이 또 한 번 엘프의 몸을 짓눌렀다.

콰지직.

"으악!"

유나는 엘프들이 점점 뒤로 밀리자 장로에게 심각한 어조로 말했다.

"아무래도 저도 나서야겠군요."

하이 엘프는 일반의 엘프보다 훨씬 강하다.

"장로는 지금 당장 모라크 마을에 가서 그 드래곤 슬레이어를 모셔오세요. 만나기 힘들면 키노안스에게 부탁을 해 보세요."

"예, 알겠습니다. 유나 님."

장로는 고개를 숙였다.

원래 처음의 계획은 어린 엘프들이 자리를 피하면 그때는 어른 엘프들도 마을을 버리고 자리를 피하는 것이었다. 한데 지금 여기서 한 가닥 희망을 발견하게 되었다. 그 희망을 잡으면 마을을 버리지 않아도 될 듯싶었고 또한 못된 드래곤을 물리칠 수도 있을 듯싶었다.

Chapter10

부스타그린의 최후

“꺼어억.”

짧게 트림 소리가 나왔다.

베스렐은 안개의 산 앞에 있는 폭포수 근처에서 식사를 하고는 지금 다시 산의 초입으로 들어서고 있는 중이었다.

식사는 3일에 한 번 했다. 먹는 시간조차 아까워 그렇게 3일에 한 번 식사를 한다.

그리고 식사는 점심때 한 번만 들고 그것도 안개의 산 밖에서 해결하고 온다. 먹을거리는 전부 아공간에 있었는데 안개의 산에서는 마법을 쓸 수가 없어 밖에 나가서 해결을 해야 했다.

“으음. 입이 쓰군. 계속해서 루크를 씹으니까 혀가 마비가 될 지경이야. 다음에는 맛있는 음식도 좀 들어야겠어. 이제는 살이 많이 빠졌으니까 말이야.”

오행진결의 수련이 깊어질수록 베스렐의 돼지보다 더한 몸무게는 빠르게 빠지고 있었다.

현재 그의 몸무게는 전성기 때에 비교하자면, 다시 말해 그가 미남이었을 때와 비교하면 아직도 상당히 찐 상태이지만 그래도 몇 달 전에 비해 엄청 빠져 있었다.

현재 그의 몸무게는 152크롬(kg).

두 달이 조금 안 돼 무려 50여 크롬이나 빠진 것이다.

"먹을거리를 생각하니 그게 떠오르네. 제기랄! 페리스 요리장이 해 주는 닭고기 스튜는 정말 끝내 주게 맛있는데……."

입에 침이 고이기 시작하는 베스렐이다.

머릿속에 페리스표 닭고기 스튜가 영상으로 그려져 그를 미치게 만들기 시작했다.

베스렐은 머리를 좌우로 세차게 흔들었다.

이러한 생각은 수련을 함에 있어 방해가 되는 것이었고 베스렐은 방해가 되는 것을 그대로 놔두는 사람이 아니었다.

그는 머릿속에 다시 무공에 관한 생각을 하기 시작했다. 먹을거리 같은 잡생각을 지우는 데에는 역시 무공이 최고였다.

그때였다.

오행수련동이 있는 곳으로 걸음을 옮기고 있는 이 순간, 갑자기 귓가가 간지러웠다. 아니, 이것은 귓가가 간지러운 것이 아니라 머릿속이 간지러운 것이었다.

"뭐야, 이거?"

뭔가가 약하게 윙윙거리는 게 신경을 쓰이게 했다.

좀 더 산의 안쪽으로 들어가 보았다. 그러자 그 신경 쓰이게 하는 윙윙거림이 조금은 약해졌다.

"뭐야, 정말? 내가 착각했나?"

베스렐은 고개를 갸웃거리더니 다시 걸음을 옮겨 방금 전에 윙윙거림이 있던 곳으로 돌아가 보았다. 그러자 그 머릿속을 간질거리는 느낌이 다시 피어났다.

걸음을 더욱더 뒤로 해 보니 그것은 좀 더 심해졌고 결국 베스렐은 신형을 돌려세워 산의 밖을 바라보았다. 물론 주위는 안개로 가득 차 있어 보이는 것은 없었다.

벅벅벅.

베스렐은 뒷머리를 오른손으로 몇 번 긁적이더니 한마디를 꺼냈다.

"누가 내게 텔레파시 마법을 사용하고 있나?"

아무래도 그런 것 같았다.

이곳 안개의 산에서는 마법을 사용할 수가 없다. 안개의 산에서 피어나는 원 마나가 마법의 힘을 분해해 버리기 때문에 쓸래야 쓸 수가 없는 것이다. 그리고 지금 머릿속에 이는 간지러움은 텔레파시 마법이 어떤 뜻을 가지고 그의 머리를 노크를 하고 있는 듯했는데, 그게 원 마나에 의해 제대로 전달되지 않고 있는 것 같았다.

"수련해야 하는데……."

지금은 다시 수련을 해야 하는 시간이다.

그리고 수련시간은 방해받고 싶지 않았다.

하지만 신경이 쓰였다. 밖에 뭔가 좋지 않은 일이 벌어지기라고 한 듯 그의 예감은 베스렐에게 밖으로 나가 보라고 권유하고 있었다.

"에이, 할 수 없구나. 뭔 일이 있는지 알아보고 다시 수련하자. 이런 찜찜한 기분으로는 제대로 된 수련을 하기가 힘드니까 말이야."

결국 밖으로 나가 보기로 한 베스렐.

무슨 일인지 알아보고 재빨리 다시 돌아올 생각이었다.

안개의 산에서 외곽으로 300미르 지점.

작은 개울이 흐르고 있는 그곳에 세 사람이 모여 있었는데 그들은 키노안스 부부와 그로스트란 이름을 가진 바람 엘프 족의 장로였다.

"으음. 빨리 볼 수 있으면 좋겠는데……."

"걱정 마세요. 장로님도 아시다시피 저 안개의 산은 마법을 사용할 수는 없지만 텔레파시 마법은 약하게나마 사용할 수 있으니 말이에요."

유레이는 그로스트 장로가 걱정하는 눈빛을 보이자 부드러운 음성으로 그의 걱정된 마음을 풀어 주었다.

수인족과 엘프족은 상성이 좋았다. 거기에 골드 폭스족의 키노안스 부부는 바람의 엘프족과 자주 왕래를 해 그 친분이 더욱 돈독했다. 특히나 유레이의 경우는 어렸을 때 인간들에 의해 가족을 잃고는 십 수 년을 그로스트 밑에서 자라 그와 매우 가까운 사이였다.

"벌써 20여 분이 지났으니 하는 말이다. 텔레파시 마법이란 게 시간이 오래 걸리는 것도 아니고 연락을 보냈으면 바로 어떤 결과가 나와야 하는데…… 아무래도 그른 듯하구나."

그로스트는 고개를 흔들었다.

희망이 사라지는 듯했다.

키노안스 부부의 말로는 그 베스렐이란 인간이 저 안개의 산으로 수련을 하러 갔다고 하는데 그로스트는 그게 믿을 수가 없었다.

저 안개의 산이 어떠한 곳이던가.

죽음의 산이었다. 살아 있는 생명체는 누구도 저 안으로 들어갈 수가 없었다. 한데 그런 곳으로 인간이, 비록 그 인간이 드래곤을 혼자의 힘으로 잡은 인간 같지 않은 자라고 하지만 그래도 믿기가 힘들었다.

그로스트가 생각하기에는 아무래도 그자는 저 안으로 들어가서 죽었을 것 같았다.

"휴우우우……."

한숨을 내쉬는 그로스트 장로.

그는 이만 자리를 떠야겠다고 생각했다. 가능성이 낮은 일

에 매달리기보다는 자신도 이제는 마을로 돌아가 힘을 보태
는 게 나을 것이란 생각이 들었다.

바로 그때였다.

"으응?"

안개의 산 초입에 누군가가 모습을 드러냈다. 엘프는 눈이
좋은지라 그로스트는 그자를 자세히 볼 수가 있었는데 어느
순간 그자는 사라지고 말았다.

"……."

잘못 본 것일까?

아니었다. 눈 깜짝할 사이에 사라졌던 그자는 어느새인가
그로스트와 유레이의 사이에 서 있었다. 이것은 마치 한낮에
유령을 대한 듯한 느낌이었다.

"뭐야? 왜 수련하는 사람을 귀찮게 해?"

커다란 곰의 체구를 지닌 사내, 베스렐이었다.

"어머, 베스렐 씨! 나오셨군요."

유레이의 표정이 대번에 밝아졌다.

그녀는 베스렐이 텔레파시의 신호를 받지 못해 밖으로 나
오지 않는 게 아닌가 하는 생각을 했다. 그로스트 장로를 돕
지 못하는 게 아닐까 걱정했는데 이렇게 나와 주니 너무도 고
마웠다.

"뭐냐고? 왜 불렀는데?"

시큰둥한 반응을 보이는 베스렐.

텔레파시 마법을 사용하고 있던 키노안스는 베스렐이 나타
나자 재빨리 다가와 그에게 일의 자초지종을 설명하기 시작
했다.

"죄송하게 되었소. 일이 너무 다급한지라 수련을 방해하고
말았소. 그러니까 당신을 왜 불렀느냐 하면……."

빠르게 말을 쏟아 내는 키노안스.

한시가 급하다 보니 그의 설명은 매우 빠르게 진행되었다.
펠린디온의 서북부에 자리한 라넬 지역에 난데없이 블랙 드
래곤 한 마리가 나타나 피바람이 일고 있음을 베스렐에게 간
결하게 설명해 주었다.

한편 그로스트는 옆에서 커다란 덩치를 지닌 베스렐을 뚫
어지게 쳐다보며 속으로 고개를 갸웃거렸다.

'으음. 이자는 정말 이상하구나?'

정말 이상했다. 한데 더 이상한 것은 그 이상함을 어떠한
연유로 인해서 느끼고 있는 건지 알 수가 없다는 것이다.

'너무 자연스러워. 이자는 우리 엘프가 추구하는 자연을
닮은 자야. 한데…… 한데 그런 느낌 속에서도 피어나는 저
어두운 기운은 뭐지? 살기인가? 그게 아니면…… 아니면 죽
음의 기운인가?'

정말 이상하다.

뭐라고 판단하기가 힘든 인간이었다. 그래도 한 가지 확실
한 것을 말하라면 눈앞에 있는 이자는 자신으로서는 상상하

기 힘든 강자라는 사실이었다. 드래곤을 죽였다는 그 믿기 힘
든 사실이 조금은 믿어졌다. 엘프의 감이 그렇게 말해 주고
있었다.

"뭐라고? 이곳 펠린디온에 드래곤이 나타났단 말이야?"

"그렇소."

키노안스의 설명은 모두 끝이 났고 베스렐의 두 눈은 그 순
간 매섭게 변했다. 수련하기 바쁜 자신을 무슨 이유로 불렀나
했더니 이제 보니 그 씹어 먹어도 모자랄 드래곤 때문이지 않
은가.

"나는 당신이 바람의 엘프족이 사는 라넬 지역으로 가서
난리를 피우고 있는 블랙 드래곤을 처치해 주었으면 좋겠소.
당신은 얼마 전에도 드래곤 산맥에서 레드 드래곤을 쓰러뜨
렸다고 하지 않았소."

"부탁해요, 베스렐 씨."

유레이가 다가와서는 부탁의 말을 했다.

"한시가 급해요. 시간이 지체되면 지체될수록 많은 엘프들
이 아까운 목숨을 잃고 말 거예요."

"으음……."

베스렐은 팔짱을 낀 채 신중한 모습을 보였다.

마음 같아서는 당장에라도 그 드래곤이 있다는 곳으로 달
려가 놈을 끝장내고 싶었다.

하지만 문제가 있었다.

그것은 바로 베스렐의 무공이 완전치가 않다는 것이다. 몇 개 월 전, 레드 드래곤을 죽였을 때보다 지금은 힘이 약해진 상황이지 않은가.

물론 많이 약한 것은 아니다.

두 달간 오행수련동에서의 수련으로 전에 있었던 경지에 거의 근접했다. 단전이 깨지기 전의 힘이 10이라면 오늘 오전까지의 수련으로 그는 거의 9에 가까운 힘을 회복했다.

그렇다면 남은 문제는 이 약해진 9의 힘으로 드래곤이란 최강 생명체를 처치할 수 있느냐 하는 것이다. 10의 힘일 때도 드래곤이란 생명체를 힘겹게 이겼는데 지금은 보다 약해진 상황이지 않은가.

"베스렐 씨, 부탁해요."

유레이가 베스렐의 뜸 들이는 듯한 모습에 불안한 기색을 띠었다. 그건 키노안스를 비롯한 그로스트도 마찬가지였다. 여기서 베스렐이 거절하면 그들이 기댈 만한 것은 더 이상 없었기 때문이다.

스윽.

베스렐은 시선을 들어 그로스트를 쳐다보았다.

"당신, 그 드래곤 새끼의 정체를 알아?"

처음부터 반말이다. 하지만 그로스트는 그런 것에 대해서는 아무렇지도 않다는 반응을 보였고 곧 그가 한 질문에 대답해 주었다.

“모른다.”

“몰라? 그럼 그 드래곤 새끼의 나이가 어느 정도 되어 보이지?”

왜 이런 질문을 하는 것일까?

그로스트는 속으로 고개를 갸웃거리더니 자신의 마을을 침입해 온 그 드래곤에 대해 간단히 설명해 주었다.

“그 드래곤은 블랙 드래곤으로 머리에서 발끝까지의 길이가 20미르 정도 되어 보였다. 그러니 아마 1,000년을 조금 넘게 산 드래곤이지 않을까 싶다.”

“오오, 그래? 그렇다면 그 죽일 놈의 드래곤은 어린놈의 새끼군.”

베스렐의 침중했던 얼굴이 조금 밝아졌다.

나이가 어리다는 말에서 가능성을 보았다.

‘으음. 1,000년을 조금 넘게 산 녀석이라면 충분히 가능할 듯해. 드래곤이라는 것들은 나이가 들수록 강해지는 종족인데 그렇게 어리다면 충분히 죽일 수 있겠어.’

베스렐의 힘이 10이었을 때 싸운 녀석은 레드 드래곤으로 그 나이가 2,300세가 조금 넘은 녀석이다. 그리고 지금 라넬 지역에 나타난 드래곤은 나이가 정확하지는 않지만 덩치로 보아 1,000년을 조금 넘게 산 녀석일 테고 베스렐의 현재의 힘은 9다.

충분히 가능한 것이었다.

전에 드래곤과 싸운 경험도 있고 베스렐은 놈을 최대한 빠르게 쓰러뜨려야겠다고 결심했다. 이번엔 탐색전 없이 최강의 절기로 단번에 쓰러뜨리는 것이다.

"좋아, 가자고. 가서 놈을 끝장내 주지."

그의 말이 끝나기가 무섭게 키노안스 부부와 그로스트의 어두웠던 얼굴이 대번에 환해졌다.

"오오, 고맙소. 이 은혜는 잊지 않겠소."

"베스렐 씨, 감사해요."

"고맙다, 인간. 전혀 상관없는 우리 엘프족을 위해 싸워 주겠다니."

그들의 감사에 베스렐은 손을 흔들었다.

"됐어. 그런 감사 치례는 필요 없어. 어차피 나는 드래곤이라고 하면 이를 가는 사람이니까, 그보다는 당신네 마을의 좌표를 알려 줘 봐. 워프 마법으로 단번에 가 버리게."

"아, 알겠소."

워프 마법은 8써클의 마법. 그로스트 장로는 베스렐이 8써클의 마법사라는 것을 들어서 알고 있었다. 그러한 사실도 처음엔 믿기 힘들었지만 이제는 믿을 수 있었다.

그는 베스렐에게 마을 뒷산에 있는 좌표를 가르쳐 주었고 베스렐은 그와 키노안스의 손을 잡고는 워프 마법을 펼쳐 사라졌다. 그리고 혼자 남게 된 유레이는 텔레포트 마법을 펼쳐 라넬 지역으로 이동했다.

*　　　*　　　*

하이 엘프인 메리언스와 유나는 최선을 다하고 있었다.

열 명의 장로들과 함께 부스타그린을 맞아 치열한 접전을 벌이고 있었던 것이다. 사실 이것은 애초에 부질없는 싸움이라 할 수 있었다.

부스타그린이 전력을 다해 공격했다면 그들은 얼마 버티지 못하고 쓰러졌을 것이다. 하지만 지금 부스타그린은 하이 엘프를 제압해야 한다는 약점 때문에 그가 지닌 포이즌 브레스를 비롯한 최강의 공격 마법들을 사용하지 못하고 있었다.

"크르르릉! 이놈들, 이제는 그냥 나에게 잡혀라!"

일이 뜻대로 되지 않자 화가 나는 부스타그린이다.

하이 엘프는 두 명. 하지만 아직까지 그 둘 중 어느 누구 하나도 제압하지 못하고 있었다.

콰쾅!

강력한 충격음!

앱솔루트 배리어에 보호를 받고 있는 부스타그린의 커다란 몸에 바람의 최상급 정령인 실레스틴과 물의 최상급 정령인 엘레스트라가 다가와 강력한 힘으로 두드렸다.

콰콰콰콰콰콰콰쾅!

하지만 소용이 없었다.

15미르의 거대한 새의 모습을 하고 있는 실레스틴.

그리고 10미르의 여신의 모습을 하고 있는 엘레스트라.

그들은 자신들의 힘을 최고조로 발휘해 온몸으로 부딪치고 있었지만 앱솔루트 배리어를 깰 수는 없었다. 강력한 타격은 주지만 깨지는 못하고 있는 것이었다.

그때 공포를 부르는 피어가 부스타그린의 주둥이에서 흘러나왔다.

"크아아아아아아앙!"

후드드드득.

확실히 드래곤이 발휘하는 피어는 대단하다. 일반 엘프들은 그 순간, 자리에 주저앉고 말았고 나이가 있는 엘프들은 부들부들 떨며 겨우 버티어 섰다.

우우우우우웅.

대기가 크게 떨렸다.

부스타그린은 8써클의 마법을 준비했다.

생각 같아서는 9써클에 있는 마법으로 끝장을 보고 싶었지만 그랬다가는 이곳에 있는 엘프들은 물론 그들의 수장인 하이 엘프까지 끝장이 날 수가 있어 참아야 했다.

9써클에 있는, 운석을 소환하는 미티어 계열의 마법.

그것은 이 정도 규모의 마을쯤은 지도상에서 아예 사라지게 만들 수가 있는 것이다.

"블리자드!"

마침내 부스타그린의 입에서 8써클에 자리한 마법의 시동어가 흘러나왔다.

휘이이이이이잉.

차가운 바람이 마을을 한차례 휩쓸었고 그 뒤, 마을은 혹독한 추위와 함께 폭설이 내리기 시작했다. 그 폭설 속에는 날카로운 얼음알갱이들이 날아다녔다. 블리자드는 직경 1페르를 자신의 구역으로 삼았다.

"모두 피해라!"

"마을을 벗어나라! 마을을 벗어나……!"

온도가 급강하하자 장로들은 엘프들을 피신시켰다.

덜덜덜.

"우우. 춥구나, 추워……."

혹독한 추위에 몸을 떠는 그들.

엘프들은 즉시 바람의 정령들을 불러 몸에 두르고는 느릿한 걸음으로 폭설이 내리는 마을을 빠져나갔다. 이 블리자드 마법이 펼쳐진 지역에 20여 분 정도 있으면 얼어 죽을 수가 있는지라 그들은 서둘러 걸음을 옮겼다.

"으음. 정말 드래곤의 힘이란 것은 대단하구나. 최상급 정령의 힘으로도 생채기 하나 낼 수가 없으니……."

윤기가 나는 은발을 길게 기르고 있는 메리언스.

그는 지금 바람의 상급 정령인 실라이론의 등에 올라탄 채 하늘을 비행 중이었는데 블리자드 마법의 영향으로 바람이 점점 세지고 또한 폭설이 심하게 내리자 할 수 없이 지상으로 내려갔다.

"크아아아아아앙—!"

다시 한 번 피어를 터트리는 부스타그린.

"휴우우우, 안 돼. 드래곤을 상대로 싸운다는 것은 부질없는 짓이야."

메리언스는 암울한 눈빛을 내보였다.

어떻게 할 수가 없었다.

그는 저 멀리서 바람과 물의 정령을 함께 부리고 있는 유나에게 메시지 마법을 펼쳤다.

"안 되겠소, 유나. 우리 바람 엘프족의 어린아이들은 지금쯤 결계가 쳐져 있는 그곳으로 이동했을 터이니 우리도 이제는 자리를 피합시다."

유나는 남편이 보내온 메시지 마법을 듣고는 같은 방법으로 자신의 의견을 전했다.

"조금만 버티어 보는 건 어떨까요? 장로가 그 드래곤 슬레이어를 모시러 갔는데 말이에요."

"아니오."

메리언스는 고개를 흔들었다.

"장로가 그자를 데려오기 전에 우리가 먼저 끝장날 것 같소. 지금 저 블랙 드래곤은 당신과 나를 잡기 위해 이곳에 온 듯한데 이제 저 녀석의 인내심도 한계에 도달한 듯하오. 잘못

하다가는 우리를 잡겠다는 생각을 버리고 브레스나 9써클의
마법을 사용할 수도 있소."

그랬다.

지금 부스타그린은 인내심의 한계를 느끼고 있었다.

벌써 1시간을 넘기고 있었다. 하지만 그는 두 하이 엘프 중
하나도 잡지 못하고 있어 가슴이 답답하면서도 미칠 것만 같
았다. 이대로 조금만 더 시간이 흐르면 감성이 이성을 이기고
이곳을 독의 대지로 만들 듯했다.

포이즌 브레스를 사용한다면 엘프들 모두를 한순간에 녹여
버릴 수가 있었다.

"으음, 좋아요. 할 수 없군요."

유나는 아쉽지만 남편의 말대로 자리를 피해야겠다고 결심
했다. 그 두 사람은 먼저 장로들에게 메시지 마법을 펼쳐 자
리를 피할 것을 명했고, 자신들도 곧 조금씩 뒤로 물러섰다.

바로 그때였다.

메리언스와 유나 그 두 하이 엘프의 귀로 모기 소리 같은
게 들려왔다.

"멈춰! 나 당신들이 기다리던 그 베스렐 갈루안스야. 둘 다
물러서지 말고 최상급의 정령을 다시 소환해 저 드래곤 새끼
를 함께 공격해."

전음이었다.

베스렐은 이곳 엘프 마을의 어디에선가 몸을 숨긴 채로 여

러 사람에게 동시에 전음을 보낼 수 있는 다인전성(多人傳聲)을 사용하고 있었다.

'어디지?'

두 하이 엘프는 기다렸던 사람이 마침내 도착하자 그가 어디에 있는지 알아보기 위해 고개를 두리번거리며 찾았다.

그러자 곧장 질책하는 뜻이 전해져 왔다.

"에이, 그렇게 티 나게 굴면 어떻게 해? 사람들이 왜 그리 눈치가 없어? 그러면 저 드래곤 새끼가 눈치 채잖아."

'이런. 뒤에서 몰래 암습을 하려는가 보군.'

'아차! 그래, 조심해야겠구나.'

두 하이 엘프는 다시 평상시의 모습으로 돌아갔다.

"나 지금 하늘 위에 있으니까, 찾지 말고 최상급의 정령이나 소환하도록 해."

그랬다. 베스렐은 지금 블리자드 마법이 펼쳐져 있는 곳의 외곽 하늘 위에서 유령비의 신법을 펼쳐 둥실 떠 있는 것이었다. 플라이 마법을 펼치면 마나의 이동이 생겨 블랙 드래곤이 눈치를 챌까 봐 그렇게 유령비의 신법을 펼치고 있는 것이었다.

그는 조금 전 이곳에 도착했다.

바로 나서지 않은 이유는 주변의 지리를 보고 또한 상황이 어떠한지 살피기 위함이었다.

'충분해. 늙은 엘프의 말대로 어린 드래곤 새끼야. 많이 봐

줘야 1,100여 세. 하는 꼬라지를 보니 어린 티가 팍팍 나. 내 힘이라면 충분히 죽일 수 있겠어. 두 가지 계획을 짰는데 아무래도 저놈은 첫 번째 계획에 죽음을 맞이하겠군.'

분석은 이미 모두 끝이 났다.

녀석을 어떠한 식으로 죽일지 머릿속으로 두 가지 영상을 만들어 한 차례씩 시도해 보았다. 전에 레드 드래곤과의 싸움이 많은 도움이 되어 머릿속으로 이미지를 떠오르기가 매우 쉬웠는데 결과는 두 가지 계획 모두 자신의 승리였다.

물론 머릿속의 영상과 실제는 다르지만 어쨌든 베스렐은 자신의 승리를 의심치 않았다.

'블랙 드래곤……'

베스렐은 지상에 있는 드래곤을 노려보았다. 그러면서 한편으로는 가문에 내려진 저주를 생각했다.

무한비만증이라는 지저분한 저주를 내린 그 드래곤은 지금 지상에 있는 저놈과 같은 블랙 드래곤이다. 모든 드래곤이 다 싫지만 특히나 이 블랙 드래곤은 저주를 내리고 싶을 정도로 싫은 녀석이었다.

"크아아아아아아앙!"

눈발이 크게 흩날렸다.

지금 부스타그린은 피어를 흘리며 폭설에 더딘 걸음을 옮기고 있는 엘프들을 다시 발로 죽이고 있었다.

콰직!

"으아악!"

죽음의 비명성이 크게 들려왔다.

"벌레들아! 죽어랏!"

부스타그린은 엘프들을 잔인하게 밟아 죽이며 천천히 유나가 있는 곳으로 향했다.

'놈! 발광을 떠는 것도 거기까지다!'

베스렐은 다시 두 하이 엘프에게 전음을 보냈다.

"둘 다 속으로 천천히 열을 세. 그다음 바로 공격을 가하는 거야. 거기 남자 엘프가 놈의 정면 머리통을 공격하고 여자 엘프가 뒤통수를 공격하면 돼. 너희 두 엘프가 공격을 가할 때 나도 공격을 가할 거야. 그리고 그때 두 사람은 멀리 도망쳐야 해. 내가 특별히 다시 지금처럼 뜻을 보내지 않는 이상엔 말이야. 나의 마지막 공격은 매우 위험하거든."

전음은 그렇게 끝이 났다.

이제는 드래곤을 쳐 죽이는 일만 남은 것이다.

메리언스와 유나는 베스렐의 뜻에 따라 곧장 최상급의 정령들을 소환했다.

지이이잉.

공간의 문이 열리며 두 정령이 소환되어 나타났다.

바람의 최상급 정령인 실레스틴과 물의 최상급 정령인 엘레스트라는 부스타그린의 앞과 뒤에 서게 되었다.

'으응? 뭐지?'

이상한 낌새를 느끼기라도 했는지 부스타그린은 유나가 있는 곳으로 향하던 걸음을 멈추었다. 그러곤 고개를 이리저리 돌려 주위를 살폈다.

"……."

변한 것은 없었다. 최상급의 정령은 계속 봐 오던 것이고 그밖에는 별달리 특이한 점이 없었다.

한데 이상하게도 찝찝한 기분이 들었다.

"크르르릉. 뭐지? 왜 이렇게……."

그때였다.

우우우우우웅.

갑자기 주위의 마나가 맹렬한 움직임을 보이며 부스타그린이 서 있는 곳의 하늘 위로 몰려들기 시작했다.

녀석의 고개는 빠르게 하늘로 치켜 올라갔고 그 순간, 메리언스와 유나에 의해 소환되어진 두 최상급의 정령이 부스타그린의 앞과 뒤를 동시에 공격했다.

콰쾅! 콰콰콰콰콰콰콰쾅!

거대한 폭음 소리가 끊임없이 들려오기 시작했다. 귀를 막고 싶을 정도로 폭음 소리는 너무도 컸다.

그리고 그때, 하나의 마법이 만들어졌다.

"헬 파이어!"

하늘 위에 유령비의 신법으로 서 있던 베스렐.

그의 입에서 마법의 시동어가 흘러나오자 집채만 한 크기를 지닌 초고열의 불덩어리가 만들어져 부스타그린의 머리를 향해 날아갔다.

슈아아아아앙.

빠른 속도.

헬 파이어는 곧장 부스타그린과 부딪쳤다.

콰앙! 화르르르르르르르—

불길이 이글거리며 타올랐다.

부스타그린의 앞머리와 뒤통수 부근에서는 최상급 정령의 공격이, 정수리 부근에서는 헬 파이어가 이글거리며 힘을 쓰고 있는 것이다.

엄청난 위력을 보이는 공격들. 하지만 그러한 대단한 공격들도 부스타그린이 몸에 두르고 있는 9써클의 방어 마법인 앱솔루트 배리어를 깨지는 못하고 있었다.

그리고 이러한 것을 베스렐은 이미 짐작하고 있었다.

그는 계획했던 대로 바로 다음 공격을 펼쳤다.

우우우우웅.

그의 양손이 앞으로 내밀어지며 그 손의 장심으로부터 4개의 강환이 튀어나왔다. 강환이 4개라 함은 염라수의 공격초식인 염라지옥이 11성의 경지에 이르렀다는 말이었다.

'가서 부숴 버려!'

슈아아아아악.

4개의 강환은 베스렐의 뜻에 따라 부스타그린을 향해 무서운 속도로 날아갔다. 한 점을 노리는 것인지 그 4개의 강환 모두는 부스타그린의 머리를 향해 갔고 그 자리는 지금 헬 파이어와 두 최상급의 정령이 한창 공략을 하고 있는 중이었다.

콰앙!

귀청을 떨쳐 울리는 벽력성.

그리고 마침내 깨지지 않을 것 같던 앱솔루트 배리어가 깨졌다.

끼지지지직, 쩌저정—!

"좋았어!"

생각했던 대로다. 11성의 염라수로는 앱솔루트 배리어를 깨지 못할 것 같아 강력한 힘들을 한 점에 집중시켰는데 그게 생각한대로 들어맞은 것이다.

"그럼 다음을 준비해 볼까."

베스렐은 앱솔루트 배리어가 깨지자 즉시 또 하나의 절기를 준비했다.

등 뒤에 매고 있던 그레이트 소드가 그의 양손에 들리기까지는 찰나의 시간이면 충분했고 그는 즉시 누군가를 죽이는 데 있어서 최강이라는 지옥도법의 기수식을 취했다.

'죽인다! 죽인다! 반드시 죽인다……!'

마음속으로 살심을 품으니 그의 전신에서 끔찍한 살기가 일어나 사방을 에워쌌다. 그것은 진정 몸서리쳐지게 만드는 살기라 할 수 있었다.

우우우우우웅.

베스렐의 단전에 있던 오행진기는 주인의 의지를 받들어 즉시 지옥도법이 원하는 신체의 경맥으로 맹렬한 속도로 움직였다.

원래 지옥도법은 고루불사마공과 궁합이 잘 맞았다.

고루불사마공의 힘에는 죽음의 권능이 있었고 지옥도법은 그 명칭 그대로 지옥의 절기라 할 수 있어 서로의 힘을 증폭시켜 주는 것이다. 하지만 지금 오행진기는 고루불사마공과 별 차이 없이 완벽히 지옥도법에게 힘을 전해 주고 있었다. 아니, 고루불사마공보다 더 나아 보였다. 그것은 지금의 경우를 보면 알 수 있는 것이었다.

"지옥절규―!"

그에게서 마침내 지옥도법의 3초식이 펼쳐졌다.

후화아아아아악.

그레이트 소드는 눈에 보이지 않는 속도로 허공에 수많은 궤적을 그렸고 일곱 개의 구멍에서는 곧장 지옥에서나 들을 수 있을 것 같은 절규 소리가 터져 나왔다.

끼야아아아아아아아아앗―

천지가 갈가리 찢겨지는 소리.

세상은 숨을 죽였다.

현재 베스렐은 부단한 수련으로 지옥절규를 다시 11성의 경지 정도로까지 끌어올린 상태다. 하지만 지금 지옥절규는 거의 12성에 가까운 위력을 보이고 있었는데 그것은 오행진기가 완벽하지 않은 지옥절규를 자신의 힘으로 좀 더 높은 경지로 끌어올려 주고 있었기 때문이다.

그때, 공포를 부르는 피어가 지상에 있는 부스타그린의 주둥이에서 흘러나왔다.

"크아아아아앙!"

하지만 피어는 약했다.

그리고 그 피어는 세상을 공포로 몰아가려는 게 아닌 스스로가 공포를 느끼고 있었기 때문에 발휘된 것이었다. 부스타그린은 텔레포트 마법으로 자리를 피하고 싶었지만 이제는 너무 늦어 사용할 수가 없었다.

끼야아아아아아아아아앗—

계속되는 지옥의 절규 소리.

지옥절규는 원래 한 번 발동되면 최대 1페르 거리를 지옥으로 만든다. 하지만 12성에 가까운 지옥절규는 그 힘을 한 지점에 집중시킬 수 있었는데 지금의 경우가 그랬다.

"크르릉!"

부스타그린의 정신은 지금 혼돈으로 가고 있었다. 지옥절

규는 오직 그 하나에게만 집중되어 부스타그린을 지옥으로
초대하고 있는 것이었다.

"끄륵, 끄르르륵……."

죽음이 점점 다가오고 있는 것일까?

가래가 끓는 것 같은 소리가 녀석의 입에서 흘러나왔다. 커
다란 눈에서 검은 눈동자는 이미 사라지고 없었고 이제는 흰
자위만이 가득했다.

잠시 후, 부스타그린은 1,019년이라는 짧은 생을 마감하고
지옥으로 갔다. 녀석의 혼은 지옥절규에 상처를 입고는 몸 밖
으로 빠져나간 것이다.

쿠웅!

혼이 빠져나간 녀석의 거대한 몸체가 뒤로 쓰러졌다. 그
뒤, 바닥에 쌓여 있는 눈 더미가 사방으로 비산했다.

휘스스스스.

아름다운 광경이다.

전율이 이는 광경이다.

마을 외곽으로 피해 있던 사람들 중 누구 하나가 탄성의 소
리를 냈다.

"아아……!"

메리언스와 유나. 그리고 그들의 곁에는 어느새인가 키노
안스 부부와 장로인 그로스트가 서 있었다.

그들은 아무 말도 못하고 있었다.

그저 침묵할 뿐이었다. 그들의 얼굴엔 오직 하나, 경악의 표정만이 담겨 있었고 입에선 가끔 탄성의 소리만이 미약하게나마 흘러나올 뿐이었다.

말은 들었다. 베스렐이란 이름의 인간이 드래곤 슬레이어라고. 하지만 실제로 이렇게 드래곤을 쓰러뜨리는 광경을 보고 나니 정말 어떻게 말로 표현하지 못할 정도로 놀라웠다.

이것은 평생에 다시 보기 힘든 놀라운 광경이었다.

"제길! 금이 갔잖아?"

유령비의 신법으로 하늘 위에 떠 있는 베스렐.

그는 손에 들린 그레이트 소드를 바라보며 미간을 살짝 찌푸리고 있었다. 그레이트 소드는 고철이 되어 있었다.

완전히 부서지지는 않았지만 잘게 금이 가 있었던 것이다.

"역시 일반 검으로는 지옥도법의 3초식인 지옥절규를 극성으로 펼치기가 힘들어. 이래서 드워프가 만든 검이 필요한 거야. 으음, 지금쯤이면 아마 해머 드워프족이 내 검을 다 만들어 놓았겠지? 좋아. 나중에 한번 찾으러 가 봐야겠군."

휘이익.

베스렐은 고철이 되어 버린 그레이트 소드를 눈 쌓인 대지로 던져 버렸다. 그러곤 유령비의 신법을 펼쳐 부스타그린이 쓰러진 장소로 내려섰다.

"……."

베스렐은 무심한 눈빛으로 죽어 있는 부스타그린의 시체를

바라보았다. 최강의 생명체라는 드래곤을 그는 참으로 쉽게
도 죽였다.

"첫 번째로 짠 계획대로 잘도 뒈졌군. 확실히 이 블랙 드래
곤은 어린놈의 새끼야. 몇 달 전의 그 레드 드래곤과는 많은
능력 차이가 있어. 놈 같았으면 낌새가 이상하다 싶을 때 재
빨리 텔레포트 마법으로 자리를 피했을 텐데 말이야."

베스렐은 처음 이곳에 와서 상황을 살필 때 부스타그린을
죽일 두 가지의 계획을 짰었다.

첫 번째는 다른 엘프와 힘을 합쳐 놈의 앱솔루트 배리어를
깨는 것이었다. 11성의 경지에 있는 염라수로는 자신이 없어
서 그들의 힘을 빌린 것이었다. 그리고 그 앱솔루트 배리어가
깨지면 즉시 자신의 최강절기인 지옥도법으로 놈을 끝장내는
것이었다.

다음 두 번째의 계획은 첫 번째와 시작이 같다.

두 하이 엘프들과 힘을 합쳐 놈의 앱솔루트 배리어를 깨는
것이다. 그리고 그 뒤가 조금 다른데, 그것은 바로 드래곤이
텔레포트 마법을 사용하려 할 때를 대비하는 것이었다.

놈이 도망을 치면 그때부터는 싸움이 힘들어진다.

그래서 베스렐은 놈이 도망치려고 하면 그때는 심즉살을
사용하려고 했다. 그 심즉살로 놈과 정신대결을 펼치면 그때
다른 두 하이 엘프들에게 놈을 끝장내라고 전음을 보낼 생각
이었다. 최상급의 정령들이라면 놈의 드래곤 스케일이 제아

무리 단단하다고 해도 충분히 죽일 수 있었다.

스윽.

베스렐은 고개를 들어 하늘을 바라보았다.

하늘의 날씨는 좋았다. 블리자드 마법이 사라진 그 하늘은 맑고도 깨끗했다.

'카스트리온…… 그놈은 이런 피라미 드래곤과는 비교가 안 될 정도로 강한 놈이야. 드래곤이란 것들은 4,000년을 넘게 살면 그때부터는 용언을 사용할 수 있다고 해. 그리고 그 용언의 힘이 드래곤 자식들을 거의 준신과 비슷하게 만들어 준다고 했어.'

베스렐은 전생의 무림을 떠올렸다.

'그 정도면 무공상의 경지로 치자면 반선의 경지를 넘어선다고 할 수 있겠지? 그리고 카스트리온의 경우는 죽을 때가 다 돼서 아마 지금쯤은 신선지경에 가까운 힘을 발휘할 거야. 으음. 그건 진정 대단한 능력일 거야. 하지만…… 하지만 괜찮아. 내가 오행진결을 경지에 이르도록 수련하면 충분히 놈을 죽일 수 있어.'

문득 방금 전의 싸움이 떠올랐다.

11성에 이른, 조금은 부족한 지옥절규를 거의 12성에 가까운 위력으로 발휘케 해 준 힘은 오행진기였다.

궁극에 이르면 세상 만물을 지배할 수 있다는 오행진결.

그 오행진결을 생각하니 힘이 났다.

그때, 베스렐의 곁으로 일단의 사람들이 다가왔다.

소복소복.

쌓인 눈이 소리를 내며 발자국을 남겼다.

베스렐의 곁으로 다가온 그들은 메리언스 부부와 키노안스 부부, 그리고 그로스트 장로였다.

"……."

"……."

그들은 여전히 아무 말 없이 놀랍다는 표정만을 짓고 있었다. 곁에 쓰러져 있는 블랙 드래곤을 한번 보고는 다시 놀란 눈으로 베스렐을 쳐다보았다.

"뭘 그렇게 쳐다봐! 사람 기분 나쁘게."

움찔!

그들은 베스렐이 못마땅한 눈빛으로 한 소리 하자 몸을 움찔거렸다. 그가 드래곤을 잡은 모습이 아직까지도 뇌리에서 잊혀지지가 않았다.

지옥에서나 들을 수 있을 것 같던 그 처절한 소리.

정말 몸이 절로 떨려오는 소리였다. 직접적으로 당하지 않았는데도 불구하고 정신이 흔들리며 영혼이 아파 왔었다.

"나 이제 돌아간다."

베스렐은 신형을 돌려세웠다.

"어…… 어디로……?"

키노안스가 조금은 떨리는 음성으로 물었다. 그러자 베스렐은 어이가 없다는 반응을 보였다.

"어디로? 그걸 몰라서 물어?"

"……."

"내가 아까 전까지 어디에 있었어? 바로 안개의 산에 있었 잖아. 나 지금 다시 수련하러 가야 하니까 이제는 내가 나오 기 전까지는 절대로 부르지 마. 수련에 방해돼."

수련을 하러 다시 안개의 산으로 돌아간다?

키노안스를 비롯한 모두가 이해할 수 없다는 반응을 보였 다. 드래곤을 죽인 사내다. 그는 진정한 의미의 드래곤 슬레 이어다. 한데 여기서 무슨 수련을 더 쌓겠다는 말인가?

혹시 그는 신이라도 되고픈 것일까?

"내가 보기엔 지금도 충분히 강한 것 같은데……. 그냥 오 늘은 우리 마을로 가서 같이 식사나 하는 게 어떻겠소?"

"맞아요, 베스렐 씨. 오늘 하루는 그냥 쉬세요. 여기 하이 엘프 분들과 인사도 좀 나누고요."

키노안스와 유레이가 베스렐의 발길을 멈추게 하기 위해 말을 걸었다.

하나 그는 고개를 가로저을 뿐이다.

"나는 약해. 그리고 나의 적은 강하지. 지금보다 더 강해져 야 그놈을 쓰러뜨릴 수 있어."

베스렐은 하늘 위로 천천히 걸어 올라갔다.

마치 계단을 걷는 듯한 그 모습.

허공답보(虛空踏步)였다.

그는 최상승의 신법인 허공답보로 하늘 위에 올라서서는 지상에 있는 사람들에게 나직하게 말했다.

"내가 안개의 산에서 다시 나오는 그날은…… 그날은 아마 절대자가 되어 있을 거야. 누구에게도 지지 않는, 설혹 신이라 해도 죽일 수 있는 그런 절대자……!"

절대자가 되어 있을 거라는 그 말!

광오한 말이다. 하지만 지상에 남겨진 사람들은 그의 말이 헛소리처럼 들리지가 않았다.

지금도 그는 절대자다.

드래곤을 죽였으니 그건 당연한 것이다.

'기다려라, 카스트리온! 이제 머지않았다. 네놈을 죽일 수 있는 절대의 힘을 이제 곧 얻을 수 있을 것이다.'

베스렐은 그의 원수인 카스트리온을 잠시 생각하더니 곧 워프 마법을 펼쳐 빛과 함께 사라졌다.

〈『헬 블레이드』제6권에서 계속〉

헬 블레이드

1판 1쇄 찍음 2008년 6월 20일
1판 1쇄 펴냄 2008년 6월 23일

지은이 | 정희재
펴낸이 | 정 필
펴낸곳 | 도서출판 **뿔미디어**

기획, 편집 | 지영훈, 허경란, 김재영, 권지영, 김유경
관리, 영업 | 김기환, 김신화
출력 | 예컴
본문, 표지 인쇄 | 광문인쇄소
제본 | 대명제책사

출판등록 | 2002년 9월 11일 (제1081-1-132호)
주소 | 부천시 원미구 심곡2동 163-2 3층 (우)420-822
전화 | 032)651-6513 / 팩스 032)651-6094
E-mail | BBULMEDIA@paran.com

값 8,000원

ISBN 978-89-5849-815-5 04810
ISBN 978-89-5849-752-3 04810 (세트)

풍운군주

조천화 신무협 장편 소설
-3권 발행 예정-

"내가 그를 아끼면서도 지극히 두려워하는 것은
그의 능력도 능력이지만 성품 때문이다.
여우보다 교활하고 늑대보다 잔인한 데다 어디에 비할 데 없이
모질고 독한 그는 하려고 마음먹으면 못할 일이 없는 사람이다.
그런 사람이 나로서는 짐작할 수 없는 능력까지 갖추었으니
어찌 두렵지 않겠는가?"

편안히 살게 내버려 두란 말이다!!

아버지의 죽음을 둘러싼 음모.
자신에게 주어진 명(命) 속에 숨겨진 또 다른 진실.
천기, 그의 분노가 무림을 뒤흔든다!

풍운군주(風雲君主)

뿔미디어